Chico Anes

O Sonho de Eva

Dormir pode ser um jogo perigoso

Editora Novo Conceito

Esta é uma obra de ficção. Nomes, personagens, lugares e acontecimentos descritos são produtos da imaginação do autor.
Qualquer semelhança com nomes, datas e acontecimentos reais é mera coincidência.

1ª Impressão — 2012

Produção Editorial
Equipe Novo Conceito

Editor: Odir Cunha
Revisão de Texto: Elisabete B. Pereira e Berenice Baeder
Projeto gráfico e diagramação: Crayon Editorial Ltda.
Capa: Igor Campos

Este livro segue as regras da Nova Ortografia da Língua Portuguesa

Dados Internacionais de Catalogação na Publicação (CIP)
(Câmara Brasileira do Livro, SP, Brasil)

Anes, Chico
O sonho de Eva / Chico Anes. -- Ribeirão Preto, SP : Novo Conceito Editora, 2012.

ISBN 978-85-8163-006-9

1. Ficção brasileira I. Título.

12-01017 CDD-869.93

Índice para catálogo sistemático:
1. Ficção : Literatura brasileira 869.93

Editora Novo Conceito

Rua Dr. Hugo Fortes, 1885 – Parque Industrial Lagoinha
14095-260 – Ribeirão Preto – SP
www.editoranovoconceito.com.br

Sumário

Capítulo um

• I •

ANNA ABRIU OS OLHOS; as imagens de seu sonho rodopiavam pelo quarto. Levantou-se, pisando as roupas largadas no chão. Cruzou a porta, atravessou o corredor, movia-se com passos entorpecidos. Dedos cegos chutaram as taças esquecidas no tapete. Cacos e champanhe espalharam-se pela sala, ferindo os pés insensíveis. Precisava se atirar do vigésimo andar. Mergulhar no asfalto, apagar todas aquelas luzes.

Saiu para o terraço. A pele arrepiou-se ao contato do vento frio que zunia no topo do edifício. Subiu ao parapeito e se apoiou no calcanhar, o sangue pingando dos cortes, desaparecendo no vazio. Estendeu os braços, imitando o balé mortífero da equilibrista na corda bamba, agarrando-se no ar, sorrindo para sua última noite.

Lá embaixo, os bares da Rua Augusta fechavam as portas. Apenas um mantinha as caixas de som no volume máximo.

A música chegava até Anna, embalando-a, fazendo seu corpo oscilar entre a vida e a morte, para trás e para frente, até atingir a inclinação fatal e cair. Cair respondendo ao sonho, e ao chamado de Eva.

• II •

— EI, CARA! Dá para abaixar essa droga de música! — gritou o homem no balcão. Coçava a cicatriz mal curada que subia da narina esquerda à sobrancelha. — Já não basta esse vento gelado entrando sabe-se lá Deus por onde!

— Se quiser conforto, vá para casa! — respondeu o garçom, sem dar muita atenção.

O chinês ao lado do homem interveio:

— Deixe o som para lá! Não me arrume confusão — disse, segurando o braço do companheiro, que ameaçava se levantar para brigar com o garçom. — Deixe o som para lá! — repetiu, e ajeitou o barrete negro sobre os cabelos brancos enlaçados numa trança. — Quanto mais barulho melhor, assim não nos escutam.

— Se aquele filho da mãe falar comigo desse jeito mais uma vez, vou apresentar o imbecil aos próprios testículos. Porcaria de música! O que você estava falando mesmo, velho?

— Sonhos. Sobre *sonhos*.

— Hum-hum. — O homem pareceu lembrar-se. Tirou o maço de cigarros presos na manga da camiseta e acendeu um Lucky Strike. Ignorou a placa de "Proibido Fumar" na parede à frente. — Luckies americanos! — falou alto. — Isto valia fortuna quando eu servia no Iêmen! São os melhores! Simplesmente os melhores! — disse, após longa tragada.

Aumentou ainda mais o tom de voz. — Mas conte, velho, qual a importância desses pesadelos?

— Sonhos, meu caro. *Sonhos*. E não precisa gritar.

— Para mim é a mesma coisa; tudo pesadelo.

O chinês abriu a garrafa de Jack Daniels, encheu o copo do ex-militar.

— A mesma coisa? Prazer e terror podem ser a mesma coisa? Não importa. Você, que ganha a vida como mercenário, é bom saber: sonhos vão ser as armas das guerras deste século!

O homem soprou uma baforada no garçom que passava.

— Vamos, imbecil! — desafiou. — Reclame do cigarro com o velho Ivan aqui e se prepare para conhecer cada um dos seus bagos — disse, esperando pela reação. O garçom fingiu que não ouviu. Ivan tragou mais uma vez e continuou: — Ao menos o panaca mudou a música. *Suspicious minds* é um clássico! Elvis não morreu! — disse, a fumaça agora saindo da boca com as palavras. — Desde quando sonhos são armas?

O chinês fez sinal para que falasse mais baixo.

— Existem armas bem diferentes dessa aí que deve ter no seu coldre do tornozelo. Me diga: e se eu fosse capaz de me apoderar dos sonhos das pessoas? O que acha que eu faria? Escolher as imagens com as quais sonhará hoje à noite, entrar no seu sonho e mudá-lo como bem entendesse. E se eu pudesse fazer isso, hein? O que você diria?

— Diria que você faz perguntas demais e nem me lembro da primeira. Se fosse para responder só à última, diria que você é doido, velho.

— Ah! Mas e se por acaso eu não fosse doido coisíssima nenhuma? E se todos os sonhos do mundo fossem meus, hein? O que eu poderia fazer?

— Sei lá! — disse. — Poderia ter uma dor de cabeça dos infernos! — gargalhou. Pegou o copo e tomou de um só gole todo o Jack Daniels.

O chinês sorriu, tornou a abrir a garrafa e servir Ivan.

— Beba, beba. Está me ouvindo? Beba. Enquanto bebe, vou lhe contar. Poderia fazê-lo sonhar todas as noites. Isto o espanta? Ouça bem o que vou lhe dizer agora: Imagine-se no alto de um edifício, muitos andares, uns vinte, ou trinta, e você empoleirado no parapeito. Sentiria o frio da noite, não é verdade? Olharia as luzes das estrelas, da cidade, dos faróis dos carros passando. Vinte ou trinta andares abaixo. Iria balançar na borda do prédio. Talvez o vento o empurrasse, talvez o pavor, o corpo se desequilibraria, só que você iria se achar capaz de flutuar, voar sobre aquelas luzes. Neste momento, eu o ordenaria a se soltar, levar-se pela queda! Você cairia, cairia, até rachar no asfalto essa cara linda. E então? Diz para mim: se eu pudesse fazer isso, hein? Não apenas uma só vez. Todas as noites, sempre o mesmo sonho. Mas todas as noites...

— Maluquice, velho! — resmungou. A fumaça do cigarro subia em círculos.

— Será? Será que não trazemos para nossas vidas os ecos de nossos sonhos?

— Não estou entendendo droga nenhuma do que está falando. — Ivan coçou a cicatriz, riscada como se alguém lhe tivesse enfiado a ponta de uma tesoura aberta no buraco da narina, enterrado até que o aço vazasse na sobrancelha e cortado num único golpe. Tomou outro gole do uísque e bateu o copo sobre o balcão. — Janis Joplin! — gritou. — Agora esta espelunca fez algo para os meus ouvidos!

O chinês pegou o drinque de Ivan, girou-o em movimentos lentos e levou o nariz até a borda do copo.

— O cheiro é bom. Se tivesse bebido a mesma quantidade que você, também não entenderia nada do que foi dito. — Devolveu o copo ao balcão. — Vou tentar ser mais claro: se você sonhasse sempre a mesma coisa, não acabaria por confundir ilusão com realidade? Pular do edifício, sonho após sonho, inúmeras vezes. Uma bela noite não sairia da cama e saltaria para a morte? Não? Continuaria me chamando de louco? Mas é o que acontece todo o dia!

Ivan balançou a cabeça e riu. O velho continuou:

— Pode ter certeza: agora mesmo, deve ter alguém numa parte do mundo fazendo exatamente isso... Saltando para a morte! Não acredita? Diga-me, por que você acha que está bebendo uísque e não chá?

Ivan resmungou outra vez a respeito de tantas perguntas, só que desta vez, não zombou:

— Porque eu quero, ora bolas!

— Ah! Porque quer... É mesmo? Tem certeza? Mas, vamos, beba. Beba logo. Não viemos aqui para conversar sobre sonhos. O dinheiro já foi depositado. Está mais rico agora.

Ivan distendeu o canto da boca.

— A grana é boa, é verdade, porém faço o meu trabalho por vício, entende? Vício, tipo heroína. Ou profissionalismo, se quiser chamar assim. E faço também para não ficar tendo ideias malucas de pular de edifícios.

O chinês trincou os dentes, as sobrancelhas brancas se fecharam, caindo sobre os olhos.

— Não me interessam as suas motivações. O mais importante: onde escondeu o menino?

— Você é estranho mesmo, velho. Fique tranquilo, o pirralho está...

Ivan parou a frase na metade. Saltou como se uma granada tivesse explodido debaixo da cadeira.

— Caramba! O que aconteceu lá fora?

— Que diabos de barulho foi esse? — o garçom gritou do fundo do bar.

O apito estridente do alarme de algum veículo havia disparado. As pessoas se acotovelavam na porta a fim de ver o que tinha acontecido. Apenas o chinês e Ivan continuaram no balcão, trocando olhares, até que uma mulher entrou gritando:

— Ah, meu Deus! Ela caiu do prédio! Bem na minha frente! Tem sangue em mim! — Raspava a mão pelo vestido e andava às cegas, esbarrando nas mesas, derrubando cadeiras. — Tem sangue na rua toda!

Ivan levantou-se e chamou:

— Ande, velho. Quero ver isso. Parece impossível, mas acho que sei quem está lá fora, com as tripas espalhadas pelo asfalto.

Tornou a olhar para o chinês, que permaneceu sentado e manteve o sorriso enquanto anunciava:

— Não disse? Acontece todo dia...

• III •

ANNA, EM PÉ sobre o parapeito do terraço, oscilara para a frente e para trás, embalada pelo som distante que sussurrava: *and we can't build our dreams, on suspicious minds* (e não podemos construir nossos sonhos com mentes desconfiadas). Olhara o brilho das estrelas incontáveis, a claridade das centenas de janelas insones, os faróis dos carros abaixo, as pupilas radiantes de Eva. Olhara a imensidão de luzes noturnas e, inclinando-se em direção à voz abissal de Joplin, abrindo ainda mais os braços, tentara, num único salto, abraçar todas elas.

Capítulo dois

• I •

EVA FECHOU OS OLHOS; os murmúrios da plateia fizeram-na inspirar fundo. O auditório da Universidade de Viena tinha todos os assentos ocupados. Cientistas, professores e estudantes aguardavam suas palavras finais da teoria que ambicionava unificar sonhos lúcidos e superconsciência.

Com a ponta dos dedos, ela arrumou o cabelo negro atrás das orelhas. Ajeitou os óculos redondos, usados apenas para a leitura, sobre o nariz suave. Aproximou a boca ainda mais do microfone e o batom, que raramente usava, imprimiu na cápsula do aparelho o arco dos lábios cheios. O queixo levemente enérgico, que tantas vezes a ajudara nas aulas no Brasil, fazendo com que alunos mais exaltados recuassem quando argumentos se transformavam em discussões, talvez não a servissem para intimidar aquela plateia, acostumada a enfrentar os cientistas mais renomados do mundo. Encheu mais uma vez os pulmões de ar e preparou-se para concluir a palestra:

— Se maçãs caem todos os dias das árvores — disse, introduzindo a questão final — qual a razão de somente Newton ter visto na famosa queda a lei da gravidade? — Endireitou o corpo, esperou algumas vozes de protesto se calarem e prosseguiu. — Qual o motivo de certos homens serem capazes de ver além das aparências, e outros não? Será essa *superconsciência*, essa genialidade, dádiva apenas para raros eleitos?

Consultou o painel ao fundo do auditório. O relógio marcava trinta segundos para o término da apresentação. Queria concluir logo aquilo e ligar para o Brasil, falar com sua irmã, perguntar pelo filho.

Puxou discretamente a saia do *tailleur* para baixo, cobrindo pouco mais as coxas sólidas e de relevos definidos; sentia-se nua com os joelhos à mostra. A roupa, cortada à maneira austera que a ocasião exigia, destacava ainda mais as linhas e relevos de seu corpo, fazendo que parte da plateia masculina divagasse entre as explanações sobre sua teoria e a suposição de suas curvas mais íntimas caso o tecido negro fosse removido e só sobrasse a pele cor de bronze.

— Minhas pesquisas apontam o caminho para se alcançar a mesma *superconsciência* de homens extraordinários — continuou. — Newton, Buda, Einstein, Jesus, Platão! Produzir essa genialidade em qualquer cérebro humano. A resposta está na união dos estados de vigília e do sonho. Já foi comprovada a nossa capacidade de ficar conscientes enquanto sonhamos. Minha proposta é a expansão mental através dos sonhos lúcidos! Há um universo mais amplo em nossos sonhos que a soma das galáxias conhecidas. É nossa herança o impulso para explorar esse novo universo. Utilizar as potencialidades de dois mundos separados por conceitos; apenas por conceitos, insisto, mas unidos pela experimentação.

Os cabelos, cortados à altura do ombro, voltaram a cair sobre seus olhos. Eva pensou que deveria tê-los prendido em um coque. Tornou a ajeitá-los atrás das orelhas e concluiu:

— Vigília e Sonho, senhores e senhoras! A união desses dois mundos aproximará nossas consciências às daqueles gênios que conduziram a humanidade ao século 21! Obrigada.

Palmas camufladas sussurraram pelo auditório. Poucas demais, pensou. Armou-se para a sessão de debates, enquanto juntava os papéis sobre a tribuna. Pelo tipo da plateia, aguardava duras críticas.

Um senhor, vestindo terno escuro e usando *pince-nez*, ergueu o braço.

Eva conhecia o Dr. Johannes Braum desde a época em que o pai começara as pesquisas com sonhos lúcidos. O iminente catedrático vienense costumava filtrar o mundo através das lentes retrógradas do *pince-nez*. Fora um dos críticos mais ácidos das teorias do Dr. Hermes Abelar, não perdia nenhuma oportunidade para ridicularizar a ideia de se acordar dentro dos sonhos e usar a lucidez onírica com o propósito de curar distúrbios psicológicos. Eva lembrava-se do pai chegando com uma garrafa de champanhe para comemorar o dia em que o Dr. Braum fora obrigado a se retratar, naquele mesmo auditório, após a comprovação das teorias em laboratório. Agora era sua vez de defender o nome dos Abelar.

O homenzinho se levantou. Se não tinha conseguido desbancar o pai, ia tentar com a filha. Empertigou-se e disparou o primeiro comentário; longo, como todas as questões que têm uma única oportunidade de serem colocadas:

— Dra. Eva Abelar, seu pai foi um dos grandes neurocientistas da nossa geração. Ele discursou aqui, onde Freud e outros nomes ilustres também estiveram. O Dr. Hermes Abelar trouxe à luz da ciência um tema, até então, relegado ao misticismo: os sonhos lúcidos. Apresentou provas científicas sobre essa espantosa capacidade humana. Pesquisou maneiras admiráveis de se usar essa habilidade em prol da sociedade e do indivíduo. Dr. Abelar fez a neurociência avançar décadas. Todos nós o respeitamos por isso. Agora, essa tal *superconsciência* de que tenta nos convencer, esse novo estágio do desenvolvimento mental humano, alcançado através dos sonhos lúcidos... Desculpe-me, se entendi bem o que disse, sua hipótese pretende atirar todo o trabalho de seu pai de volta às sombras do misticismo!

Exclamações de apoio no auditório fizeram eco à crítica do Dr. Braum, que não conseguia esconder o sorriso de satisfação. Eva tirou os óculos. As lentes, que serviram de escudo entre seu olhar e do catedrático, agora estavam abaixadas. Mesmo à distância o velho seria capaz de ver seus olhos, tingidos por um violeta oceânico e raiados por fossas negras. As duas íris se assemelhavam a mandalas vivas. Mandalas que transmitiam ondas de paz, se quem as encarasse tivesse intenções desprendidas, ou enviavam torrentes de inquietação, se o propósito fosse desejo. Para o Dr. Braum, os olhos de Eva despachavam um aviso de *cuidado*.

— Dr. Braum — retomou Eva, após aguardar as manifestações da plateia —, o que estou dizendo é que até o senhor pode se tornar um gênio!

Nova série de murmúrios percorreu as fileiras de espectadores. Eva pôde ver todo o sangue do Dr. Braum fluir para as orelhas.

— O misticismo — disse Eva, aumentando um pouco mais a voz — pressupõe forças sobrenaturais atuando no mundo físico. Absolutamente, não proponho isso. O que disse é que podemos elevar o aproveitamento de nossa capacidade cerebral usando o universo existente entre sonho e vigília. Sonhos lúcidos, Dr. Braum! — enfatizou, gritando para o senhor de *pince-nez*, que tinha se levantado após menção à sua duvidosa genialidade e saía do auditório acompanhado por vários colegas. — Um universo ainda desconhecido por nós!

A plateia fechou-se num silêncio incômodo. Por fim, outro senhor de barba e cabelos brancos se levantou:

— Dra. Abelar, — disse, apontando para Eva com o cachimbo vazio — suponho que a senhora deva praticar cada um dos tópicos apresentados hoje. Correto? Sim, claro que deve praticar. Sendo assim, me pergunto o motivo de ainda não ter ganhado o Prêmio Nobel. É só a senhora usar a tal estrada para a genialidade de que tenta nos convencer para superar Freud ou Einstein.

Os risos foram menos contidos. Eva pensou em mandar o homem e seu cachimbo para o inferno. Mas aquilo não era um sonho lúcido, *infelizmente*. Em vez disso, passou a língua pelos lábios secos e respondeu:

— Julgar a importância de um trabalho ou cientista apenas pelos prêmios que ganhou não me parece razoável. Temos de manter nossos olhos voltados para o futuro. Aqueles que vieram antes de nós foram fundamentais em construir, cada um deles, os degraus da longa escadaria da ciência. A caminhada humana continua, precisamos de mais degraus para suportar os próximos passos.

— Então a senhora diz que Freud, por exemplo, é um degrau que ficou para trás? — Insistiu o senhor, o cachimbo ainda apontado para Eva.

— Digo que Freud foi um degrau essencial, mas novos patamares precisam ser descobertos. Freud não deu todos os passos possíveis na sua ciência. Há fronteiras novas lá fora!

Mais pessoas se levantaram e saíram. Eva torcia para que as perguntas terminassem. A menção de Freud como um *degrau do passado* não fora boa ideia. Se questões como aquelas continuassem, logo o auditório estaria vazio.

Enquanto esperava a próxima pergunta, notou dois homens entrarem no salão e ficarem parados ao lado da porta. Não pareciam cientistas.

Respondeu a mais algumas questões e encerrou. Excetuando os dois encrenqueiros no início dos debates, todas as outras dúvidas foram pertinentes. Acreditava ter se defendido bem. Afinal, para uma palestra sobre superconsciência e sonhos lúcidos na Universidade de Viena, os resultados não haviam sido tão ruins. Ainda mais se considerasse serem os ouvintes a elite de neurocientistas e psicólogos da Europa; a maioria, bastante conservadores.

Terminou de juntar os papéis. Conferiu o iPhone; havia cinco ligações não atendidas do Brasil.

— Dra. Eva Abelar? — os dois homens tinham se aproximado e um deles mostrava o distintivo.

— Sim.

— Detetives Schneidermann e Holtz, polícia de Viena. Desculpe-nos, doutora, recebemos más notícias de nossos colegas do Brasil. — O agente baixou os olhos. — Temos o pesar em lhe informar que sua irmã, senhorita Anna Abelar, lamentavelmente, faleceu na noite passada.

Eva apoiou-se na tribuna. Esperou alguns segundos para a voz retornar.

— Meu Deus! Tem certeza? Como?

— Acidente. A senhorita Anna Abelar caiu da cobertura onde morava. A polícia do seu país está investigando como essa tragédia aconteceu. Não temos detalhes.

O estômago de Eva embrulhou. Por um momento, o recinto, os policiais, os velhos doutores, tudo ficou escuro. Trincou os dentes, respirou fundo, precisava saber da criança.

— Joachim? Onde está Joachim?

— Perdão, doutora?

— Joachim, meu filho. Deixei meu menino com Anna. Deixei-o com ela, enquanto viajava para cá.

Os homens trocaram olhares. Pareciam decidir quem falaria primeiro.

— Talvez haja algum engano, Dra. Abelar — disse finalmente um deles —, não havia nenhuma criança no apartamento. Os investigadores vasculharam o lugar à procura de pistas que indicassem um eventual assassinato. Não encontraram nenhuma evidência, tampouco encontraram alguém. Não falaram nada sobre seu filho.

Eva procurou por uma cadeira.

— Dra. Abelar, — completou o policial — ao que sabemos, o local estava vazio.

Capítulo três

• I •

O BRAÇO COM O COPO de cerveja na mão apontava o número sete, marcado na barriga gorda e redonda de Homer Simpson, enquanto o outro, segurando um cachorro quente, indicava trinta minutos. Eva considerou pouco apropriado aquele relógio na parede de uma sala onde pessoas aguardavam a vez para reconhecer cadáveres de parentes ou amigos.

— Anna Abelar? O senhor tem certeza? — insistiu a funcionária do necrotério, virando a tela do computador para o policial. — Não há ninguém aqui nos registros com esse nome.

— Claro que tenho certeza! Estive aqui, neste mesmíssimo lugar, ontem à tarde! A garota simplesmente não podia se levantar e sair por aí, andando com todos os ossos do corpo quebrados e...

O policial interrompeu a frase. Desviou os olhos para o chão enquanto dizia:

— Desculpe o jeito de falar, dona. Nesse tipo de negócio a gente acaba esquecendo as boas maneiras.

Eva não respondeu. Apenas inclinou a cabeça para a frente como se quisesse dizer: "*Ok, tudo bem se não pode manter a boca fechada.*"

A atendente virou-se para Eva e observou:

— Nossa, a senhora *tá* branca! Quer um copo de água?

— Estou bem. — disse Eva, dispensando a água com um abano da mão.

— Vamos logo, menina! — ordenou o policial. — Esta senhora aqui acabou de chegar da Europa. Está há dois dias sem dormir.

A atendente resmungou, virou a tela do computador para seu lado e acionou algumas teclas.

— Dona — interpelou o policial —, seu amigo já reconheceu o corpo. Tem certeza que quer continuar?

— Amigo?

— Um cara alto, boa pinta, acho que também é doutor. O nome deve estar no computador dessa menina aí, isso se ela souber achar qualquer coisa nele...

— Alec.

— Isso, dona. Dr. Alec.

A atendente interrompeu a conversa:

— Abelar... Abelar. Anna! Aqui! Como não vi da primeira vez? É só assinar esses papéis e podem entrar.

O policial tirou a caneta do bolso, rubricou o nome e passou os formulários para Eva.

— Ok. Assine aqui, dona. Vamos para a parte mais difícil.

Eva assinou o nome e notou que a letra não se parecia em nada com a sua. Os rabiscos trêmulos denunciavam as emoções, a falta de sono, o cansaço.

A atendente pegou os papéis, a caneta e conferiu o documento.

— Tudo certo, podem entrar. — Guardou os formulários no arquivo, enfiou a caneta no bolso da camisa e acrescentou: — Boa sorte, senhora.

Eva pensou o que levaria alguém a desejar boa sorte a outra numa situação como aquela. Virou-se para o policial, que permanecia imóvel, encarando a mulher atrás do balcão.

— A caneta, moça! — disse o homem, apontando para os seios da atendente.

— Como?

— A caneta que colocou no bolso... É minha.

A atendente pegou-a com as pontas dos dedos e a deixou sobre o balcão. Eva assistia a tudo como se um túnel longo a separasse das duas pessoas discutindo por canetas. Pensou oferecer dúzias de canetas ao policial se ele prometesse acabar logo com aquilo. O filho desaparecido, a irmã morta e uma caneta... Naquele momento, entendeu que a dor assim como a sobrevivência e a morte eram assuntos essencialmente individuais. Anna era *seu* passado e *sua* dor. Joachim era *seu* presente e *sua* responsabilidade.

O policial enfiou a caneta no bolso e murmurou um *obrigado*. A cada segundo, o túnel entre a lucidez de Eva e a sala do necrotério aumentava o comprimento. Por fim, o homem virou-se e disse:

— Agora podemos ir, dona. Está preparada?

Eva tornou a balançar a cabeça num movimento indefinido. Queria dizer àquele policial que era impossível existir qualquer preparo para ver a irmã morta numa geladeira. Caminhou através do corredor, cabeça baixa, vendo pelo canto dos olhos seu reflexo acompanhá-la ao longo dos azulejos brancos. A última porta não era de madeira como as outras, mas de aço inoxidável, parecida com as que se costuma ver nos frigoríficos. A placa indicava MORGUE.

O cheiro de éter e formol vazou pela porta aberta assim que o policial destravou a maçaneta. Eva virou o rosto para o lado e respirou.

“Calma, você precisa fazer isso. Não vai desmaiar neste lugar.” — Repetiu mentalmente várias vezes, como um mantra.

— Número 553. É aquele ali — disse o policial, conferindo a pequena placa de metal que a atendente tinha lhe dado. Parou em frente à gaveta 553, virou a trava e puxou a plataforma móvel.

Um tecido branco cobria o cadáver.

“Anna está debaixo daquele pano.”

Eva cambaleou pela sala. O homem esperou que se posicionasse ao lado da plataforma.

— Dona, já disse que seu amigo reconheceu o corpo. Não precisa fazer isso, se não quiser.

Se Eva achava que suas mãos tremiam quando assinou os documentos, já não podia controlá-las.

Você precisa fazer isso! É sua irmã que está aí debaixo.

Levantou a mão direita, tentando controlar o tremor. Segurou na ponta do lençol e puxou.

Sentiu o braço do policial segurando suas costas quando vacilou. As pessoas costumavam desmaiar naquele momento, ele já devia saber.

Enrijeceu os músculos da perna. Não iria cair. Tornou a olhar o corpo. Aquela simplesmente *não podia* ser Anna!

O rosto da irmã, de formas equilibradas e suaves, sempre bem cuidado, era agora apenas carne lacerada sobre ossos moídos. Diferente dos cadáveres esbranquiçados que estudara na faculdade, não havia lugar na pele de Anna sem manchas roxas. Eva notou que não só o rosto boiava sobre ossos esmagados. Todo o corpo parecia ter sido esvaziado, o conteúdo triturado, para que então as formas da irmã fossem recheadas novamente, como se faz com uma salsicha. Anna estava *amolecida*.

Mas talvez, Eva conjecturou depois, não desmaiaria se a coisa toda tivesse parado por aí. Talvez tivesse corrido para o banheiro, vomitado, chorado até secar as glândulas dos olhos, mas não desmaiado.

Tampouco foi o cansaço, as horas sem dormir, o choque emocional.

Foi o sorriso.

Mesmo sem ossos para segurar a carne, o sorriso estava lá, derretido sobre os lábios machucados de Anna. Parecia o sorriso ininterrupto dos palhaços; a mesma alegria pintada em vermelho, sanguínea, imutável, quer o palhaço chore, esbraveje, ou apenas durma. *E risadas não combinam com choros, nem raiva, muito menos com morte.*

Depois que recebeu o sorriso liquefeito de Anna, Eva desabou.

• II •

O Ômega preto, com o distintivo da *Divisão Especial de Investigação* pintado no capô, estacionou em frente ao edifício, cercado por grades de ferro que mais pareciam lanças medievais.

— Clínica Psiquiátrica Dr. Alec Lenz — disse o policial, lendo a placa no jardim da entrada. — Chegamos, *dona*. Tem certeza que quer ficar aqui? A senhora precisa de um hospital, não de uma clínica para malucos.

— Estou melhor! — contestou Eva. Tirou o porta-cartões da bolsa. — Tome — disse, oferecendo ao policial todos os cartões de visita. — Aí tem meu telefone. Por favor, distribua entre os seus colegas. Se tiver qualquer informação, por favor me ligue, ok?

Esperou o Ômega arrancar e dobrar a esquina. Repassava seu depoimento à procura de algo importante que pudesse ter esquecido. Olhou em direção ao táxi parado no outro lado da rua. Um homem de feições indianas sentado no banco traseiro a observava. Por um momento, achou que o estranho iria descer e abordá-la, mas ele apenas fez sinal para o motorista, que acelerou e partiu. O carro sumiu de vista. Eva tocou o interfone. Após o portão se abrir, subiu a pequena rampa na entrada do edifício, tomou o elevador e foi direto para o décimo andar.

Enquanto aguardava a secretária anunciar sua presença, tirou da bolsa o vidro de Provigil. Abriu o remédio e jogou duas pílulas na mão.

Esses comprimidos vão deixar a senhora mais ligadona que coruja viciada em café, a mocinha da farmácia tinha garantido. Pediu água e engoliu as cápsulas.

Não demorou e Alec apareceu. Vestia um jaleco branco e comprido, com barras que cobriam os joelhos e escondia parte de suas roupas despojadas, mas de grife cara. Passou a mão pelos cabelos fartos com suavidade, como se deles viessem todo o vigor de seus músculos. As mechas castanhas eram pouco longas demais para um psiquiatra bem-sucedido e que se preocupasse com a imagem institucional, mas curtos demais para a displicência dos gênios.

— Eva! Você aqui? Tia Jane me disse que o seu voo só chegaria hoje à noite! Se soubesse, teria ido ao aeroporto...

— Desculpe interromper a consulta, Alec. Preciso muito falar com você.

— Eu e Zed já estávamos terminando, não é mesmo, campeão? — disse Alec, batendo no ombro do garoto de rosto sardento e cabelos vermelhos.

Eva curvou-se e abraçou Zed. O menino tinha o dobro da idade de seu filho; ainda assim era difícil abraçá-lo sem se lembrar de Joachim. Piscou os olhos repetidas vezes, tentando dissipar as lágrimas.

— Olá, Zed! Como vão as coisas?

— Vão indo, *dona* Eva. Quando é que vai me levar de novo lá no museu da sua tia Jane? Lugar superlegal aquele!

— Qualquer dia, Zed. Qualquer dia.

— Sabe, *dona* Eva, parece que o doutor aqui *tá* começando a acreditar em mim. Ainda vou mostrar *pra* todo mundo que não *tô* inventando coisas. *Né, chefe*?

— Vamos lá, Zed. — disse Alec, dando um tapinha na nuca do garoto. — Espero você na semana que vem. Preciso falar com *dona* Eva. Não se esqueça do nosso trato: diminuir trinta minutos de internet por dia até o próximo encontro. Combinado?

As bochechas sardentas de Zed incharam-se num largo sorriso, enquanto respondia com os olhos grudados em Eva:

— Ok, chefe, prometo! Agora que encontrei com *dona* Eva, ganhei a semana. Acho que vale a pena o sacrifício.

— Me dá um beijo aqui, Zed. — pediu Eva. — Isto é por você ter me feito sorrir hoje... E para não se esquecer da promessa.

Zed despediu-se e saiu cantarolando, sem se importar que as bochechas tivessem ficado da mesma cor dos cabelos.

Alec pediu à secretária que levasse água e chá para sua sala. Fez com que Eva se acomodasse, sentou-se ao seu lado, segurando-lhe as mãos.

— Joachim... — soluçou Eva. — E Anna...

Alec ofereceu a caixa de lenços de papel.

— Calma, Eva. A polícia vai descobrir o que aconteceu. Vão encontrar Joachim. Acredite.

— Já fui falar com eles. Vi o corpo de Anna.

— Eva, Eva... Eu já tinha feito o reconhecimento. Não precisava ter ido lá.

— Tinha que ir, Alec. Tinha que ver Anna.

— Por que não me chamou? Sempre fazendo tudo sozinha. Liguei dezenas de vezes para você na Áustria... Queria eu ter dado a notícia. Você não precisava saber disso por desconhecidos...

— Nenhuma pista, Alec. Nada. Disseram que Anna passou a noite com alguém. Encontraram duas taças de champanhe, sabe? Mas fora isso, nada. E o quarto de Joachim... vazio, a cama arrumada, como se ele não tivesse dormido lá. O que fizeram com meu filho, Alec? Eu bem que não queria ir, Alec. Essa maldita conferência! Seis anos e nunca deixei meu filho com ninguém. Nunca! Era trabalhar e voltar para casa. Sempre! Fazíamos tudo juntos. Eu e ele. Lembra, no aeroporto? Da camisa azul com a figura do *Batman*? Joachim adorava aquele desenho. Eu perguntei a ele se estava tudo bem, se ficaria com a tia Anna... Disse que voltaria logo, e que sonharia com ele toda noite...

A secretária entrou equilibrando a bandeja com água e chá. Deixou as bebidas sobre a mesa e saiu sem dizer nada. Eva esperou a porta fechar para retomar.

— Ele não respondeu nada, Alec. Ele nunca respondia nada. Mas eu vi. Vi dentro dos olhos dele, lá atrás, onde os sentimentos se formam, sabe? Eu vi que Joachim estava assustado. Assustado nada, apavorado! Agarrei seu corpinho e abracei. O coraçãozinho batia rápido, o peito subia e descia, como se sua respiração fosse cortada pela metade. Acho que nunca tive sensação tão forte de quanto ele me amava, precisava de mim, me queria sempre ao seu lado... O que fizeram com ele, Alec? Ah, o que...

Um soluço interrompeu a frase. Eva sentiu a mão de Alec sobre a sua. E sentiu que a mão era pouco. Queria o abraço, o colo. Queria que ele a envolvesse com os braços, como costumava fazer quando ainda namoravam... Queria...

Eva puxou a mão e pegou outro lenço. Enxugou as lágrimas e repetiu:

— O que fizeram com ele, Alec?

— Tente se acalmar, Eva. Estamos ligando para todos os nossos amigos. Quem sabe Anna não tenha deixado Joachim com...

— Eu mesma já liguei para todos, Alec. — interrompeu Eva. Levantou-se e começou a andar em círculos pela sala. — Ninguém viu o coitadinho! Parece que ninguém se importa!

— Claro que todos se importam, Eva! Esse menino podia ter sido meu filho e...

Eva agradeceu por Alec ter parado no meio da frase. Aquele era um assunto que jamais tinham discutido, e não havia pior momento para começarem.

— Sei que todos se importam, Alec. Só estou nervosa. Agora é a hora do remédio dele, sabe?

— Contou à polícia sobre o problema de Joachim? — perguntou Alec.

— Contei — disse, parando em frente à janela e olhando a rua, dez andares abaixo. — Contei que Joachim precisa de atenção especial, medicamentos especiais. Os policiais falaram que essa informação é importante... Se planejaram o sequestro, talvez saibam que meu menino é autista; se tentarem comprar remédios, a polícia vai ter alguma coisa para procurar... Mas, até agora, ninguém entrou em contato para pedir dinheiro! O que está acontecendo, Alec? Será que é assim mesmo? Será que vão me ligar? Disseram que, às vezes, demoram semanas para o primeiro contato. Não vou aguentar...

— Vai acabar tudo bem. Venha, sente-se aqui.

— Foi uma queda e tanto... Tomara que não tenha doído.

— Como? — perguntou Alec. Levantou-se e foi até Eva.

— O apartamento de Anna é mais alto que isso aqui. Bem mais alto...

Alec pousou as mãos no ombro de Eva e pediu:

— Venha, Eva. Saia da janela. Você está tremendo...

Eva obedeceu. Aquele tremor era um aviso. Seu corpo iria ruir a qualquer momento. Sentou-se e ficou alguns minutos em silêncio antes de voltar a falar:

— Eu não devia ter deixado Joachim aqui. Aquela maldita conferência!

— Você não tem culpa. Viena era um passo importante na sua carreira.

— Maldita carreira! Pelo menos, ele levou a pedra.

— Pedra?

— Desde que Joachim encontrou a pedra, nunca mais se separou dela. É como se fosse seu ursinho de pelúcia. Ao menos, os bandidos deixaram meu menino com sua pedrinha. Se eu pudesse pôr as mãos nesses covardes...

— O importante é manter a calma, confiar na polícia. Eles disseram mais alguma coisa?

— Perguntaram se eu sabia de qualquer motivo que pudesse ter levado Anna a se... se...

— Anna não se suicidaria — completou Alec. — Eu conhecia muito bem sua irmã.

— Pois é. Foi o que eu disse. E insisti. Mas parece que não me ouvem! Ainda por cima, vão demorar para liberar o corpo.

— Demorar? Por quê?

— Acham que pode ser droga, sabe?

— Que droga que nada, Eva. Ela tinha parado.

— Sei disso, Alec. Mas não adiantou falar com a polícia. Eles não acreditaram. Minha irmã! Meu filho! O que faço agora?

— Agora, você vai deitar aqui e descansar. Vai tomar um chá.

— Não quero, não. Vou falar com as pessoas, ir atrás de Joachim...

— Não vai sair daqui, assim. Tente se acalmar. O chá é obrigatório. Quanto tempo tem que não dorme?

— Desde quando recebi a notícia lá em Viena.

— Minha nossa! Como é que você ainda está de pé? — disse Alec, servindo a xícara.

Eva lembrou-se das pílulas de Provigil — “Esses comprimidos vão deixar a senhora mais ligadona que coruja viciada em café.”

Tomou um gole do chá, deixou o corpo desabar na poltrona. Pensava se dois eventos tão trágicos poderiam, de alguma maneira, estar interligados. Achava difícil a morte da irmã não ter nenhuma conexão com o desaparecimento de Joachim. E, se isso fosse mesmo verdade, as coisas corriam o risco de se complicar. Queria dividir a ideia com Alec; ele se antecipou:

— Anna trabalhava num projeto para as Indústrias Yume, certo?

— Hum-hum. — concordou Eva, tirando o som do fundo da garganta, procurando energia para continuar a conversa.

— Você sabia do que se tratava?

— Algo a ver com jogos que acontecem dentro de sonhos lúcidos.

— Jogos dentro de sonhos?

— Ela não podia falar sobre isso. Assinou um contrato de confidencialidade. Por quê?

— Nada. Estou pensando em algo que Zed disse. Bobagem.

Eva se inclinou, aproximando-se de Alec.

— Qualquer coisa, Alec. Qualquer coisa que me contar serve. Não há pistas do meu filho. Se me falar que Zed viu um disco voador naquela noite, não vou achar nenhuma bobagem.

Alec demorou algum tempo antes de falar.

— Ainda estou tratando a síndrome de perseguição do garoto. Ele vem falando de uma sociedade secreta, uma tal... Não me lembro do nome. — Alec consultou o bloco de anotações. — Devo ter anotado em algum lugar. Zed diz que há rumores na internet. Algo sobre existir planos para implantar a nova ordem mundial.

— Internet?

— O garoto é incrivelmente bom nisso. Contou sobre um projeto chamado *Web Bot*. O programa foi criado no final da década de noventa para antecipar os movimentos das bolsas de valores e acabou por prever eventos como o tsunami na Ásia e o furacão Katrina. Pelo que entendi, o software procura na internet por termos e símbolos, depois traça estatísticas apontando tendências que podem ser verificadas no mundo real. Um tipo de profeta virtual.

— O que isso tem a ver com Anna?

— Provavelmente nada. Talvez só a típica teoria da conspiração. Mas há uma coincidência entre o que Zed insiste em repetir sobre os recentes informes do projeto *Web Bot* e o trabalho de Anna.

— Que coincidência?

Alec olhou para os joelhos. Eva sabia que ele jamais desviava seus olhos, acostumados a encarar pacientes através das íris, que haviam aprendido a servir como dois escudos negros. E sabia também que poucos minutos atrás, provavelmente, o Dr. Alec estivera tentando convencer Zed que histórias como aquela só existiam na imaginação.

Por fim, Alec respondeu:

— Você falou que Anna estava trabalhando em jogos dentro de sonhos, certo? Pois bem, os informes do *Web Bot*, segundo Zed, dizem que uma organização criminosa encontrará uma maneira de *roubar os sonhos para controlar governos e pessoas*.

• III •

— A MORTE NÃO É VENENO, irmãos! — declarou o padre, virando a folha no livro de orações. — A morte é o verdadeiro elixir da vida eterna! Elixir que todos nós deveremos provar, sem exceções!

Eva jamais vira Monsenhor Saulus sem a batina negra. Talvez fosse um dos últimos padres católicos do século 21 a usar a longa vestimenta, mesmo em dias inconvenientemente ensolarados como aquele. Anna costumava brincar: se cruzasse com Saulus vestindo camiseta e jeans, teria grandes chances de passar por ele sem pedir a benção. Mas, naquela manhã, a roupa preta agitando-se tal qual as asas de um corvo agourento caía-lhe tão bem quanto uma segunda pele.

O padre terminou o discurso e iniciou o canto monótono, de notas graves e tristes. Os mais velhos, por conhecerem os versos, acompanharam a lamentação. Eva queria tapar os ouvidos, gritar para o coro de laringes decrépitas que parassem. Em vez disso, tirou os olhos do caixão de Anna e cravou-os nos próprios pés.

— *Mamãe, você casou virgem, né?*

Anna sorria quando fizera a pergunta, vinte anos atrás; lembrava-se bem. A mesma música triste, monótona, tocava na igreja depois que o padre Saulus terminara o sermão de domingo. *São muitas as recompensas*, havia dito ele, *para a mulher que se mantém virgem até o casamento*. Eva também sorrira. Pergunta inteligente. Mostrava a atenção de Anna nas palavras do sacerdote, e o reconhecimento na mãe de todas as qualidades enumeradas durante a homilia. Ambas tinham certeza de que ouviriam como resposta: *claro minha filhinha, claro. Mamãe casou virgem!* E ganhariam um afago. Mas, ao contrário, a mãe agarrou a orelha de Anna e torceu, enquanto o dedo indicador da outra mão, encostado nos lábios, fazia sinal de silêncio.

— Isso é para você aprender, menina! Quer ir para o inferno, criatura? Isso lá é coisa que se pergunte? E não chora não, ou em casa vai ter mais. Não quero ouvir esses assuntos. Nem tem idade para entender!

Anna engoliu a humilhação e o choro; aquele e muitos outros. Eva também se lembrava: depois do episódio na missa de domingo, a irmã nunca mais compartilhou suas intimidades com a mãe. Talvez por isso as duas agora dividissem lado a lado, sob um silêncio imposto e irrevogável, o espaço reservado à família Abelar no modesto Cemitério da Boa Morte.

A música terminou, o padre deu início aos últimos salmos.

Alec trouxe uma cadeira.

— Você está bem, Eva? Sente-se um pouco.

Eva obedeceu. As pessoas em pé, todas vestindo preto, cercavam-na como uma muralha de corpos e tecidos. Melhor assim, limitava a visão do túmulo vazio, à espera do caixão. Tinha pedido para lacrarem a tampa. A mulher lá dentro não se parecia com sua irmã. A imagem do rosto desfigurado de Anna balançava por trás de suas retinas como um negativo fotográfico pendurado no varal, e, sempre que fechava os olhos, a face coberta de coágulos roxos e costuras rudes lhe encarava. Não queria que as pessoas ali levassem na memória a visão de alguém tão diferente da verdadeira Anna Abelar.

Queria poder desviar os olhos do caixão, mas na sua frente e nas laterais não havia nada além de roupas pretas. A muralha negra confinava-a junto com Anna dentro do mesmo espaço de tristeza e morte. As curtas lacunas entre pessoas, pequenas rachaduras na parede de tecido, apenas permitiam-na ver os dizeres nas duas lápides ao lado:

Dr. Hermes Abelar e sua amada Helena Abelar. Vivam no paraíso os sonhos deste mundo.

Tirou o lenço da bolsa. Assoou. As lágrimas que lhe fugiam dos olhos pareciam escorrer pelo nariz. Acima do muro de roupas pretas, somente a pequena colina adiante podia ser vista. Foi onde deixou a visão descansar. O verde da grama, as copas perfeitas das árvores, algumas lápides de mármore branco, o homem de gorro segurando a mão da criança. Um menino... Cabeça baixa, cabelos lisos espalhados pelo rosto. Rosto que de longe se parecia com...

— JOACHIM!

Eva gritou. Pulou da cadeira, avançou atropelando Monsenhor Saulus, atirando-o sobre o caixão. A muralha negra em volta do túmulo mostrou-se compacta. Seus amigos e os amigos de Anna, naquele momento, estacaram todos como inimigos que a impediam de correr até Joachim. Derrubou outras pessoas antes de cair também. Quando se levantou, já não havia mais ninguém entre ela e a colina, tampouco havia o garoto de cabelos escorridos, ou o homem de gorro na cabeça. Ainda assim, correu até as árvores. Procurou atrás delas, atrás das lápides, do outro lado do morro. Ninguém.

Alec a alcançou.

— Vamos, Eva — disse, apoiando-a no seu ombro. — Vamos voltar.

— Eu vi, Alec... Joachim; aqui em cima. Juro que vi!

— Você está no limite, Eva. Seus nervos vão entrar em colapso. Não havia ninguém aqui. Venha.

Eva retornou de cabeça baixa, em silêncio. Considerou desnecessário pedir desculpas. Caminhou até tia Jane, única parenta ainda viva, e a abraçou.

— Calma, minha menina — consolou tia Jane. — Tudo isso vai passar e se resolver.

O padre retomou as orações, desta vez, encerrando em poucos minutos. O caixão foi sepultado, a cerimônia chegou ao fim.

Eva, amparada por Alec e tia Jane, permaneceu ao lado do túmulo recebendo as condolências, repetidas todas com o mesmo embaraço. Respondia-as mecanicamente. Ainda pensava na visão do menino no alto da colina, pairando sobre os túmulos como o fantasma de Joachim.

Após a maioria das pessoas ter deixado o cemitério, a mulher, escoltada por dois seguranças que chegara pouco antes do término do funeral, aproximou-se. O traço oriental, as roupas finas, o chapéu negro em equilíbrio com as linhas expressivas da face sugeriam alguém importante.

— Em nome das Indústrias Yume, apresento meus pêsames — cumprimentou, num português carregado de sotaque.

Eva agradeceu. Tentou dizer alguma coisa sobre o trabalho de Anna, mas preferiu virar-se para ir embora.

— Só mais um minuto! — pediu a oriental de chapéu negro. — Você fala inglês?

Eva mudou o idioma.

— Sim.

— Sou Adhya Kan. Uma fatalidade, este triste acontecimento com Anna. Soubemos também do seu filho. Nenhuma notícia ainda?

— Não.

Adhya tirou os óculos escuros e mostrou um inesperado par de olhos verdes.

— Posso imaginar como se sente. — Pôs a mão sobre o braço de Eva. — Não sou mãe, mas quase cheguei a ser. Perdi um filho ainda no ventre.

— Sinto muito.

— Isso foi há bastante tempo. Espero que encontre logo o seu menino. — Sorriu, transferindo todo o encantamento dos olhos para os lábios. — Anna participava de um projeto importante. Ela contribuiu muito com o conhecimento que tinha sobre sonhos lúcidos. E sempre comentou que você era ainda melhor. Sua irmã a admirava demais.

— E eu a amava. Demais.

— Voltarei ao Brasil em alguns dias. Gostaria de procurá-la, se me permitir. Talvez possamos conversar sobre suas pesquisas. — Entregou um cartão de visitas. — Acompanho seu trabalho com sonhos lúcidos e superconsciência.

Adhya despediu-se. Caminhou para o carro, seguida pelos seguranças. Alec aproximou-se e perguntou, apontando com o queixo:

— Quem é aquela mulher?

Eva esperou o motor do sedan preto começarem a funcionar para ler o cartão:

— Dra. Adhya Kan, vice-presidente sênior da Divisão "A". Indústrias Yume.

— Parece importante! — comentou Alec. — Vamos?

— Leve tia Jane até o carro. Preciso ficar uns minutos sozinha. Não me sentia muito bem com todas aquelas pessoas. Quero me despedir da minha irmã.

Eva puxou a cadeira para perto da sepultura. Sentou-se, dividindo os pensamentos entre Anna e a visão que tivera de Joachim. Girou a cabeça em direção à colina. Viu um homem ao lado da árvore. *Homem diferente daquele de minutos atrás, este usa chapéu, não gorro. E não há nenhuma criança.* Voltou-se para o túmulo, perdeu-se num diálogo interno. Assustou-se quando ouviu alguém chamar seu nome:

— Dra. Eva Abelar.

O sujeito de chapéu a encarava, de pé, bem à sua frente.

Levantou-se, movida por um impulso. O lapso de tempo entre as duas visões que tivera do homem pareceu curto demais. Foi como se ele tivesse se desmaterializado no alto da colina e surgido ao lado do túmulo.

— O que quer?

— Não temos tempo! — o estranho pronunciou as palavras de maneira espaçada, como se tivesse dificuldade com o idioma. — A mulher deve ter colocado alguém para seguir a senhorita.

Eva lembrou-se daquele rosto.

— Você estava no táxi em frente à clínica... O que quer comigo? — perguntou, afastando-se.

— Queria falar com você — disse o homem de feições indianas, pele escura e cabelos negros aparecendo sob o chapéu chapéu —, mas havia um sujeito seguindo você naquele dia. Ele teria impedido! — afirmou, enquanto olhava de um lado para o outro, como se procurasse alguém. — A mulher...

— Que mulher? Do que está falando?

— A que saiu daqui agora mesmo, da Yume. Escute, não aceite a proposta dela. É perigoso! — disse, acentuando os *erres*.

— Aceitar o quê?

O indiano mexia a cabeça como um animal acuado, que sabe da presença do predador, mas não consegue encontrá-lo.

— Não há tempo, senhorita! Está cometendo um erro sério. Sua vida não vai valer nada se for para lá!

— Quem é você? – perguntou Eva. Agarrou a cadeira e a colocou entre ela e o estranho.

— Não aceite moça, se não quiser terminar morta como a outra. Fique longe disso, ou eles vão roubar seus sonhos e sua vida.

— Anna? Terminar morta como Anna? — gritou. — O que sabe da morte dela?

Eva ouviu Alec chamá-la.

— Diga ao seu amigo para não se aproximar — alertou o indiano. Continuava procurando algum possível predador escondido atrás das lápides. — É perigoso, já disse.

Alec foi mais rápido. Em segundos, tinha se posicionado entre o estranho e Eva.

— O que está acontecendo aqui? — esbravejou Alec, protegendo Eva atrás de si.

— Ele sabe algo sobre a morte de Anna! — disse Eva, tentando contornar o corpo de Alec e agarrar o indiano.

— Quem diabos é você? Vou chamar os seguranças e...

Antes que Alec pudesse continuar, o homem sacou uma arma e apontou para seu peito.

— Fique parado! — ordenou, mudando a pontaria de Alec para alvos desconhecidos. — Não sou inimigo, estou aqui para ajudar. Sua irmã, senhorita, falou algo sobre um livro? Um manuscrito antigo?

O som de um disparo vindo da colina fez todos se calarem.

O primeiro tiro passou entre Alec e o indiano, atingindo a lápide de Anna, produzindo uma pequena nuvem de pó branco. Eva viu o atirador, usava terno e óculos escuros. Empunhava um revólver, mexia os ombros e as mãos, preparando a mira para puxar outra vez o gatilho.

O segundo tiro acertou o peito de Alec, que caiu sem emitir nenhum som. Eva abaixou-se para ajudá-lo, mas foi agarrada pelo indiano e feita de escudo.

— Pare de atirar ou vai acertar a doutora! — gritou o indiano. — Se isso acontecer, sua chefe cortará sua cabeça!

O homem na colina pareceu titubear. Armou nova mira e esperou.

— Jogue a arma morro abaixo, — voltou a falar o indiano — ou vou estourar a cabeça da doutora. Pode até me pegar, mas sua chefe vai pegar você depois. Se eu matar a moça, não existirá mais nenhum onirogame.

Eva tentava se soltar, mas as mãos a seguravam tão apertadas quanto um torniquete. Queria ir até Alec, ver qual era seu estado. Precisava socorrê-lo.

— Última chance! — gritou o indiano. — Jogue a arma e desapareça!

Eva não acreditava que aquilo pudesse terminar bem. O que ela tinha de especial? O sujeito na colina tinha enfiado uma bala no peito de Alec. Não havia motivos para não fazer a mesma coisa com ela e, depois, com o maldito indiano. Esperou pelo tiro. Mas, contra as suas expectativas, viu o homem guardar a arma no paletó e desaparecer atrás da colina. Sentiu as mãos que a seguravam se afrouxarem. Ouviu ao longe os gritos de tia Jane, as vozes dos seguranças do cemitério. Mesmo de costas, podia perceber o indiano correndo para os muros do fundo. Que fugisse! Alec era o que importava. Ajoelhou-se ao seu lado, a mancha de sangue crescia sob a camisa. Tirou a própria blusa e apertou-a contra o ferimento, enquanto pedia, sentindo os olhos se encherem com as lágrimas ausentes durante todo o funeral:

— Não morra Alec, por favor, não morra. Agora só tenho você.

Capítulo quatro

• I •

A NÃO SER POR UM ESTUDANTE tomando o café da manhã no balcão, a lanchonete, quase sempre o lugar mais agitado do *campus*, não tinha outros clientes. Apesar do frio, Eva preferiu sentar-se a uma das mesas externas, o vento gelado ajudava a afastar o torpor que lhe anulava os sentidos. Já se passara uma semana, e a voz do policial vienense ainda ecoava em seus ouvidos repetindo: *Joachim desaparecido*. E repetindo: *Anna morta*...

— Dona Eva? Dona Eva?

— O quê?

— A senhora tá passando bem?

A garçonete abanava o rosto de Eva com o cardápio, enquanto olhava ao redor procurando ajuda.

— A senhora pareceu que ia desmaiar.

— Tudo bem. Já passou.

— Quer um copo d'água? Café?

— Água. E cigarro.

— A senhora tá fumando?

— Traga logo essa droga de cigarro!

A garçonete correu para o balcão sem anotar o pedido. Voltou equilibrando a bandeja numa das mãos e a outra procurando a caixa de fósforos no bolso do avental.

Eva acendeu o cigarro. Não fumava, mas em raras ocasiões recorria às propriedades do tabaco. Aquela era uma delas.

Havia sido ali que, pela primeira vez, falara com Anna sobre a gravidez. Lembrava-se do quanto estava nervosa naquele dia, o quanto chorara no colo da irmã, que tentava lhe consolar acariciando seu cabelo. Tinha certeza de que a mãe reagiria mal à notícia. O pai não, mas a mãe... A mãe faria um escândalo! Pregaria sobre o pecado de se entregar a um homem antes do casamento. E nem tinha se entregado coisíssima nenhuma! Ah, se a mãe soubesse! Então viriam as ameaças acerca do inferno e suas dores, teria de suportar o discurso sobre o sofrimento de uma criança nascida naquelas condições, da vergonha que a gravidez de um pai desconhecido atiraria na cara de todos os membros da família. A mãe seria capaz até de... Até chamá-la de prostituta! A mãe era assim. Uma educação extremamente rigorosa tornava alguns assuntos entre elas impossíveis. Mas Anna era diferente: com Anna ela podia conversar, desabafar, chorar.

E fora ali, naquele mesmo banco, que a irmã a abraçara, feliz pela ideia de se tornar titia.

Também na lanchonete, alguns anos antes, por ocasião de sua inscrição para o curso de psicologia, confessara à irmã que estava praticando as técnicas de sonhos lúcidos. *E talvez,* conjecturava agora, *aquela conversa pudesse ter levado Anna à morte.*

— Sonhos lúcidos? — Anna tinha perguntado. — Você sabe o quanto mamãe odeia esse assunto, Eva. Ela proibiu a gente até de falar sobre isso!

— Papai está certo, Anninha. Esse negócio de sonhos lúcidos é fantástico!

— Mamãe diz que é pura fantasia. E diz mais: a gente não pode usar sonhos como desculpa para cometer pecados.

— Fantasia, que nada! No sonho lúcido temos mesmo a consciência de estar sonhando. É como se você acordasse dentro do sonho!

— Foi mal, Evinha! Não consegui segurar o riso. Não concordo com mamãe em quase nada, mas neste caso...

— Vou desconsiderar, Anna. Uma coisa posso garantir: é bem melhor do que viagens com drogas. E isso, sim, maninha... Se mamãe souber que você anda fumando baseado...

— Eu não! Nós!

— Só experimentei, Anna. E já parei. Não achei nada legal.

— Parou porque se borra de medo da mamãe! De qualquer maneira, sonho ser melhor que drogas? Qual é, Eva! Duvido!

— Eu testei. Se estou falando, é porque é!

— Eva, Eva... Olhe onde está se metendo... Mamãe é tão brava quando se trata desse assunto! Mais do que com maconha, ou sexo.

— Ela é brava porque deve ser no sonho que extravasa as privações a que se impõe. E lucidez é sinônimo de consciência. Imagina se ela vai querer viver cem por cento nos trilhos até nos sonhos...

— Eu nem sei como casou com papai! Acho que, na época, ele não devia trabalhar com esses tais sonhos. Ou se trabalhava, escondeu direitinho. Para falar a verdade, eu nem faço ideia de como isso funciona.

— Mamãe... Fala, fala, mas casou com papai mesmo ele sendo maçom! A coisa toda é fácil de entender, Anninha. Suponha que você está sonhando com um cruzeiro num navio superchique e é convidada para o baile de gala. Todos estão bem vestidos: homens de *smoking*, mulheres com vestidos maravilhosos. Mas você, Anninha, somente você, está de pijama!

— Cruzes!

— Qualquer pessoa já teve sonhos assim. É angustiante! Descobrir que está sem sapatos na sala de aula, ou nua num shopping... Mas e se, preste atenção, Anna, e se, de alguma maneira, você pudesse perceber ainda sonhando que tudo não passa de um sonho? Aí, então, consciente de que participa de um sonho, você poderia agir como bem entendesse e mudar as cenas.

— Tipo o diretor faz com um filme?

— Isso mesmo. Se você tivesse consciência de estar sonhando, teria poder para mudar o pijama num vestido e aproveitar a festa, ou sair voando, ou ir para a cabine fazer... fazer amor com qualquer astro do cinema.

— Fazer amor? Evinha, você falou igualzinho à mamãe. Quer dizer transar com um gostosão do cinema, né?

— Pode ser. E já que você também vai querer se formar em psicologia, poderia usar melhor o sonho, continuar de pijama e encarar a vergonha, buscando significados subliminares na experiência.

— Prefiro ir transar na cabine com o gostosão de Hollywood.

— Pode fazer isso com um cara por noite, se quiser.

— Uau! Sexo com um gato por noite! Isso está ficando interessante. Mas, ainda assim, vão ser apenas sonhos! Qual a diferença entre sonhar com sexo ou fantasiar essas transas quando se está acordada? É só fechar os olhos, usar bem os dedos, imaginar e...

— Essa é a grande diferença, Anna. As sensações que a imaginação produz não passam nem perto das que experimentamos em sonhos!

— Como não?

— Veja só: você pode fechar os olhos e imaginar que está fazendo amor com o cara mais lindo do planeta. Por mais excitante que seja, você não conseguirá ir até o fim. Não vai ter orgasmo.

— Verdade. Não dá para gozar *só* com a imaginação, precisa de uma ajudinha...

– Mas no sonho é diferente. Tudo lá é mais real. As sensações são parecidas com as que temos quando estamos acordadas. A agonia existe, o medo deixa a gente de cabelo em pé, o calor queima e, quando fazemos amor, o orgasmo acontece de verdade.

— Nisso você tem razão. Acordamos molhadas... Eva danadinha! Anda transando enquanto sonha! Diga logo com quem! Por isso que mamãe fica tão brava com papai! Essas histórias de sonhos lúcidos sempre acabam em sexo...

— Você é que só pensa em sexo!

— E você deveria pensar mais nisso também. É a menina mais gostosa da escola, o tipo de garota que tem tudo no lugar, e o que não está é porque de alguma maneira transbordou! Pô, Eva, os caras estão sempre caindo aos seus pés, e você não arruma nem unzinho dum namorado! Se não fosse sua irmã, até eu ia te dar uma cantada.

— Qual é, Anna. A coisa é séria!

— Tudo bem. Mas não vai me dizer que aprendeu a acordar dentro dos sonhos e ainda não transou com o professor de inglês?

— Pode acreditar que não! Ainda estou desenvolvendo a técnica. A coisa não é tão simples.

— Eva, o papai não está metido nisso, né? Se mamãe souber...

— Claro que não. Estou pegando umas anotações dele, só isso. Só você está sabendo.

— Mas, por curiosidade, como é que se faz para transar nos sonhos?

— Você quer dizer: ter sonhos lúcidos.

— Isso, maninha.

— Primeiro: precisa se lembrar dos sonhos. Muita gente acorda sem ter a mínima ideia com o que sonhou.

— Eu mesma quase nunca me lembro.

— Tem de praticar. Anotar os sonhos num diário ajuda. A prática, junto com a intenção de não esquecer, faz com que comece a se recordar de todos eles.

— E?

— Bom, depois existe um montão de técnicas. Pode escolher uma ou um conjunto delas. Eu estou usando o teste de realidade.

— Como é que é?

— Durante várias vezes no dia você se pergunta se está sonhando. Agora, por exemplo, tem certeza que isto aqui, este nosso papo, não é um sonho, Anninha?

— Ah, Eva! Dá um tempo!

— Mas poderia ser! Por que não? É assim que a técnica funciona. Você faz a pergunta e logo em seguida testa a realidade: tenta flutuar, olha as horas no relógio e confere se há coerência com o período do dia, liga ou desliga um interruptor e vê se a lâmpada acende ou apaga... Só que, de tanto você se perguntar se está ou não sonhando durante o dia, essa repetição, esse condicionamento, leva você a fazer a mesma pergunta enquanto está realmente sonhando. Aí, se testar a realidade e conseguir flutuar, vai saber que está bem no meio de um sonho.

— Ou que tomou todas!

— Isso é bem real. O papai descobriu o melhor parque de diversões do mundo! Acho que você deveria experimentar, Anninha. Que tal praticar comigo? Mamãe não precisa ficar sabendo. Que tal, Anninha? Que tal...

— Dona Eva? Dona Eva?

Eva levantou os olhos. A garçonete estendia-lhe um guardanapo.

— Oi?

— Tome isso! A senhora tá chorando.

• II •

O REITOR HÉLIOS apalpou o bolso da camisa procurando pelo cigarro.

— Inferno! — resmungou, após jogar fora o maço vazio. — Hora errada para acabarem esses malditos cigarros!

Olhou o relógio, em seguida, consultou-o outra vez, como se fosse incapaz de ver as horas. Acertou os óculos, que equilibrava na ponta do nariz, quase despencando sobre os lábios finos. O queixo inexistente parecia dissolvido em ácido, e o rosto terminava abruptamente logo abaixo da boca. Sentou-se à mesa, pegou o lápis no estojo e passou a mordê-lo, vez ou outra, coçava com a ponta molhada de saliva a calvície que desistira de tentar esconder.

Levantou-se para pedir à secretária que lhe comprasse novos, *e muitos*, pacotes de cigarros, mas voltou para a cadeira quando ouviu tocar o telefone. Atendeu-o, e a voz do outro lado da linha perguntou:

— Doutor Hélios?

— É você?

— Sim, doutor.

— Está atrasado!

— O dinheiro estará disponível em trinta dias.

— Trinta dias! Isso é algum tipo de piada?

— Calma, doutor. Além de ser muito dinheiro, o senhor não acha que vamos depositar no seu banco aí no Brasil, ou acha? Estamos abrindo uma nova conta num país com leis favoráveis a esse tipo de operação, apagando pistas, deixando o senhor e a nós bem seguros. Isso leva tempo. O importante é que ela fique sem emprego, entendeu? Assim, não vai ter muita saída a não ser aceitar nossa proposta.

— Evidente que ela aceitará. Vou demiti-la. E, ainda por cima, ficará sem a bolsa de pesquisa.

— Tem gente que não se prende a esse tipo de detalhe, doutor. Mas não importa. Amanhã. Precisa demiti-la amanhã.

— E quanto ao resto?

— Resto?

— Não me venha com conversa... Vou fazer o combinado e espero que vocês também o façam.

— O doutor está falando sobre o produto final das pesquisas dela, certo?

— Não se faça de desentendido. Ainda posso voltar atrás. Pior, posso contar que recebi uma ligação da Yume...

— O doutor podia evitar certos nomes no telefone! E pode ter certeza que não me faço de desentendido. Assim que estiverem concluídos, todos os resultados teóricos do trabalho de nossa linda cientista serão creditados ao doutor. Poderá ganhar seu prêmio Nobel, hein? Vai entrar para a história.

— Não sei como vai garantir que ela não reclamará a autoria dessas pesquisas. Ver todo o trabalho sendo atribuído a outra pessoa... Bom, mas isso é problema seu. Só não quero saber de violência. Também isso foi combinado.

— Somos executivos, não assassinos. Quando o projeto terminar, ela vai estar tão sadia quanto o doutor. Só que um pouquinho mais, como diria, feliz...

— Sei... Vai entupir a moça de dólares.

— Foi um prazer fazer negócio com o doutor. Ah! Uma coisa importante: você precisa usar o dispositivo. Vamos enviá-lo para sua casa, assim que concluir o serviço. Precisa dormir com ele, entendeu? Não vai convencer ninguém que revolucionou a teoria dos sonhos lúcidos se não souber falar sobre eles. O dispositivo vai ajudar o doutor. Não deixe de usá-lo, em absoluto. Todas as noites, hein...

O telefone ficou mudo, mas Hélios ainda o mantinha ao ouvido. Só então se deu conta de que tinha estraçalhado o lápis com os dentes. Ficou imaginando as farpas que deveria ter engolido, as pequenas lascas de madeira furando o estômago. Correu para a porta e gritou para a secretária:

— Maureen! Corra aqui! Traga-me um copo com água, urgente! Não! Não! Esqueça a água. Vá depressa à lanchonete e me traga um pacote de *Marlboro*.

• III •

VISTO DE FORA, o *Museu do Inconsciente* podia facilmente ser confundido com uma estação ferroviária do século 18. A construção de dois andares e paredes grossas ostentava no lado direito uma pequena torre com relógios nas quatro faces. As janelas em arco tinham grades de ferro, pintadas de branco para esconder a ferrugem. No passado, o local havia sido hospital psiquiátrico e, talvez por isso, muitos o conheciam como o *Museu da Loucura*. As várias salas exibiam fotos de antigos pacientes, consumidos pela ignorância de terapias inumanas, quadros pintados por mentes atormentadas, utensílios usados no dia a dia dos internos e aparelhos de tratamento que poderiam servir, sem nenhuma necessidade de adaptação nos seus mecanismos, aos mais refinados tipos de tortura.

Eva gostava especialmente da sala número 4, no topo da pequena torre. O interior representava em detalhes o típico centro psicocirúrgico dos anos 1950: a maca, com correias grosseiras de couro ao lado dos braços e pernas, os instrumentos para lobotomia, sondas para invasão do crânio, seringas, bisturis e protetores bucais de borracha de vários tamanhos. Dentre todos os dispositivos, o eletrochoque era o que mais estimulava sua imaginação.

Havia dois aparelhos em exposição. Um deles, uma caixa de madeira com painel preto, tinha marcado em letras brancas: ELECTRO-SHOCK OFFNER ELECTRONICS INC., com o seletor de descarga usando escala em MILIAMPERES. Eva se interessava mais pelo outro, o JAFAR MODELO 08-A, de escala em VOLTS, passava a impressão de algo mais *intenso*. O painel tinha dois marcadores: o voltímetro, para controlar a tensão aplicada ao paciente, e o cronômetro, juiz do tempo que o pobre coitado receberia a descarga na cabeça. Dois cabos, plugados na lateral do aparelho, conectavam-se a eletrodos projetados para se ajustarem nas têmporas do doente.

Eva imaginava quantas pessoas tinham sido amarradas naquela maca e mordido o protetor de borracha, a fim de não arrancar a própria língua com os dentes, enquanto os eletrodos eram fixados e o botão LIGAR girado até a agulha do voltímetro alcançar números assustadoramente grandes.

Colado na tampa do aparelho, um breve manual do usuário dava instruções de como torrar miolos:

- "Ligar tomada em 110V ou 220V (ter o cuidado de não ligar o aparelho em 110V quando a voltagem da linha for 220V);
- Ligar os eletrodos;
- Ajustar o tempo (a critério médico);
- Ligar o seletor para CT (choque com controle automático de tempo);
- Se houver avaria no seletor CT, ou a critério médico, o aparelho poderá funcionar ligando o seletor para ST (choque sem controle automático de tempo);
- Quando usar o aparelho em ST, não usar tensão acima de 110V;
- Ligar o aparelho e ajustar a corrente pelo voltímetro 120 a 130 CT;
- Executar o choque, apertando com firmeza o botão existente em um dos eletrodos.

ATENÇÃO: Para testar o aparelho: encostar as chapas dos eletrodos no contato T-T e apertar o botão no eletrodo. Se a lâmpada TESTE acender, o aparelho está em perfeitas condições para o choque. Luz verde indica que o aparelho está ajustado para CT. Luz vermelha para ST".

Fácil como fritar um ovo, pensava Eva. Conjecturava qual seria a sensação da corrente elétrica percorrendo o cérebro e como isso poderia de alguma forma curar alguém.

A máquina de eletrochoque a assombrava desde menina. Quando aprendeu a criar mundos dentro de sonhos lúcidos, assustou-se com a ideia de que podia reproduzir a experiência de ter os miolos eletrocutados. E numa noite, enquanto dormia, Eva sonhou: entrou naquela mesma sala, ajustou os eletrodos na própria cabeça, ligou o aparelho, sentiu as ferroadas começarem dentro do crânio, caminharem para a ponta da língua e berrou.

— Eva! — A voz de tia Jane, amplificada pela acústica dos corredores, tirou Eva de seu devaneio e quase a fez gritar de verdade. — Não posso acreditar! Quanto tempo que minha querida sobrinha não pisa aqui!

Eva virou-se. Tia Jane caminhava em sua direção com os braços abertos.

— Que bons ventos trazem você ao meu pequeno museu?

— Ventos de tempestade — respondeu, e abraçou a tia. — É só o que vem soprando em minha vida.

— Vamos para minha mesa e tomamos um bom café, o que acha? — sugeriu tia Jane. — Entro neste salão há tantos anos e ainda não me acostumei com todos esses aparelhos monstruosos.

— A mãe deste aqui — disse Eva, dando uma batidinha no eletrochoque — poderia muito bem ser usada nos animais que levaram meu filho. Pode ter certeza, tia Jane: se eu pusesse minhas mãos nesses cretinos, fritaria o cérebro deles como se faz com um ovo... Mas enquanto isso, o café é uma boa ideia.

As duas mulheres caminharam de mãos dadas até a sala de Jane. A réplica de *O Grito* enfeitava a parede ao fundo da escrivaninha. Eva olhou para o quadro e o viu como um espelho, refletindo em cores frias seus sentimentos mais íntimos.

— Se Edward Munch estivesse vivo, até ele diria que seu quadro e eu temos a mesma expressão. É só colocar cabelos negros e um par de seios na figura andrógina e o resto da pintura sou eu — disse, para si mesma. — Desespero, angústia, tormento... Queria expulsar isso do meu corpo num grito mudo.

Jane pousou as mãos sobre o ombro de Eva.

— Minha menina... Como tem passado?

Eva baixou a cabeça. Mordeu o canto dos lábios, e só então respondeu:

— Um mês, tia Jane! Trinta longos dias e nenhuma notícia de Joachim! Não sei mais o que fazer.

— Não perca as esperanças, minha filha. É quando menos esperamos que a vida costuma dar reviravoltas. Para o mal e para o bem.

Eva tirou os cigarros da bolsa e colocou o cilindro de tabaco na boca.

— Se importa, tia Jane?

— Não sabia que fumava.

— As coisas andam difíceis.

— Eva... Acho que você precisa mais de Alec do que qualquer veneno desses aí?

— Alec.

— Aquele rapaz é apaixonado por você, querida. E arrisco a dizer que você ainda é apaixonada por ele. E que pessoa boa! Já se passaram sete anos, Eva, e vejo que ainda se amam. Por que não dá uma chance a si mesma, minha filha?

— Chance, tia? Como? Depois do que fiz?

— A gravidez... Eva, já perguntou isso a ele? Já perguntou se realmente sua gravidez foi motivo para se separarem? E pior, mesmo que tenha sido no passado, ainda é motivo até hoje?

Eva acendeu o cigarro e permaneceu em silêncio. Jane tornou a falar.

— O problema está com você, querida. Só com você.

— Acabou, tia Jane. Isso foi há muito tempo. Agora acabou.

— Eu posso estar velha, minha filha, mas meu olfato ainda sente esse tipo de hormônio. Ah! E como fazem bem! Que perfume!

— Mas não vamos falar sobre isso agora — disse, e tragou o cigarro. — Vim aqui por um motivo egoísta. Quero seu conselho.

— Meu amor, se eu puder lhe ajudar.

— Lembra-se daquela mulher da Yume que apareceu no enterro?

Jane fez que sim com a cabeça.

— Ela quer que eu trabalhe para eles. Me pediu para continuar as pesquisas de Anna.

— Está me parecendo que você não acha uma boa ideia.

— Tenho meu emprego e a bolsa de pesquisas na Universidade. É verdade que os laboratórios da Yume devem ser fantásticos. Poderiam adiantar muito meu trabalho.

— Então?

— Mas tem o caso de Anna.

— Não vejo como o que aconteceu com a Anna possa influenciar sua decisão.

— Talvez ela tenha morrido exatamente por estar envolvida com esse pessoal. E acho que o desaparecimento de Joachim também pode estar relacionado ao tal projeto. A polícia não descobriu nada, mas... Bem, você sabe, tia Jane. Joachim é autista. E como algumas pessoas que sofrem do mesmo distúrbio, meu menino tem habilidades excepcionais.

— Habilidades?

Eva levantou-se, caminhou até a janela e a abriu. Soprou a fumaça do cigarro através das grades, antes de continuar.

— Tia Jane, Joachim era um sonhador lúcido por excelência!

— O que você está dizendo, minha filha?

Eva escolheu as palavras. Era a primeira vez que falava sobre a capacidade incomum de Joachim com alguém além de Anna.

— Um dos indicativos de que a pessoa está sonhando é a presença dos sonos REM. Em laboratório, sempre que medimos num voluntário os "Movimentos Rápidos dos Olhos", quase sempre ele estará sonhando.

— Sei disso, querida. Mas o que tem a ver com Joachim?

— Aconteceu quando ele completou cinco anos. Percebi, observando-o dormir, uma intensa fase REM. Parecia que ele estava sofrendo uma overdose de sonhos. Comecei a fazer perguntas. Repeti no ouvido de Joachim alguns códigos para serem usados através dos movimentos dos olhos: dois para a esquerda quer dizer "mamãe", dois para a direita, "calor", movimento do olho para cima, "anjo". Não tinha esperança de que aquilo pudesse resultar em algo. Mas, tia Jane, imagine minha felicidade quando, após uma de minhas perguntas, vi que ele usava o código para me responder, e dava respostas claras e coerentes! Pela primeira vez falei com meu filho como se conversasse com um garoto normal!

Eva fez uma pausa, observando as reações de Jane, que a incentivou a prosseguir.

— Depois, descobri que Joachim sabia usar letras para formar palavras. Passamos a usar uma adaptação do código Morse. Ele conseguia falar de dentro dos sonhos de forma eloquente! Discorria sobre assuntos muito além da capacidade de um garoto da sua idade. Entende agora, tia Jane? Meu filho tem a incrível capacidade de se comunicar de dentro dos seus sonhos! Uma habilidade dessas seria preciosa para a Yume, não concorda?

Jane tomou o café. Esperou um tempo, antes de responder:

— Eva, não entendo aonde quer chegar.

— Na verdade, tia Jane, tenho quase certeza de que a Yume está por trás da morte de Anna e do desaparecimento de Joachim.

— Se é assim, por que não informa a polícia? Não se meta a detetive, minha filha. Se isso for verdade, pode ser perigoso.

— A polícia não vai acreditar em mim. A Yume é a mais influente organização de mídia do mundo. São poderosos, têm muito dinheiro.

A velha senhora ajeitou os óculos sobre o nariz.

— Sabe, meu amor, sofri muito com a morte dos seus pais naquele acidente horrível. Prometi a mim mesma estar sempre próxima de você e Anna. Acho que falhei com sua irmã, Eva.

— Não diga isso, tia Jane.

— Deixe-me continuar. Falhei, sim, com Anna. Não quero falhar com você. Mas... O que eu posso lhe dizer, meu amor? O mais justo seria trazer do passado as palavras de seu pai, assim meu conselho se aproximaria ao que ele mesmo lhe diria. E sabe o que me vem à cabeça?

Eva permaneceu em silêncio. Mordia o canto da boca enquanto esperava pelas palavras de Jane.

— Seu pai lhe diria para sonhar.

— Sonhar?

— Tudo o que precisa saber já está dentro de você. Nossos sentidos absorvem mais informações do que o consciente é capaz de trabalhar, a maioria delas vai parar num porão, em algum lugar do nosso cérebro, numa pilha de lixo. Mas o essencial está lá, escondido. Quando olho para os quadros no meu museu, pintados por mentes de todo tipo: loucos, depressivos, gênios... Tantas cores, símbolos, formas trazidas do fundo do inconsciente... Eva, se quer mesmo um conselho, use seus sonhos como mapa. Eles vão guiar você até Joachim.

Eva apagou o cigarro. Desde que seu filho desaparecera, tinha abandonado os sonhos lúcidos. Talvez tia Jane tivesse razão. Talvez os sonhos pudessem guiá-la pelo labirinto que engolira Joachim.

Olhou para a rua através das grades da janela. Agarrou a barra de ferro com as duas mãos. Era como se sentia: prisioneira dos próprios traumas e receios. Tinha que se libertar, estancar o desespero, agir. Lembrou-se do sonho lúcido com o aparelho eletroconvulsor, a corrente elétrica rasgando passagem pelo cérebro, a sensação angustiante de ter uma colmeia inteira jogada dentro da cabeça e milhões de abelhas zunirem e ferroarem. Lembrou-se de despertar, o coração descompassado, mas a mente vazia de pensamentos. Precisava daquele estado agora, a completa ausência de perturbação, aquela calma perigosa.

Irei retomar os sonhos lúcidos, decidira. Se havia algo em seu inconsciente que pudesse ajudá-la a encontrar o filho, estaria preparada a viajar de novo pelo mundo onírico. Seguiria, como um pirata determinado e disposto a tudo, as pistas do mapa para seu maior tesouro.

Capítulo cinco

• I •

Com a metade do corpo enlaçado no galho mais baixo da ramada, a serpente aguarda nossos olhares se cruzarem para, então, dizer:

— Estava à sua espera!

É um sonho?

Sim, me lembro! Antes de ir dormir, executei as técnicas para acordar dentro dos meus sonhos. Preparei-me para ter um sonho lúcido.

Desejo flutuar. Meu peso se dissipa, os pés saem do chão.

Estou sonhando!

Decidi seguir o conselho de tia Jane. Estas serão as primeiras linhas do meu mapa onírico. O mapa que me levará até Joachim.

Vim ao Éden porque, aqui, a mulher começou sua história e daqui saiu para ser mãe.

— Este é um lugar perigoso, Eva — sibila o réptil, afrouxando a cauda e descendo em minha direção. — Estamos no Centro do Mundo, ao redor do qual tudo se move, tudo gira. Mas aqui, apenas aqui, não há movimento. E onde existir a imobilidade, *Ele* não estará presente.

— Sei disso. Mas tive vontade de vir.

— Hum... Bom saber que realiza suas vontades

A serpente sorri. A visão das presas pontiagudas, em vez de me perturbar, faz com que me aproxime.

— Meu sorriso te seduz, Eva?

— Sei sobre você. *Ele* contou que é perigosa!

— Ah, é? O que mais *Ele* lhe disse? Algo a respeito de um fruto?

— *Ele* ordenou não provar nada que nasça da árvore do Centro do Mundo.

A serpente desliza pelos galhos e some na densa copagem. Retorna trazendo na boca uma fruta arroxeada e a atira aos meus pés com um movimento rápido da cabeça.

— Aí está. Bem parecida com as outras.

— Não! — grito, afastando-me do pomo proibido que tinha rolado e tocado meus dedos nus.

Sobre a aparência da fruta a serpente está errada. Diferente das outras que estimulam especialmente a boca, aquela faz meu corpo inteiro salivar. Desejei-a no momento em que me tocou. Mas recuso:

— *Ele* proibiu!

A víbora se delicia com minhas sensações. Atira para fora a língua bipartida, parecendo querer lamber o suor que escorre em minha pele.

— Talvez haja um pretexto para essa proibição, Eva. Mesmo assim, acho que você gostaria de prová-la. Dentro dela está aquilo que procura!

— Como sabe o que procuro?

A serpente aproxima-se ainda mais e, encostando a língua úmida em meus ouvidos, sussurra:

— Meu sorriso. Dentro dessa fruta está meu sorriso. Vamos, pegue-a!

— Não posso.

— Não seja estúpida! Não estou dizendo para comê-la, apenas para pegá-la.

Abaixo-me e a apanho com mãos vacilantes.

— Está com medo, Eva?

— Medo?

— Ah! Agora, *eu* estou sendo estúpida! Como você poderia saber o que é medo, se essa sensação também está dentro da fruta? O medo, querida, em sua essência, arranca-nos do chão, faz nossos órgãos mudarem de posição, desliga por um instante nossa consciência, só para, em seguida, fazê-la reacender ainda mais lúcida, com a audácia que conquista a liberdade. Amiga, vou lhe confessar uma coisa: o medo é bem parecido com o orgasmo!

A serpente sorri e continua:

— Coma! Sinta a verdadeira liberdade! É o que quer, não é? Só experimentando a liberdade poderá encontrar o que procura.

— Mas tenho de obedecer...

— Obediência é resíduo do falso medo. Você não experimentou o medo pleno, transformador. Por isso, fala em obediência. O que sente é receio, uma subespécie do legítimo medo. Não se esconda atrás de receios, Eva.

— Ah... E o orgasmo! — prossegue, sibilando. — Se tivesse experimentado o verdadeiro orgasmo, uma vez apenas, não estaria aí discorrendo sobre obediência.

— Isso é motivo para comê-la?

— Sim! Claro que sim! Mas não é tudo.

— O que vem depois?

— Depois, vem a Morte e, com ela, a recompensa estupenda: a consciência da finitude de seu próprio tempo! Com essa consciência é possível condensar, na brevidade de uma vida, toda a intensidade do infinito. Cada orgasmo terá a eletricidade de milhares de relâmpagos e cada medo, a força purificante de uma feroz tempestade. Se não conhecemos o tempo, tudo empalidece, tudo se torna insosso. A eternidade, sem essa fruta, é apenas tédio! Uma obediência cega a um vazio sem nome.

A serpente torna a escalar os galhos e volta com outra fruta. Em vez de jogá-la para mim, ela a morde, mastigando-a até transformá-la numa pasta viscosa, que lhe escorre pela boca. Desliza pela árvore, arrasta-se até meus pés e escala meu corpo nu, enlaçando-me.

— Aproxime seus lábios! — ordena, babando. — Se a obediência lhe impede de comer a fruta, experimente-a através do meu beijo. Beije-me e aceite seu destino. Beije-me, e a ajudarei a encontrar as respostas que procura. Já que decidiu não usar mais seu sexo, ao menos me beije e volte a sorrir.

— *Ele*...

— Abra os olhos, mulher! Não é *Ele* quem lhe aprisiona. São as memórias dela! Ela, sua mãe, Eva! Vamos, aproxime-se. Encontre meu sorriso! Reencontre *seu* sorriso! Liberte-se, Eva. Foi assim que tudo começou, não? Foi por culpa dessa submissão que Joachim foi gerado. Vamos. Liberte-se e o reencontre.

Com a carne entorpecida, sacudida por convulsões irregulares, aproximo da língua excitada da serpente minha boca levemente aberta e deixo-me ser beijada. Ela passa o corpo úmido por entre minhas pernas e me comprime, e relaxa, e me comprime. Nossas línguas se misturam. O sabor da fruta desce pelos meus órgãos, penetrando-os, embebendo-os e, tal a víbora dissera, transforma-se na eletricidade de milhares de relâmpagos, rasgando meu corpo em muitos.

— Quem é você? — balbucio, entre respirações espasmódicas.

A serpente afrouxa o abraço e responde, sibilando alto:

— Eu sou *Isto*!

Caminho até a árvore, as pernas molhadas, pego outra fruta, levo-a à boca e mordo. A fruta, a serpente, o Éden, tudo em minha volta começa a adquirir a gradação difusa da fumaça e juntos nos dissipamos, permanecendo apenas o sabor da transgressão e o som da serpente, dizendo repetidamente: *Isto!*

• II •

Eva abriu os olhos, e os fechou em seguida. Queria manter, seguros pelas pálpebras cerradas, os fios tênues que a ligavam àquele sonho. O corpo ainda sentia a excitação provocada pelo beijo. Desejava continuar experimentando as sensações inéditas. Porém, não conseguia mais dormir.

Enfiou a mão numa discreta abertura na lateral do colchão e tirou seu diário de sonhos. Tinha rasgado aquela fenda para esconder ali o pequeno caderno. Alguns sonhos eram bastante íntimos, e uma empregada curiosa, ou pior, a mãe, quando ainda era viva, poderia ler as anotações e tirar conclusões erradas. Pegou a caneta e a pequena lanterna no criado mudo. Registrou todos os detalhes da cena que acabara de viver. Releu e sublinhou algumas linhas, riscando por várias vezes três delas: "As memórias de sua mãe a aprisionam", "Beije-me e volte a sorrir", e "Eu sou *Isto*!..."

Apagou a lanterna, fechou o diário e o deixou no chão.

A falta de luz a impedia de distinguir qualquer objeto. Gostava de dormir na completa escuridão, a tela perfeita para pintar os sonhos. Levou as mãos para perto do rosto, não conseguia vê-las, ou qualquer outra parte do corpo. Passou os dedos pela barriga, circulou o umbigo, subindo, até tocar os seios molhados. Percebeu que toda a pele estava encharcada.

Olhou para o relógio ao lado da cama. Os números digitais, única luz visível no quarto, marcavam em vermelho apenas o início da madrugada. Decidiu se levantar e tomar um banho. Caminhou tateando as paredes até o banheiro, preferiu não acender as luzes. Suspirou ao sentir a água escorrer pelo corpo. Esquecendo o sabonete, lavou-se por inteiro com as mãos nuas.

Voltou para a cama, deitou-se e esperou por um sono que demorou a vir.

Pensava em Joachim. Desde que ele desaparecera, tivera noites sem sonhos. Mal conseguia dormir. E, então, a serpente. Sentia-se excitada pela experiência no Éden. Excitada e culpada. Culpada por ter se deixado levar pelos estímulos sensoriais, pelo prazer, durante a tentativa de encontrar respostas mais concretas.

"As memórias de sua mãe a aprisionam". Culpa e mãe eram palavras que sempre estiveram juntas. Mas como uma fruta, uma transgressão, poderia levá-la até o filho, ou decidir sobre a oferta de Adhya? Não sabia.

E havia algo mais. Algo que a mantinha desperta, afastando o sono, chegando bem perto e sumindo, voltando e tornando a fugir, os olhos pesaram e Eva cochilou.

Acordou, minutos depois, sacudida por um susto. Havia algo, sim. Algo que lhe escapara, e agora lhe vinha de forma tão clara que já podia vê-lo: o diário de sonhos de Anna!

Quase todas as pessoas que trabalhavam com sonhos possuíam um registro de tudo o que acontecia enquanto sonhavam. A irmã também mantinha um diário. Anna tinha especial cuidado com o seu e, tal como ela própria, escondia-o dentro do colchão.

Eva não conseguiu dormir outra vez. O reitor Hélios a chamara para uma conversa pela manhã, e logo depois passaria no apartamento da irmã. Se a polícia não tinha mencionado o diário, era porque não o havia encontrado. Provavelmente, ele ainda estaria lá, enfiado no discreto rasgo do colchão, contendo as anotações dos últimos sonhos de Anna.

• III •

ZED PERMANECIA alheio ao barulho das vozes e do som da TV. Lia sua revista *UFO* enquanto aguardava na sala de espera do Hospital Albert Einstein.

— Vamos lá, Zed? — chamou a enfermeira. — Seu amigo te espera.

Zed fechou a revista e seguiu a mulher. Perguntava-se o motivo de somente as enfermeiras do cinema serem louras gostosas, donas de seios enormes, usarem saia curta sobre pernas grossas, e, sobretudo, terem a cruz vermelha, *da mesma cor do batom*, no chapéu branco e engomado, que parecia alertar: *Cuidado garoto, se eu for te visitar nos seus sonhos, você vai acordar com uma mancha redonda bem na frente da calça do pijama.*

Já a senhora usando uma espécie de uniforme alaranjado, que o acompanhava ao quarto de Alec, faria um grande favor se nunca aparecesse nos seus sonhos, nem nos pesadelos.

Alec o esperava deitado. Os aparelhos ligados no peito e braços emitiam bipes curtos de tempos em tempos. Apertou o botão ao lado da cabeceira e permitiu que a cama inclinasse até o ferimento começar a doer.

Zed sentou-se a seu lado, abriu um pequeno bloco e deu três batidas nele com a caneta.

— Hoje é você que está deitado no divã, hein, *chefe*? — brincou Zed, fingindo tomar notas, imitando Alec em suas sessões. — E eu estou aqui para ajudar. Me conte, como se meteu nessa roubada?

— Zed, seu malandro... — disse Alec, com o mesmo sorriso que costumava usar no consultório. — Já lhe contei essa história pelo menos dez vezes. Você quer que eu diga que estou bem no meio de uma conspiração internacional, não é?

Zed rabiscava enquanto repetia:

— Conspiração internacional... O *chefe* se meteu com a turma pesada. — Completou, sem olhar para Alec. — E se ele acha que é tudo bobagem, por que me pediu para trazer o dossiê?

— Ora Zed, que dossiê que nada! Apenas informações, só isso. Trouxe mesmo o que pedi?

— Tá aqui! — mostrou Zed, tirando da mochila o livro de capa escura. — *Os Nove Desconhecidos*. Toma cuidado, foi muito difícil achar.

Alec pegou o exemplar e o folheou. Pensou em devolvê-lo. Não fazia a coisa certa. Seu trabalho era livrar pessoas de doenças como alucinações e síndromes de perseguição, não incentivá-las.

— Zed, quero que entenda: só pedi este livro por curiosidade.

— Claro, *chefe*. Começa assim. Logo, logo, vai achar que esses caras existem pra valer. É uma historinha e tanto essa aí.

Alec pegou os óculos na mesa de cabeceira, ajeitou-os sobre o nariz, abriu o livro e leu a introdução em voz alta:

"No inverno de 960 d.C., Gerbert d'Aurillac retorna à Itália após longa viagem às Índias. Traz na bagagem um pequeno livreto de nove páginas. O manuscrito contém mais segredos que a soma de todos os volumes que o monge beneditino poderá ler em toda sua vida.

Alguns anos depois, d'Aurillac torna-se o Papa Silvestre II.

Em seus aposentos, sozinho ou acompanhado dos bispos de sua confiança, Silvestre II faz perguntas sobre o destino da cristandade, sobre as probabilidades das guerras, a respeito da complicada política europeia. Essas perguntas não são dirigidas a um profeta, ou algum estudioso, mas a uma cabeça de bronze, um artefato assombroso que responde 'Sim' ou 'Não' ao Santo Padre. Quando questionado sobre o funcionamento da máquina espantosa, o Papa diz apenas ser de mecanismo bastante simples, que se baseia em cálculos com dois números, um código binário — o mesmo usado hoje em computadores! Diz, também, que o segredo das engrenagens lhe foi ensinado por uma das nove páginas do tal livreto.

Dez séculos depois, no final da Segunda Grande Guerra, um jesuíta procura nas ruínas da fortaleza de Hitler as mesmas nove páginas. O religioso é encontrado agonizante. Em seu delírio, fala sobre a única prova da existência d'Os Nove Desconhecidos, *o livreto de Gerbert d'Aurillac. Conta que o manuscrito fora entregue ao* führer *pelo Vaticano, como condição imposta pelo líder nazista para evitar a destruição de Roma. Com o fim da guerra, a missão do jesuíta é recuperar o misterioso texto. Mas antes de poder reavê-lo, é atacado e morto. O livreto desaparece. Ninguém fora do Vaticano pode assegurar a existência do raro volume. O mundo esquece Silvestre II, esquece* Os Nove Desconhecidos. *O mundo parece se esquecer de que, em toda a sua história, o conhecimento em posse errada ameaça a liberdade, a sanidade, o futuro".*

Alec terminou a leitura e permaneceu calado. Havia meses que Zed vinha insistentemente falando d'*Os Nove Desconhecidos*. Dizia ser dos nove estranhos personagens que viria o conhecimento para se concretizar a *profecia* do *Web Bot* de que as pessoas teriam os sonhos roubados. Era difícil acreditar naquele texto, a história tinha todos os elementos de uma boa ficção, não de fatos. Ainda assim, decidira ler o livro. Se não pudesse ajudar Eva – e, provavelmente, não conseguiria nada além de entretenimento com aquelas informações – ao menos entenderia melhor seu jovem paciente.

• IV •

EVA ESPEROU ALGUM TEMPO antes de entrar. A porta aberta do apartamento de Anna era um convite a reviver momentos que desejava esquecer.

Estivera ali com a polícia, mas o vaivém de homens mexendo nas coisas e fazendo perguntas não deixou tempo para relembrar cenas escondidas na memória. Depois que a investigação terminou, não teve coragem de voltar. Tampouco quis vender o imóvel, nem mudar as coisas de lugar. Agora, ali, sozinha, a presença da irmã por aqueles cômodos, tocando os móveis, espalhando o perfume pelas cortinas, sonhando mundos completos deitada em sua cama, entrava-lhe pelos olhos, pelos poros, e se propagava em ondas de tristeza.

Como pude me esquecer do diário de Anninha?

Cruzou a sala e parou em frente ao balcão. Anna gostava de fotografias. *Fotografias recentes*, dizia ela, *as antigas, mesmo as muito felizes, acabam por ter a felicidade desbotada pelo tempo, e parecem despertar, em vez de recordações boas, uma irrefreável melancolia pela vida que se deixou para trás.*

Fotografias recentes...

Ali estavam as duas irmãs, emolduradas pela porcelana branca, abraçadas a Joachim em frente ao bolo de aniversário. Lembrava-se bem daquele dia. O filho, fazendo espirais no cabelo com o dedo indicador; ele sempre fazia isso quando tentava falar. Naquele dia, tinha feito a primeira e única pergunta completa de sua vida. E a primeira pergunta fora sobre o pai.

Aquele... Filho da mãe!

Também tinha sido a primeira vez que mentira para o filho. Dissera que o pai havia morrido. Não foram exatamente as palavras usadas, lembrava-se, na verdade, dissera que o pai tinha viajado para longe, não voltaria mais, e ficara muito, muito triste mesmo, em ter de deixado Joachim.

O pai de Joachim... Grandessíssimo filho da mãe! O cretino olhava para minha barriga grávida como se não soubesse o que tinha acontecido. Minha vontade ainda é cortar seu pau e jogar num triturador.

Ali estava também, entre as outras, a única foto que não fora trocada nos últimos anos. Nesse ponto, Anna tinha razão sobre fotografias antigas. Aquela imagem realmente trazia para o presente uma melancolia profunda: Hermes e Helena Abelar, seus pais, na festa em que celebraram trinta anos de casados. Dias depois, eles viajariam para comemorar a data na Europa.

Mamãe brigava quando dizíamos que eles iriam curtir mais uma lua de mel. Na verdade, ela não gostava de nada que não pudesse ser escrito nas páginas da sua Bíblia. "Só turismo, minhas filhas, só isso", ela explicava. Papai sorria e a abraçava.

Os Abelar jamais voltaram daquela viagem. Um acidente com a lancha nos mares do mediterrâneo terminou com a bela história de amor no seu trigésimo aniversário.

E, bem no centro do balcão, a foto de Anna no dia da inauguração do apartamento.

Como ela estava feliz! Tinha conseguido comprar a cobertura de seus sonhos.

Quartos amplos, a suíte com banheira, a sala, a lareira, um deque que cobria toda a varanda com vista para a imensidão de concreto e luzes de São Paulo. Tinha custado muito dinheiro. A irmã dissera que o emprego na Yume estava deixando-a na feliz condição de não ter de conferir o saldo bancário a cada final de semana. Vinte e cinco mil dólares de salário, Anna havia confessado. E mais bônus por resultados. Valores suficientes para mudar a vida de uma garota tal como a varinha da fada havia feito com Cinderela. Um encanto que também se quebrou à meia noite...

Por que diabos foi fazer isso, Anninha? Por que foi se atirar de cabeça no asfalto?

Desviou os olhos das fotografias. Um pensamento perturbador desceu da cabeça e atingiu-lhe o estômago. Todas aquelas fotos eram passado, não seriam mais trocadas por novas imagens, novas poses, abraços quentes. Todos aqueles sorrisos congelados pareciam esconder a angústia pela morte inevitável, morte que a cada ceifada no vasto campo de homens lançava nova afronta de desforra impossível. Todas aquelas vidas eram agora fósseis emoldurados, serviam apenas para criar uma nostalgia sem cura.

Toda a minha família se foi. Toda ela, em tão pouco tempo.

Abriu a porta do quarto de Anna. A tontura atingiu-a sem aviso. Segurou firme na maçaneta evitando despencar no assoalho. Depois daquele cinema mudo sobre o balcão, estava no lugar onde, segundo o relatório policial, a irmã tinha saído para se lançar na queda que a matara. Esperou o equilíbrio retornar e foi direto para a cama. Procurou pelo pequeno corte na base do colchão, ao lado da cabeceira. Encontrou, quase imperceptível, o talho no tecido. Podia escutar os batimentos acelerados do coração quando enfiou a mão pela abertura e sentiu os dedos tocarem o diário. Retirou-o e, como se segurasse um objeto sagrado, deu-lhe um demorado beijo. Abriu-o na última página. Ouviu novamente o coração se descompassar quando leu, sublinhadas várias vezes por riscos enérgicos, as palavras:

O livro velho. É nele que está o segredo.

Eles querem roubar nossos sonhos; querem roubar Joachim.

• V •

Eva bateu na porta e entrou.

— Com licença, Dr. Hélios.

O reitor endireitava a gravata borboleta amarela em frente ao espelho. Fez sinal para Eva se sentar. Caminhou até sua mesa e se atirou na enorme poltrona.

— O senhor quer falar comigo? — disse Eva, dispensando as saudações.

— Na verdade... — começou o reitor, sem conseguir desviar os olhos dos seios de Eva sob a blusa, e pensando no motivo daquela mulher nunca usar decotes. Adoraria ver a pele adocicada que os sustentava, pele morena afunilando-se nos dois mamilos que brotavam em sua direção. Como gostaria de tocar com a língua aqueles dois...

— Algum problema? — interrompeu Eva, tirando Hélios do transe.

— O assunto pelo qual lhe chamei... Bem... Não é um bom momento para falar disso... — hesitou o reitor, puxando a pesada gaveta de mogno e tirando o maço de cigarros. Acendeu um, sem se dar conta de que já tinha outro queimando pela metade no cinzeiro.

— Não é um bom momento para falar de quê? — cortou, novamente, Eva. Não gostava daquele homem, queria abreviar o máximo possível a conversa.

— É... Bem... Tive a reunião mensal do conselho e, você sabe... Suas pesquisas com os tais sonhos lúcidos estavam encontrando muita resistência em nosso corpo docente.

— Qualquer coisa que se afaste da linha freudiana encontra resistência junto ao nosso corpo docente, senhor.

— Não é bem assim. Mas, sonhos lúcidos...

— Sr. Hélios, estou, realmente, muito ocupada. O que, afinal, não é um bom momento para se falar?

O reitor se levantou, caminhou pelo gabinete, abandonando os dois cigarros acesos no cinzeiro. Eva permaneceu sentada, em frente à mesa vazia.

— O Conselho decidiu suspender suas pesquisas — disse, finalmente. Parou em frente ao espelho e alinhou a gravata borboleta. — Seu tema de trabalho foge um pouco do nosso modelo. Isso vem expondo a Universidade Livre de São Paulo. A imprensa, as revistas especializadas... Ainda há comentários sobre sua exposição em Viena. Não são *muito bons* comentários, entende?

— Dr. Hélios, esses *tais* sonhos lúcidos de que fala fazem parte de minha vida. Essa pesquisa pode mudar a forma como usamos a psicologia.

— Entenda, não sou eu. O Conselho...

Eva se levantou e encarou o reitor. Se ele tinha que lhe dar más notícias, ao menos teria de fazê-lo olhando nos seus olhos.

— E... Bem... — continuou Hélios. — Eles estão exigindo sua saída da Universidade. Infelizmente, Dra. Eva, tenho de demiti-la. Espero que entenda, não é culpa minha. Tentei defendê-la, mas...

— Sim. Claro que entendo.

Era o fim de suas pesquisas e do trabalho na Universidade. A morte de Anna, o desaparecimento de Joachim, Alec levando um tiro, e agora a demissão. Acontecimentos demais para serem considerados eventos isolados. Tinha alguma coisa por trás daquela conversa com Hélios. Podia cheirar isso. Pensou em dizer ao reitor o quanto era desprezível e o quanto a comunidade científica perdia com pessoas como ele, mas apenas caminhou para a porta e, antes de sair, perguntou:

— Mais alguma coisa que não seja o momento certo para falar, senhor?

Hélios tirou o lenço de seda amarela, elegantemente dobrado para enfeitar o bolso do casaco e combinar com a cor da gravata, e enxugou a testa. Queria dizer a Eva que, se ela aceitasse transar com ele, uma única vez, mandaria a Yume, o Prêmio Nobel e as centenas de milhares de dólares que iam rechear em poucos dias sua conta bancária, mandaria tudo para o inferno. Apenas uma única vez. Mas, em vez disso, falou com a voz quase sumindo:

— Lamento que tudo isso esteja acontecendo. Se precisar de minhas recomendações, estarei à disposição.

Eva saiu sem se despedir. Detestava aquele sujeito. Um grandessíssimo imbecil, ele e sua gravata borboleta. Tinha certeza de que qualquer dia, de tão enojada quanto ela se sentia agora, aquela pobre mariposa de asas amarelas criaria vida e sairia voando do pescoço do reitor.

Capítulo seis

• I •

O RECEPCIONISTA arqueou as sobrancelhas. Correu os olhos da cabeça aos pés de Eva, parecendo não se importar com a deselegância daquela atitude. Arrumou o quepe vermelho que tombava para o lado da cabeça, e só então fez a pergunta esperada:

— A quem devo anunciar? — disse, intencionando mostrar surpresa com o fato de que alguém vestindo calças jeans pudesse ter qualquer assunto com a elegante oriental que ocupava a suíte presidencial do Hilton.

Eva tinha certeza de que já tinha visto alguém vestido como aquele sujeito em algum filme sobre ditadorezinhos sul-americanos.

— Doutora Eva Abelar, rapaz! — respondeu, aumentando o tom da voz no título de doutora. — E apresse-se, por favor. A senhorita Kan me espera para o café.

Não foi difícil encontrar Adhya no salão de refeições, todos os olhares masculinos apontavam para ela. O *tailleur* em seda negra ajustava-se ao relevo do seu corpo, contrastando com a pele branca, que cobria como neve úmida as saliências e reentrâncias das suas formas.

— Minha cara Eva! — saudou Adhya. Ergueu-se, levantando com ela todos os olhares do salão. — Fico feliz que tenha decidido conversar! Sente-se, aprecie estes pratos fantásticos. Os sabores deste país são únicos!

Assim que viu o sorriso nos lábios de Adhya, Eva lembrou-se da serpente do seu sonho. Não sabia o porquê, mas aquela mulher estimulava-lhe os sentidos, amplificando suas sensações.

— Obrigado, Adhya — respondeu, sentando-se. Sobre a mesa, ao lado da carteira *Chanel Classic* negra, notou o jornal do dia, aberto na página que noticiava as investigações sobre o suicídio de um famoso investidor da bolsa de valores de São Paulo.

— Veja só — comentou Adhya, observando que Eva olhava para o jornal. — Aconteceu aqui perto, não?

— Duas quadras daqui. Na semana passada, esse mesmo homem ganhou a primeira capa dos principais jornais do país. Ganhou uma pequena fortuna na bolsa. Ele deveria estar comemorando, e não se matando. Li que ele tinha feito bom dinheiro com as Indústrias Yume.

— Nossos negócios estão indo muito bem. — disse Adhya, enquanto dobrava o jornal e pedia ao garçom que o levasse da mesa. — E irão crescer muito mais, quando o novo projeto chegar ao mercado. Mas vamos falar disso daqui a pouco. Achei que não fosse aceitar meu convite. Queria muito conversar com você.

O leve perfume de Adhya harmonizava-se com as frutas do desjejum. A mistura de aromas fez com que Eva, inconscientemente, procurasse naquele pomar sobre a mesa o fruto do Éden que havia devorado em seu sonho.

O garçom aproximou-se, oferecendo café. Eva aceitou. Na verdade, queria pedir ao garçom que enchesse duas xícaras, quem sabe o efeito estimulante da bebida fizesse desaparecer o torpor que começava a sentir.

— E então? — perguntou Adhya, assim que o garçom se retirou. — Vai aceitar minha oferta? Vai se juntar à Yume?

— Quero ouvir um pouco mais. O que é esse projeto? E por que você precisa da minha ajuda?

— Vou começar pela resposta mais fácil — disse Adhya, inclinando--se sobre a mesa e aproximando-se de Eva. — Preciso de você porque é a melhor!

O perfume enlaçou Eva, que recuou milímetros imperceptíveis, mas suficientes para escapar do abraço volátil.

— Melhor em quê?

— Em sonhar lucidamente. Seu pai descreveu feitos maravilhosos nesse campo. Os artigos dele eram sensacionais. Pena que não quisesse trabalhar para a Yume naquela época... Já estaríamos com o jogo no mercado se isso tivesse acontecido.

— Nunca soube que meu pai tinha sido convidado para trabalhar na Yume.

— Isso quer dizer que ele respeitou nosso acordo de confidencialidade. Não importa. Você estudou a teoria, dominou as técnicas, pesquisou os efeitos. Está um passo à frente de qualquer pessoa neste tema. Sua tese sobre a *superconsciência* vai ultrapassar o trabalho de seu pai. Nosso projeto entrou numa fase que precisa de sua competência.

— E a segunda pergunta? O que é esse projeto?

— Em outra ocasião eu não poderia falar sobre isso. Não sem antes assinarmos o mesmo acordo de confidencialidade que firmamos com seu pai. Mas vou abrir uma única exceção. Confio em você. Sinto como se a conhecesse há muito tempo.

Adhya puxou a cadeira para perto de Eva. Baixou a voz e começou a explicar o que considerava ser uma das mais revolucionárias interações homem-máquina desde a internet:

— Quando falamos em jogos digitais, impomos sempre a dissociação entre o jogador e o jogo, entre o real e o virtual. De um lado, há a realidade do jogador, seu corpo, seu ambiente, seus sentidos; do outro, a virtualidade dos jogos, os *joysticks*, os personagens, as fases, as desagradáveis mensagens de *start*, *stop*, *game over*, etc. Mesmo quando tratamos de jogos em 3D não conseguimos suprimir essa separação entre o jogador e o jogo. A consciência e os cinco sentidos impedem a completa dissociação.

Eva podia sentir o hálito de Adhya, tão próxima estava do seu rosto.

— Enquanto estamos sonhando, as histórias que vivemos são reais — continuou. — Sentimos os efeitos de nossas ações e reações no organismo.

— Sei bem disso — concordou Eva.

— Agora, imagine se, durante o período em que estamos sonhando, pudéssemos usar conscientemente o sonho, implantando nele todas as fases de um jogo. Todas as sensações dos jogadores, enquanto estivessem jogando, seriam percebidas exatamente como se eles estivessem vivendo no mundo real!

— Mais devagar, Adhya. Não estou entendendo aonde quer chegar.

— Se levássemos os jogos para dentro dos sonhos, Eva; se, no lugar do vídeo ou dos dispositivos 3D, esses jogos acontecessem dentro dos nossos sonhos! Imagine só isso! Programaríamos os temas, as fases, as pontuações para acontecerem enquanto o jogador estivesse sonhando! Em um jogo de guerra, nós estaríamos realmente lá, nos campos de batalha, suando, com medo das explosões, nos assustando com os tiros, sentindo as dores de um estilhaço de granada, o conflito de matar uma pessoa. Ou poderíamos jogar, no nosso sonho, um jogo de futebol. Ficaríamos lado a lado com os jogadores mais famosos do mundo, chutando a bola, gritando *gol*, vibrando com os urros da torcida! Ou, ainda, poderíamos estar numa corrida de Fórmula 1, não com *joysticks*, Eva, mas no *cockpit*, com o volante nas mãos e o carro de Ayrton Senna à frente.

Adhya respirou. Seus olhos brilhavam. Os lábios estavam molhados e trêmulos.

— Tudo isso, Eva, sendo vivenciado não através da frustrante dissociação entre o real e o virtual, mas como se fosse de verdade, com a textura da realidade que os sonhos permitem, as cores, odores, sabores, o medo, o cansaço, a dor, o prazer! Tudo como experimentamos no mundo real! E o jogador-sonhador estaria lúcido, tomando decisões, sentindo na pele as consequências de cada uma de suas ações!

Adhya tornou a respirar e completou:

— Não é fantástico?

Eva conhecia os efeitos de um sonho lúcido. Adhya não estava exagerando. Se o projeto realmente conseguisse criar um dispositivo que misturasse sonhos lúcidos e *video games*, não restariam dúvidas de seu sucesso comercial e da tal revolução na interação entre homem e máquina que ela havia anunciado.

— O que vocês estão fazendo é algo mais que fantástico — respondeu Eva depois de longa pausa. — Estou impressionada. Vejo muitas outras aplicações para essa tecnologia.

— Sua teoria da superconsciência seria o próximo passo. Poderíamos começar produzindo aulas oníricas com Freud, Einstein. Poderíamos estar sentadas em frente a Platão, discutir sobre as implicações do mito da caverna. Aprender com Da Vinci sua engenharia, sua pintura. Ah, tanta coisa, Eva! Imagine um mergulho lúcido em nosso subconsciente! Até chegarmos ao desenvolvimento da superconsciência. Você ganharia o Nobel com isso!

Eva tomou um gole do café. Precisava de todos os seus sentidos vibrando em nota máxima. Escolheu bem a pergunta seguinte:

— Achar um atalho para a superconsciência pode significar escravidão.

Adhya recuou, encostando-se na cadeira.

— O que disse? Achei que fosse esse o objetivo da sua pesquisa.

— Esse *é* o objetivo de minhas pesquisas. Por isso mesmo conheço os possíveis, como direi... *efeitos colaterais*.

— Não entendo, Eva. O que isso tem a ver com os jogos em sonhos?

— Pode ser que não tenha nada, mas essa tecnologia pode ser um atalho perigoso.

Adhya dispensou, com um movimento de mão, o garçom que vinha servir mais café.

— Continue, Eva. Estou tentando acompanhá-la.

— Você conhece a teoria de Benjamin Libet?

— A *morte do livre-arbítrio* — disse Adhya, como se anunciasse o próximo filme da programação de TV. — Uma teoria bem difícil de entender. E mais difícil ainda de engolir.

Eva notou que Adhya molhou os lábios com a ponta da língua por duas vezes. O assunto a deixava nervosa.

— Entender o que Libet demonstrou no seu laboratório na Universidade da Califórnia é fácil. Você, por exemplo, acabou de mover a língua pelos lábios. Libet provou que o impulso elétrico enviado por seu cérebro para que molhasse os lábios foi disparado pouco antes de você ter decidido mexer a língua. Em termos mais científicos, as descobertas de Benjamin Libet provam que as decisões que tomamos são primeiro criadas em nosso subconsciente, e cerca de meio segundo depois se convertem no que ele chamou de decisão consciente. Ou seja, você, Adhya, assim como todos nós, achamos que estamos no controle, mas não passamos de marionetes que têm suas cordinhas manipuladas sabe-se lá por quem. Ou o quê.

Eva sustentava o olhar de Adhya. Alguma coisa lhe dizia que todas aquelas palavras não eram novidade para a vice-presidente sênior da divisão "A" das Indústrias Yume.

— E você crê — disse Adhya, tornando a se aproximar de Eva — que se conseguirmos chegar através de algum tipo de tecnologia nesse *ponto antes da consciência,* onde as decisões são realmente construídas, podemos tomar as *cordinhas* de quem quer que esteja brincando de Deus e assumirmos o controle?

— Sim, é uma possibilidade.

— Mais um motivo para se juntar a nós e supervisionar as pesquisas.

— Existe mesmo tecnologia para uma coisa dessas? Nunca ouvi nada parecido. Tudo soa como fantasia.

— Não só existe, como está pronta, e sua irmã ajudou muito. Precisamos de você para a próxima fase.

Eva pegou a maçã que estava sobre a mesa. Mordeu-a e mastigou com calma. Lembrou-se da última frase escrita pela irmã no diário: "*Eles querem roubar nossos sonhos; querem roubar Joachim*". As palavras da serpente renovaram-se, avivadas pelo sabor da fruta: "*Só experimentando a liberdade poderá encontrar o que procura. E a liberdade, mulher, é um jogo em que se aposta nada mais, nada menos que a própria lucidez*".

— Um *onirogame*... — disse, lembrando-se das palavras do homem no cemitério.

— Quase. Você quase acertou, Eva. O produto se chamará *DreamGame*.

O indiano estava certo. Na prática os nomes eram os mesmos. A pista tornava-se quente, mas havia ainda outro teste:

— E o salário Adhya? Estamos falando de algo grande aqui.

— Você já tem sua proposta, certamente. Então vamos, diga e vejamos o que eu posso fazer.

— Cinquenta mil dólares mês, mais bônus por resultados.

O número era o dobro do salário da irmã, e Eva desconfiava que o valor seria aceito sem contrapropostas.

A vice-presidente executiva da Yume tirou o *iPhone* da *Channel Classic*, teclou algumas combinações de números e respondeu:

— Fechado, Dra. Abelar. Cinquenta mil mais bônus por resultados.

Eva aproximou-se ainda mais de Adhya e, passando o dedo pelos lábios, dispensando o guardanapo, concluiu:

— Fechado, Dra. Kan. Se vamos solidificar sonhos, pode contar comigo.

• II •

O AR PAULISTANO, carregado pelo vapor tóxico de milhares de escapamentos de automóveis, pareceu à Eva o puro oxigênio dos campos. Inspirou, sacudiu a cabeça, buscando livrar-se do leve efeito entorpecente que a conversa e o perfume de Adhya tinham lhe provocado.

Será que estou sonhando? — perguntou a si mesma. Repetia o teste de realidade frequentemente. Percebeu que, desta vez, seus sentidos hesitaram numa resposta imediata.

Encostou-se num dos carros estacionados em frente ao Hilton enquanto aguardava o táxi. Alternava os pensamentos entre o audacioso projeto de inserção de jogos em sonhos e a voz hipnótica de Adhya, quando sentiu a mão firme agarrar-lhe o braço.

Conseguiu conter o grito. Se fosse um assalto, isso só pioraria as coisas.

A descarga de adrenalina misturou-se ao sangue e circulou por suas veias. Pior. Não era um assalto. Reconheceu no homem que a segurava o indiano do cemitério.

— Você aceitou? — perguntou o estranho. — Aceitou trabalhar para eles?

Eva depois pensaria se aquela atitude fora algo inteligente, mas naquele momento apenas livrou o braço, tomou impulso e acertou um soco direto no rosto do homem.

— Isso é por Alec, seu filho da mãe! — disse, e gritou por ajuda.

Os seguranças do hotel se aproximaram, cercando Eva e o estrangeiro.

— Algum problema com esse sujeito aí, madame?

Antes que pudesse responder, o homem se livrou do cerco e escapou pulando entre os carros.

— Tudo bem, madame? Era assalto? Quer entrar e tomar um copo d'água?

— Não, obrigada. Por favor, me chame um táxi.

O torpor tinha voltado mais forte. Sentia as mãos formigarem, a bochecha queimar. O cérebro parecia girar como que capturado por um pé de vento. Quem era aquele homem? O que queria e por que a perseguia?

— O táxi chegou, madame. A senhora está bem mesmo?

Eva não respondeu. Abriu a porta e atirou-se no banco de trás. Sentiu todo o peso daquela manhã espremê-la contra o assento. Não aceitar a proposta? Tornara-se impossível essa escolha.

Havia o projeto. Sonhos se tornando universos acessíveis por programas e dispositivos tecnológicos. Uma coisa extremamente perigosa. Tinha muito em que pensar sobre todas as implicações dessa nova ferramenta.

Havia Anna. A certeza de ter sido a irmã assassinada por alguma relação com o projeto *DreamGame* aumentava.

E havia, principalmente, Joachim. Sua intuição a empurrava em direção a Yume. Algo que sentia crescer em seu ventre, uma segunda gravidez lhe preenchendo de esperança. Conhecia os riscos, mas não desperdiçaria seu melhor palpite para encontrar o filho.

• III •

— É aqui, *chefe*!

Alec leu em voz alta a inscrição na placa de madeira para a qual Zed apontava o dedo:

— *Eliphas, Antiquário: Livros raros.*

Zed sorria, feliz como um guia que apresenta o roteiro surpreendente. Antes de entrarem, segurou o braço de Alec e perguntou:

— É por causa da *dona* Eva, né? É por causa dela que a gente tá aqui. Pode me contar, *chefe*. Eu já sei...

Alec não respondeu. Bateu na porta e entrou.

Dentro da loja, um velho estudava com lupa o que parecia ser o mais antigo dos livros. Deu a impressão de não ouvir os visitantes, pois sequer levantou a cabeça.

— Ei, *seu* Eliphas! — chamou Zed. — Trouxe um cliente novo. O homem é doutor.

O antiquário ergueu os olhos e, junto com eles, a lupa, observando Alec através do instrumento.

— Estou vendo, estou vendo... — disse, finalmente, depois de analisar em detalhes o rosto de Alec. — Estão procurando algum volume específico?

— Falei com o *chefe* sobre *Os Nove Desconhecidos*. Ele quer trocar uma ideia com o senhor.

Alec aproximou-se do balcão e estendeu a mão:

— Muito prazer, senhor Eliphas. Meu nome é Alec. Sou psiquiatra e...

— Então, é você quem trata do pirralho... Acho que devia mudar de método.

Alec começou a se arrepender da ideia de ter ido ali.

— Sou também pesquisador de fatos históricos não oficiais — continuou, tentando chegar o mais rápido possível ao ponto. Já percebera que o tal Eliphas não era alguém muito fácil de conversar. — Quando Zed me contou sobre a lenda dos Nove Desconhecidos, fiquei curioso. Nunca antes tinha ouvido nada sobre esse assunto.

O antiquário fechou o livro. Colocou a lupa num estojo aveludado, coçou a barba branca e rala.

— Muito pouca gente já ouviu falar sobre eles. E, como você, a maioria dos que ouviram pensa que é uma lenda.

— Não é? — desafiou Alec, acreditando que talvez a provocação fosse a maneira mais rápida de conseguir informações.

— Acredita em duendes, filho?

Alec não esperava por aquela pergunta. A sensação de arrependimento voltou mais forte.

— Não, claro que não. Acredito em fatos.

— Então, você está perdendo seu tempo aqui.

— Mas o senhor mesmo disse que não há nada de lenda nessa história! Pensei que tivesse provas disso.

— Provas? Sou antiquário, filho, não arqueólogo. E alguns assuntos precisam mais do que fatos para serem compreendidos. Precisam de contexto, de imaginação. Consegue me acompanhar?

Alec não conseguia acompanhar coisa alguma. Mas já que estava ali, tinha de prosseguir.

— Por que o senhor não conta para o *chefe* sobre a *Biographia Antiqua*? — interferiu Zed. — Ela não tem muito *desse* contexto, mas de imaginação tem bastante!

Eliphas pensou por um instante. Quando começou a falar, Alec não soube dizer se o fizera para atender ao pedido de Zed, ou para se livrar mais rapidamente dos dois.

— Um dos poucos livros que fala sobre os Nove Desconhecidos é o *Le Matin des Magiciens*, de Pauwels e Bergier. Um grande livro! E muitas das informações que tenho vêm dali. Outra fonte é a que o pirralho citou. O abade Valentim traduziu para o espanhol um raro volume da *Biographia Antiqua*, de autoria do pouco conhecido Mousieur Bodin, um cabalista obscuro que viveu no século 10. O tal abade acrescentou na sua tradução experiências e pesquisas que realizara com o Papa Silvestre II; experiências essas bastante incomuns, pode acreditar. O documento original ainda está, segundo dizem, nas estantes empoeiradas do Vaticano. Ah! — Eliphas interrompeu a narrativa. — Daria toda a minha fortuna para passar um só dia naquela biblioteca!

Alec ficou imaginando de que fortuna o velho estaria falando. Sentiu o desânimo empurrar seus ombros para baixo. Provavelmente, e se convenceria disso se ouvisse o velho falar por mais uns minutos, estava conversando com um lunático.

— A tradução feita pelo abade Valentim — continuou Eliphas — correu os círculos secretos na Europa medieval, e dela poucas cópias foram feitas. Ela traz em seu oitavo capítulo a narrativa de uma guerra que aconteceu na Índia, cerca de 270 a.C. O imperador Ashoka tinha expandido seus domínios através de confrontos sangrentos, pagando pelas conquistas com a perda de milhares de vidas. Conta o livro que o imperador, passando por um campo após violento combate, impressionou-se com tanto sangue e destruição, convertendo-se, então, ao budismo. A partir daí, seu governo passou a desenvolver a cultura, a filosofia, a arquitetura.

Os olhos de Zed brilhavam.

— Viu só, *chefe*? Viu só? Tá tudo no livro!

— Fique em silêncio, pirralho. Ainda não terminei. Ashoka construiu um império grandioso, mas nunca se esqueceu daquela cena no campo de batalha. Sabia da terrível destruição que a tecnologia pode causar, se usada como instrumento de guerra. Sabia também, caso não protegesse todo o conhecimento produzido no império, que cedo ou tarde suas terras seriam novamente encharcadas de sangue. Assim, Ashoka criou uma irmandade secreta, formada por nove homens sábios. A missão daqueles nove homens era reunir toda a ciência e tecnologia daquela época para ocultá-las do resto da humanidade, tal como o pai esconde a faca do filho pequeno para preservá-lo de um corte. Todo o conhecimento só deveria ser usado sob os critérios morais do budismo. Cada um daqueles sábios foi responsável pela elaboração de um livro, cada livro contendo uma ciência.

Eliphas tomou fôlego. Como não prosseguisse, Alec incentivou:

— História muito interessante. Perfeita em seu contexto, mas não vejo aí onde há a necessidade de imaginação. Tudo isso pode realmente ter acontecido como o senhor falou.

O antiquário voltou a tirar a lupa do estojo e abrir o livro que estava estudando. Alec dava a conversa por encerrada, quando Eliphas completou:

— A *Biographia Antiqua* diz também que os Nove Desconhecidos ainda viviam no século em que foi escrita, ou seja, quase mil e trezentos anos depois de Ashoka. E talvez caminhem até hoje entre nós. Os Nove cuidam para que não encontremos jeito de explodir este planeta de uma vez por todas...

— E agora, *chefe*? Passou a ter necessidade de um pouco de imaginação?

Eliphas voltou a analisar o velho livro. A conversa terminara, mas Alec arriscou a última pergunta:

— Por acaso o senhor não teria aqui cópia de alguma edição recente da *Biographia Antiqua*, teria?

— Edição recente da *Biographia Antiqua*? Doutor, você não entendeu mesmo a parte da imaginação... Mas digo a quem se dispuser a escalar morros disfarçados de ruelas em Ouro Preto que numa travessa lateral ao museu da Casa do Conto encontrará o sobrado pintado de azul e branco, com a placa onde mal se lê *Livros velhos*. Lá dentro, com paciência e uma boa dose de persuasão, o cético poderá convencer o velho proprietário, tão velho quanto eu, se ainda estiver vivo, a lhe mostrar a cópia espanhola da *Biographia Antiqua* e conferir, nas páginas amareladas do capítulo oitavo, a história que acabei de narrar.

• IV •

O REITOR HÉLIOS chegou em casa mais cedo. Acendeu um cigarro e encheu o copo de uísque, bebendo goles fartos enquanto procurava pela caixa que deveria ter chegado naquela tarde.

— A imprestável da empregada! Onde será que ela colocou?

Lembrou-se de que toda a correspondência era deixada sobre a mesa do escritório. Cruzou a sala esbarrando nos móveis. Tropeçou no tapete.

O uísque voou do copo, molhando o queixo e manchando a inseparável gravata borboleta. Parou de praguejar quando viu o embrulho com o logotipo dos correios.

— Aí está! — disse, e tomou o resto da bebida. — O aparelho que me levará ao prêmio Nobel! — Levantou um brinde com o copo vazio.

Abriu a caixa e tirou o dispositivo. Uma espécie de viseira, ligada por fios maleáveis ao fone auricular, foi tudo o que viu.

— Isso? Só isso? — resmungou, a voz perdendo a euforia. — O que mais temos aqui? Hum... Instruções...

Hélios leu e releu o documento, enquanto consumia cigarros e uísque. Tentava entender como aquele *negócio* poderia levá-lo a ganhar qualquer tipo de prêmio.

Foi para a cama embriagado. Ajustou o aparelho aos olhos e ouvido. Dormiu.

E em seu sono, Hélios sonhou.

Sonhou que caminhava por uma estação de metrô. Paredes de azulejo branco refletiam as luzes das lâmpadas de vapor metálico, provocando em sua pele agradáveis ondas de calor. Viu, ao final do longo túnel, o que lhe parecia ser um farol de locomotiva. Seguiu em direção ao ponto luminoso.

Não demorou e o chão frio da estação se transformou numa trilha de minúsculas pedras do sol, mornas e suaves aos pés nus. A extensa floresta de loureiros ladeava toda a via. Raios de luz, refletidos nas pedras da vereda, misturavam-se uns com os outros e lhe atingiam os olhos produzindo efeitos caleidoscópicos. Viu a clareira. Achou que *deveria* seguir para lá.

Usava uma espécie de lençol que lhe cobria a virilha. Não lhe ocorria ter no guarda-roupa vestimenta como aquela. Procurou recordar se a tinha comprado recentemente. Não! Estava seguro que não! Definitivamente, não era o tipo de traje à venda em *shopping centers*.

E aquelas luzes, de onde vinham? Atacavam-lhe as retinas de todos os lugares! Sem pausas.

Elas vinham... Vinham lá de fora!

Hélios descobriu — e não se lembrava de ter tido em toda sua vida revelação tão monumental quanto aquela — que estava sonhando! O local, as luzes, as vestes, nada daquilo fazia parte do seu mundo em vigília. Simplesmente estava sonhando!

Lembrava-se! Antes de dormir... Usava o aparelho para ter sonhos lúcidos. A máquina que fazia acordar dentro do mundo onírico.

As luzes vinham do aparelho!

Desejou flutuar. Os pés saíram do chão. O peso do corpo dissipou-se, como se boiasse no espaço. Uma alegria intensa arrebatou-lhe os sentidos.

Voou em direção à clareira.

A primeira conversa que tivera com Eva anos atrás sobre sonhos lúcidos voltava à sua memória.

A conversa.

Ali tudo era permitido! Foi o que ela dissera. Tudo!

Tudo, inclusive a própria Eva!

Eva. Quantas vezes aquela mulher tinha entrado em seu escritório, o cheiro intenso de fêmea avançando-lhe nas narinas, agredindo-lhe os olhos com as formas saborosas, os seios estufando a blusa, as nádegas modelando o jeans, o volume entre as pernas convidando o beijo. Cada dobra da carne de Eva marcava-lhe os sentidos com um desejo lancinante. Quantas vezes! E, depois, o olhar de desprezo... Ela saía porta afora, deixando-o sozinho com o apetite por saciar, o corpo sofrendo as centenas de ferroadas, atiradas por um cupido debochado.

Agora, dentro do sonho, estava pronto para experimentar Eva. Via-a ao final da vereda, no centro da clareira, deitada na relva que lhes serviria de cama.

Voou mais rápido.

Lá estava ela. Eva! Vigorosamente sensual, suavemente imprópria.

Aproximou-se, deixou cair o pano que lhe cobria os quadris. Um sentimento de profunda liberdade assolou-o. A nudez! Arrepiou-se com a permissão dada à sua pele de tocar o mundo diretamente, sem tecidos ou paredes. Jamais tinha experimentado tamanha exultação, sem timidez, sem culpa. Que sensação! Nem quando gastava boa parte do salário com as garotas mais jovens do bordel e as drogas mais caras da farmácia, seu instrumento brandia com tanta firmeza. Ah! A completa nudez! Difícil imaginar que uma peça de tecido pudesse impedir tanta volúpia; a roupa, concluiu, era o cinto de castidade do tato.

Olhou os seios de Eva, as coxas, o espaço virgem entre elas. Sim! No seu sonho, a cada orgasmo, Eva se tornaria virgem outra vez! Agarrou-a pelos ombros, sentiu o símbolo intumescido de sua obsessão roçar as pernas da sua amante.

Inesperadamente, Eva virou-lhe as costas e fugiu. Correu como se tivesse asas nos tornozelos. Hélios gritou, mas ela não respondeu. Ele voou e a perseguiu.

Quanto mais perto chegava, mais sentia o desespero de Eva. Alcançou-a. Agarrou-lhe os braços. Ela rendeu-se, aparentemente.

Quando a puxou para seu corpo, preparando o beijo, Eva começou a se transformar: os poros se fecharam, a pele endureceu, tornando-se lenhosa à maneira dos caules de arbustos. Os pés sumiram terra adentro, enraizando-se como que para suportar um terrível vendaval. Os cabelos negros esverdearam-se, manchados pela clorofila, a longa cabeleira converteu-se numa folhagem, encopando o corpo amadeirado. Ao final da odiosa transmutação, Eva tinha se transformado em mais uma das árvores da vasta floresta de louros.

Hélios ainda procurou o beijo, ainda tentou carícias. Nada. Como retribuição, sentia apenas a aspereza da lenha, a indiferença da imobilidade.

Amaldiçoou-a. Que ousadia privá-lo dos desejos no seu próprio sonho! Ela não podia fazer isso! Não ali!

Hélios olhou para as luzes girando ao seu redor. Aquele era o *seu* sonho!

Beijou o loureiro e penetrou-o com todo seu desejo. A transmutação se desfez.

Eva! Ali estava ela! De volta. Nua.

Hélios a esbofeteou. Gritou que, nos seus sonhos, ela não poderia desprezá-lo. Sentiu prazer quando bateu em Eva. Esbofeteou-a mais uma vez, derrubou-a ao chão. Ordenou-lhe que abrisse as pernas, e caiu sobre ela com seu mundo.

O reitor acordou. Olhou para os lados, procurando Eva. Apalpou as calças molhadas. Tentou, em desespero, voltar a dormir. Precisava regressar àquele mundo onírico. No dia seguinte, tornou a chegar em casa mais cedo, foi para a cama e teve o mesmo sonho. E também no seguinte. A cada sonho, o homem que dormia era um pouco diferente do sonhador que despertava.

• V •

A CAMPAINHA TIROU Eva da cama. Acordara havia bastante tempo, mas deixou-se ficar deitada, mirando o teto, lendo nas figuras acidentais do papel de parede uma história imaginada.

Levantou-se e caminhou até a sala. Aproximou-se do olho mágico, sondou o lado de fora. Fechou a camisola, arrumou os cabelos, só então abriu a porta.

— Olá, Alec!

— Desculpe-me, Eva. Vim cedo só porque pediu. Não imaginei que a tiraria da cama.

— Entre, Alec. Estou acordada faz tempo. Vamos para a cozinha. Vou preparar um café. Como vai o ferimento?

Se Eva tivesse um espelho à sua frente, poderia ver Alec observando as curvas que modelavam suas nádegas enquanto a seguia para a cozinha, tentando ver através da camisola que flutuava sobre a pele. E, se pudesse captar os pensamentos dele, ouviria as palavras de Zed ecoando-lhe no cérebro, em uma das vezes que o garoto Alec flagrara com os olhos escalando as partes convexas do seu corpo:

Ei, chefe, por que não agarra logo a dona Eva e dá aquele trato nela?

— O ferimento cicatrizou bem. — respondeu Alec. — Coça um pouco, dói quando faz frio. Ao menos não saio de casa sem agasalho daqui para frente.

— Vou começar a ligar para você antes de decidir o guarda-roupa do dia. — brincou Eva. — Sente-se aí enquanto faço o melhor café que já tomou.

Pegou o bule no armário, encheu-o com água, caminhou até o fogão e disse, sem olhar para Alec:

— Aceitei a oferta. Vou trabalhar na Yume. Continuar as pesquisas de Anna.

— Eva, tem certeza de que é uma boa ideia?

— A polícia não tem pistas. Nada. Até hoje, nenhum contato do sequestrador, nem pedido de resgate. É tudo muito estranho. Não vou ficar esperando. Tenho certeza de que a Yume está por trás do rapto de Joachim.

— Isso não é um bom motivo para ficar longe desse tipo de gente?

Eva acendeu o fogo e encheu o coador de café. Quando voltou a falar, a voz tinha perdido a firmeza.

— Não posso ficar longe — disse ela, tentando esconder as lágrimas. — É Joachim. Sinto muita falta dele. Não dá para, simplesmente, ficar sentada aqui e esperar. Se não fizer nada, nunca mais vou ver meu filho. Parece que todo mundo já se esqueceu dele. Só eu é que não...

A chaleira apitou, como um sinal para que Alec assumisse antes que Eva desabasse.

Alec levantou-se e a abraçou, ouvindo ainda mais fortes as palavras de Zed gritarem em seus ouvidos.

Ei, chefe, por que não agarra logo a dona Eva?

— Sente-se aqui, Eva. Eu termino o café.

Alec queria falar sobre suas investigações, mas todas as vezes que repetia para si as palavras do antiquário Eliphas sentia como se tivesse trocado de lugar com qualquer um dos seus pacientes.

— Pode pegar duas xícaras naquela cômoda? — pediu Eva, enxugando as lágrimas.

Alec, acostumado com as mais improváveis situações em seu consultório, tentava controlar o tremor nas mãos enquanto segurava as duas peças de porcelana. Não conseguia encontrar as palavras certas para ajudar Eva.

— Entendo você — disse, servindo as xícaras. – Acho que faria a mesma coisa, se tivesse um filho...

Deixou a frase morrer. Joachim poderia ter sido seu filho.

Conhecera Eva na faculdade, onde viveram por três meses uma paixão que não acreditava ser possível na vida real. *Os três melhores meses da sua vida*. Nunca ouviu da boca de Eva o motivo de ela o ter traído, nem quem era o pai do garoto. Ela simplesmente chegou e terminou tudo. Sem explicações. Foram tempos difíceis, mas nunca vira Eva reclamar uma vez sequer da gravidez, nem das dificuldades que viveria a partir daquele nascimento.

O aroma acolhedor do café se sobrepôs aos pensamentos antigos, trazendo Alec para o presente.

— Vou viajar por um tempo — retomou Eva.

— Sair de São Paulo? Para onde?

— China. Conversei com a vice-presidente da Yume. Na fase em que o projeto se encontra é necessário usar o Laboratório Onírico da empresa. Eles têm equipamentos de neuroimagens do tamanho de um ônibus.

— Quanto tempo?

— Dois meses, mais ou menos.

— Eva, sair assim, agora... E se precisarem contatar você para falar sobre Joachim?

— Foi por isso que o chamei aqui.

Eva contou sobre a conversa com Adhya e sobre o que lera no diário de Anna.

— Deus do céu, Eva! Olhe onde está se metendo!

— Preciso de você, Alec. Adhya propôs ajudar, mas não sei se posso confiar. Talvez ela seja só uma executiva tentando aumentar o valor das ações da empresa, sem saber de tudo o que se passa lá dentro. Ou talvez não. Vou desviar todos os meus telefones para seu número. Se puder passar aqui em casa, uma ou outra vez, para ver se há algum recado... Tentarei manter contato da China.

— Não tem mesmo jeito de você desistir dessa ideia? Estará totalmente sozinha lá.

— Não.

— Então, passarei aqui todos os dias.

— Tenho que ver de perto esse negócio. Produzir jogos em sonhos; a coisa pode ser muito perigosa, sabe?

— Por que acha isso?

— Palpite. Lembra-se da aula sobre Pavlov e as experiências com cachorros?

— A teoria do reflexo? Não está exagerando?

— A teoria diz ser possível condicionar nossa resposta usando estímulos neutros para modificar nosso comportamento. Com isso, Alec, se a Yume quiser, pode, sim, infectar aqueles brinquedinhos. Quer melhor lugar para implantar reflexos condicionados do que em sonhos que se repetem e se repetem?

Eva era uma psicóloga, e Alec não queria ter de encarar seu olhar treinado quando começasse a falar sobre sociedades secretas. Mas depois do que ouvira, talvez não fosse diagnosticado como louco se contasse sobre as pesquisas com Zed.

— Aceita outra xícara? — ofereceu, para tomar fôlego.

— Aceito.

Alec serviu a xícara. Antes de contar o que andara investigando, sorveu um longo gole, queimando a língua e o céu da boca.

Terminou a narrativa e esperou, dobrando e desdobrando o guardanapo sobre a mesa, as observações de Eva.

— Alec, se me contassem uma coisa dessas semanas atrás, eu encaminharia o sujeito imediatamente para sua clínica. Depois de tudo o que aconteceu, até acho ser possível haver alguma verdade nisso.

Eva aproximou-se de Alec e o abraçou.

— É bom saber que ainda se preocupa comigo, Alec. Preciso de sua ajuda. Preciso muito.

Alec agradeceu a Zed pela insistência em levá-lo até Eliphas. Aquele abraço valera todo o mau humor do antiquário. Quem sabe, o garoto também não tivesse razão quando havia disparado, com a mesma desenvoltura de um conselheiro amoroso:

Ei, chefe, por que não agarra logo a dona Eva e dá aquele trato nela?

Capítulo sete

• I •

Estou sonhando?

Eva repetiu a pergunta algumas vezes, enquanto esperava por suas malas no *Luggage Hall* do Terminal 2, no Aeroporto Internacional de Pequim.

O vaivém frenético de pessoas vestindo ternos ou quimonos, o aroma de perfumes exóticos, centenas de vozes num idioma desconhecido estourando em seus ouvidos, letreiros em alfabeto ocidental ou *hànzì* chineses, tudo se misturava aos sentidos com textura de sonhos.

Eva ajeitou a bagagem no carrinho; pouca, avaliava agora, para uma mulher que passaria algumas semanas em um país estrangeiro. Andou pelos corredores tentando manter as pernas amortecidas pela longa viagem numa linha reta. Na sala de desembarque, dois homens a aguardavam. Um deles, usando óculos *Ray-Ban Aviator* e vestindo jaqueta e calças jeans, segurava o cartaz com seu nome.

— Dra. Eva Abelar, certo? — perguntou, antes que Eva pudesse se identificar.

— Eu mesma. Como sabia? Não precisou desse aviso aí que tem nas mãos, afinal.

— Só para o caso de não ver a senhora desembarcar.

— Adhya lhe deu uma foto minha?

— Não foi preciso, doutora. Sigo com bastante interesse o seu trabalho. Li todos os seus artigos. Pode deixar que cuido das malas.

Eva notou que o outro homem limitava-se a observá-la.

— Meu nome é Lee — disse, empurrando o carrinho de bagagens. — Esse aqui é Chiang. Trabalhamos para a Yume. Me ofereci para vir buscá-la. Dormiremos em Pequim e amanhã, logo após o almoço, seguiremos para Kumo. Dois dias de viagem. Normalmente, a gente iria de helicóptero, mas as condições do tempo não garantem voo seguro. — E continuou, emendando assuntos como normalmente acontece no primeiro encontro, e se é obrigado a parecer à vontade e interessante. — Vai adorar o lugar, doutora. É onde a Yume construiu o V11. O mais moderno centro de pesquisas sobre sonhos do planeta! Tudo lá é fantástico!

— Todo este país me parece fantástico — disse Eva, aproveitando a pausa de Lee. — Preciso de um telefone. Não estou conseguindo acionar o *roaming* do meu celular.

— Não se preocupe com celulares. Lá em Kumo eles são proibidos. Questão de segurança, entende? Se quiser ligar para o Brasil, use este aqui. — ofereceu Lee, tirando o aparelho do bolso. — Deixam que usemos um provisório, quando saímos do laboratório.

— Você também trabalha em Kumo?

— Sou engenheiro eletrônico — respondeu Lee, tirando os óculos e guardando-os no bolso da jaqueta. — Este é o projeto da minha vida!

Eva observou que Lee provavelmente era filho de pai ou mãe ocidental. Os olhos eram alongados, mas grandes; deixavam bem à mostra a íris, de um raro azul de céu noturno. Os cabelos negros enformavam o rosto renascentista, como se um escultor daquela época quisesse equilibrar em sua obra os finos traços orientais com os contornos ousados dos antigos cretenses. Era alto, de estatura pouco comum aos homens asiáticos.

— E seu amigo? — perguntou, apontando com o queixo para Chiang. — Fala inglês?

— Ele é calado assim mesmo.

Eva examinou Chiang. Algo incomodava o homem. Seu olhar corria pela multidão e retornava, não de forma contínua e suave, mas aos trancos, como o galo movimenta o pescoço, assustado pela aproximação da raposa.

Seguiu os dois até o estacionamento. Lee abriu uma das portas traseiras para Eva e foi colocar as malas no bagageiro. Chiang sentou-se no banco do motorista e, antes que seu colega entrasse no automóvel, virou-se para trás e murmurou, misturando inglês e mandarim. O que Eva conseguiu entender causou-lhe tanto desconforto quanto apreensão:

— O V11 não tem nada de fantástico. Um inferno. Mas a doutora já deve saber. Não deveria estar aqui.

• II •

O REITOR HÉLIOS fechou os olhos. Tentava protegê-los da luz fluorescente refletida pelos azulejos da estação. Não se lembrava de ter alguma coisa para fazer ali. Nunca usara o metrô como transporte, ainda mais tão tarde da noite.

Estaria em seus sonhos? Tentou voar. Ergueu os braços, esticando o corpo como se espreguiçasse. Não via a tão conhecida vereda ao final do túnel, nem a floresta de loureiros, a clareira e, acima de tudo, não via Eva. Nenhum som, a não ser o zumbido elétrico das lâmpadas. Ninguém. Os corredores estavam despovoados como um deserto.

Vinha sonhando com Eva todas as noites. Acordava excitado, os sinais do orgasmo espalhados pela barriga, grudados nos pelos das coxas. Tentava voltar ao sonho, desesperava-se quando não conseguia. Já nem era capaz de trabalhar. Por várias vezes a secretária tinha entrado em sua sala na Universidade e o flagrado com os olhos vidrados, o sorriso amolecido nos lábios e uma das mãos dentro da calça.

Passou a voltar para casa após o almoço, chegando aflito, descontrolado, como quem procura a seringa recheada de heroína. Tirava o dispositivo sonhador da caixa, colocava-o sobre os olhos com as mãos vacilantes. Engolia copos de uísque para dormir mais rápido e, então, como viciado após insuportável abstinência, relaxava ao avistar a vereda, os loureiros e, sobretudo, Eva.

As luzes da estação acertavam-lhe golpes nos olhos, ainda assim, Hélios mantinha a visão congelada no fim do corredor. Não era a *sua* vereda, mas... Ah! Agora sim! Lá estava ela! Mesmo a distância podia reconhecê-la. Usava vestido de cortes laterais, exibindo as coxas nuas. Vestido verde-escuro, que combinaria mais com *sua* clareira de gramas altas e menos com aquela paisagem branca e azulejada. Não importava! Com ou sem gramas verdes, ia transar com Eva.

Aproximou-se, o tesão eletrificando o corpo, turvando-lhe a visão, fazendo com que as luzes parassem de lhe ferir os olhos.

Ela fingia não reconhecê-lo, permanecia indiferente. Até nos sonhos ela o desprezava! Mas isso também já não tinha importância, ao contrário, ajudava a excitá-lo ainda mais. O ar de desdém só servia para aumentar-lhe a força dos músculos, ele então a esbofetearia, atiraria ao chão aquele corpo de meretriz, rasgaria as roupas, arrancaria a calcinha. Logo, logo, ela trocaria a indiferença pelos gritos, depois grunhidos, sussurros e, por fim, uivos.

Afrouxou o cinto, abriu o zíper e a agarrou. Jogou-a no chão e se atirou sobre ela. Mordeu as carnes do pescoço.

Ela gritou. Tentou se erguer, mas ele a prendia sob o peso do seu corpo. Ela desferiu um soco direto na sua têmpora e mordeu sua orelha. Até então nunca havia lhe batido. A dor era uma experiência nova. Gostou. Devolveu o soco, afundou os dentes nos seios que tinha arrancado para fora do vestido.

Ela gritou novamente. O som ecoou pela estação seguido por um início de choro, abafado pelo sangue que escorria do nariz.

Hélios, montado sobre o corpo da mulher, arremessou o que restava do vestido nos trilhos perigosamente próximos. Rasgou a própria camisa e tornou a investir. Agarrou-a pelos cabelos com uma das mãos, enquanto a outra procurava pela calcinha, rindo, beijando-a, mordendo. Sentia que ia gozar antes mesmo de penetrá-la.

Um chute violento o fez rolar para o lado. Por pouco, não caiu da plataforma. Olhou atordoado o homem de pé, segurando uma arma.

— Seu porco! Fica aí no chão ou estouro seus miolos! Me dá a mão aqui, moça. Levanta e sai de perto desse merda!

Hélios observava o policial como se o visse através de um vidro espesso e sujo. Franzia o cenho, apertando os olhos. Quem era aquela aparição que o agredia em seu próprio sonho? Quem era aquele idiota que interrompia seu amor com Eva? Iria fazê-lo desaparecer! Melhor, iria transformá-lo numa árvore! Uma árvore com olhos, para que ficasse ali e aprendesse como se fode uma vadia!

Levantou-se e, apesar da ordem de prisão, avançou contra o policial. Ouviu o estrondo do tiro. Sentiu as luzes mais fortes, o corpo cambalear, o chão faltar sob os pés — *finalmente, iria flutuar?* — e caiu da plataforma sobre os trilhos de um trem assassino, que avisava sua aproximação por meio de um apito longo e definitivo.

• VI •

O JIPE, COM A LOGOMARCA da Yume nas portas, lutava para se manter na precária estrada para Kumo. Subidas e descidas íngremes, lama e buracos perigosamente camuflados por poças de água barrenta transformavam o trajeto num desafio de resistência e habilidade. Eva podia ver o suor escorrer pelo pescoço do motorista. Observava também Chiang, que viajava calado no banco da frente. Ainda não tivera oportunidade de perguntar-lhe sobre exatamente o que quis dizer com *o V11 ser um inferno e ela não dever estar ali.*

Além do motorista, Chiang e de Lee, um monge, de barbas e cabelos longos que formavam uma moldura embranquecida sobre o rosto esquálido, completava a comitiva. O ancião entrara no carro sem esforço, apesar de aparentar idade avançada, e sem cumprimentar ninguém, permanecendo em silêncio desde então. Parecia dormir, com o corpo alto e magro enrolado na túnica alaranjada.

Viajavam sem parar havia quase dez horas. Eva concluiu, pelo isolamento do lugar, que tão logo não encontrariam um posto de gasolina. Lembrou-se da irmã. Anna deveria ter feito aquele mesmo caminho quando esteve na China, talvez com as mesmas pessoas. Resolveu arriscar, perguntando a Lee:

— Minha irmã não me contou sobre esta estrada horrível quando veio para cá. Você conheceu Anna?

Lee pareceu sair de um transe. Demorou algum tempo antes de falar. Eva imaginou se ele não estaria escolhendo a resposta mais adequada.

— Todos em Kumo conheciam a Dra. Anna Abelar. — disse, por fim. — Além de uma profissional brilhante, Anna era uma pessoa muito especial.

Eva notou a diferença de tom com que Lee havia pronunciado as últimas palavras. Notou também que o formal *Dra. Anna Abelar* se transformou logo em seguida em apenas *Anna*.

— Assim era minha irmã. Vocês trabalhavam na mesma equipe?

— Sim. Também estarei na sua nova equipe. Anna falava muito de você. Comentava sobre suas pesquisas, seu gênio, das aventuras que viveram juntas, do quanto você era bonita. Disse a ela que um dia iria ao Brasil só para conhecer a famosa Dra. Eva. Agora, a gente aqui, prontos para trabalhar num projeto fantástico. Estou muito excitado com essa expectativa.

Eva não deu atenção aos elogios. Queria escavar mais fundo, descobrir o que mais Lee tinha guardado em suas memórias.

— Minha irmã também comentou sobre uma pessoa muito especial que tinha conhecido aqui. Isso quando a gente conseguia se comunicar. Disse que estava se apaixonando... Pedi a ela fotos, mais detalhes. Mas acho que era proibido enviar qualquer arquivo pelos e-mails do laboratório, não? Mesmo quando ela voltou para o Brasil, falou pouco do que viveu aqui na China.

— A empresa é muito rígida com qualquer tipo de informação ligada a esse projeto, você vai ver.

Eva decidiu por uma pergunta direta:

— Você e Anna tiveram um caso? Era você a tal pessoa especial?

— Não. — respondeu Lee, abrindo o que pareceu a Eva meio sorriso. – Éramos apenas bons amigos.

— Me desculpe se pareço intrometida. Depois que se perde alguém querido, esse tipo de informação se torna importante, sabe? Mas me diga: Por que a Yume escolheu um lugar tão afastado? — perguntou, mudando de assunto.

— Para ajudar a manter segredo. Segredo absoluto. Chegando lá, ainda assim seus olhos não vão ver o laboratório... Eva, o *DreamGame* é o grande projeto da Yume e, para manter sigilo, ela construiu algo realmente inacreditável.

As montanhas se sucediam umas às outras, e o jipe continuava sua luta contra o barro, sem parecer estar chegando a lugar algum.

— Lee, preciso parar — pediu Eva.

— Algum problema?

— Estou apertada.

— Apertada?

— Na minha terra quer dizer que, se não parar o carro agora, vou urinar nas calças.

Eva percebeu a mudança de cor nas faces de Lee enquanto ele respondia, virando o rosto para a janela a fim de esconder o embaraço:

— Ah! Me perdoe! Vamos dormir num pequeno vilarejo antes de Kumo. — Lá você poderá usar o banheiro. Consegue esperar só mais um pouco?

— Não me diga que existe civilização por perto! Com o carro balançando desse jeito vai ser difícil, mas vou tentar. E o nosso venerável aí? — disse, apontando com o queixo para o monge. — Será que tem língua?

— Tenho sim, minha filha — respondeu o ancião em inglês, e completou — língua velha e um tanto atrofiada, mas acho que ainda serve para falar alguma coisa.

— Opa! Me desculpe! Pensei que o senhor... Bem, como não disse nada na viagem inteira... Sabe, tinha certeza de que não falava um idioma estrangeiro.

O monge sorriu, permanecendo com os olhos quase fechados enquanto falava.

— É que você e meu amigo Sr. Lee conversavam tão animadamente! Não precisavam de um velho para dividir o assunto — disse, abrindo um dos olhos no que pareceu ser uma piscadela.

— Este é Tule, um mestre de Yoga dos Sonhos — apresentou Lee. É um dos grandes colaboradores do nosso projeto. Não o apresentei antes porque nunca sei quando está praticando seu Yoga. Prefiro que ele mesmo diga quando pode falar com a gente.

— Muito prazer, senhorita. Lee me contou sobre seu trabalho. Fiquei impressionado.

Eva agradeceu e prometeu a si mesma tomar mais cuidado com o julgamento sobre quem entendia ou não outro idioma.

— Como suas práticas colaboram com o projeto, senhor Tule?

— Tule, minha filha, Tule. Tire fora o *senhor*. Não precisa gastar mais palavras que o necessário.

Eva deixou-se envolver na explicação de Tule sobre o Yoga dos Sonhos. Só se lembrou de que precisava ir ao banheiro quando o carro chegou ao vilarejo e estacionou em frente a um barracão cheio de galões azuis empilhados.

— Está vendo aquela porta do outro lado da rua? — Apontou Lee. — Ali é onde vamos dormir. É uma mercearia. O dono aluga quartos. Pode entrar lá e usar o banheiro. Não se preocupe, ninguém vai barrar você, nem perguntar nada. Vamos comprar um desses galões e abastecer o jipe. Estaremos lá em minutos.

Eva correu para a mercearia. Acenou para o velho atrás do balcão, não recebeu em troca a mais leve manifestação. Atirou-se pela porta que julgou ser o banheiro, a única naquele lugar. Tentou fechá-la. Percebeu que não tinha tranca. A privada era um buraco no chão. Arriou as calças e agachou-se atrás do tapume, a única barreira de privacidade para quem usasse a latrina. Sentiu que molhava as pernas. Não viu nenhum papel higiênico.

Ouviu o barulho da porta se abrindo e alguém entrando no banheiro.

— Ei! — gritou. — Tem gente aqui! Pode esperar lá fora?

Ninguém respondeu. Olhou por cima do tapume esperando ver, a qualquer momento, um rosto observando-a urinar.

— Olá! — insistiu. — Quem está aí?

Levantou-se e ergueu as calças. Saiu de trás do tapume, fechando o zíper. O que viu quase a fez molhar ainda mais a roupa.

Apoiado contra a porta, o homem de feições indianas que quase causara a morte de Alec no mesmo dia em que enterrava a irmã impedia a saída do banheiro.

• IV •

— CONSEGUIU? Conseguiu recuperar o aparelho?

— Não.

— Pode falar mais alto? A ligação está ruim.

— Não! Você é surdo, velho? O negócio não estava na casa do sujeito.

— O quê? Não está com o aparelho?

— Diabos! Já disse, revirei tudo e não encontrei nem sinal daquele treco. Vocês, chineses, deveriam dar um jeito de melhorar suas linhas telefônicas ou lavar os ouvidos.

— E você deve saber o motivo de sempre pagarmos adiantado. Não sabe? Se não sabe, vou lhe contar: é porque não admitimos falhas. Consideramos o serviço feito quando pagamos. Entendeu? Hein?

— Vou checar o escritório do cara. Vai ser mais difícil. A Universidade está sempre cheia de gente. Mas vou dar um jeito. Depois que o *campus* fica vazio, a vigilância aumenta. A segurança é eficiente. O melhor horário é quando a secretária do defunto sai, mesmo com a circulação de estudantes por lá. Acho que posso me passar por um deles.

— Você? Se passar por estudante? Se esse é seu melhor plano, começo a ficar preocupado.

— Já disse que vou dar um jeito, velho!

— Então, que dê um jeito rápido. Se a polícia encontra o aparelho... Usando uma palavra que você entende bem: estamos todos *fodidos*. A coisa é séria, entendeu? Muito séria!

• V •

SE NÃO DIMINUÍSSE a pressão das costas contra a parede, Eva receou que a qualquer momento sua coluna vertebral pudesse rachar. Nem por isso atenuou a força, não com o indiano que apontara um revólver para sua cabeça e quase tinha provocado a morte de Alec impedindo a única saída do banheiro.

— Você! — balbuciou, mal conseguindo ouvir a própria voz.

— Por favor, não se assuste. Nem grite. Não vou lhe fazer mal. Só quero ajudar, senhorita. Só ajudar.

— Só ajudar? — repetiu, procurando por algo que pudesse lhe servir de arma. — Por pouco Alec e eu não morremos por sua causa!

— Eu disse para seu amigo ficar longe, não disse? E quanto à senhorita, sabia que não iriam atirar.

Eva sentiu o pé esbarrar num vaso de metal. Agachou-se e o agarrou. Aquela espécie de penico não era a melhor coisa contra um homem armado, mas certamente era mais duro que seus punhos.

— Não se aproxime! — ameaçou com o vaso.

— Fique calma. Já disse, não vou lhe fazer mal. Se aquele atirador não tivesse aparecido, talvez eu pudesse ter convencido a senhorita a não vir para este lugar!

O indiano abriu a jaqueta, tirou o revólver com a ponta dos dedos e o ofereceu a Eva:

— Tome. Me deixe falar por um minuto. Se depois quiser usar isto, fique à vontade.

Eva moveu-se com rapidez. Avançou e agarrou a arma. Apontou para a cabeça do indiano.

— O que sabe da morte de Anna? Onde está meu filho?

— O projeto que a Yume está desenvolvendo é uma armadilha! — disse o indiano, sem parecer se importar nem com o revólver, nem com as perguntas de Eva. — Ainda não sei como funciona, mas vou descobrir. Já morreu muita gente por causa dele, senhorita. E vai morrer ainda mais, acredite.

— Acreditar em você? Como posso saber que não tem nada a ver com a morte da minha irmã? Ou com o rapto do meu filho? Vamos, fale. Quer experimentar o mesmo que Alec?

— Sei quem pegou seu filho! Tentei evitar. O homem que o sequestrou é perigoso demais. Se me colocasse em seu caminho, ele poderia ter matado o menino.

Eva abaixou a arma e apoiou-se na pia. O cérebro ameaçou um curto-circuito.

— Joachim! Onde ele está agora? Pelo amor de Deus, me diga!

— Não sei para onde levaram a criança. Perdi a pista dele no Brasil. Talvez eles o tenham trazido para cá.

— Eles, quem?

— A Yume. E mais uma centena de outras empresas. Servem todas de fachada para os Assuras.

— Nunca ouvi falar disso!

— Ninguém nunca ouviu. É uma organização de criminosos e loucos. Não temos mais tempo. Seu novo amigo deve estar chegando. Não conte sobre essa conversa. Não confie em ninguém. É tarde demais para a senhorita voltar para o Brasil. O que está feito está feito. Mas tome cuidado. Se precisar de ajuda, dê um jeito de voltar a este vilarejo ou ao hotel onde se hospedou em Pequim. Entendeu?

— E Anna? Como soube dela?

— Também avisei sua irmã, do mesmo jeito que estou fazendo com a senhorita.

O celular de Eva começou a tocar. O homem agarrou a maçaneta, apoiou o ombro na porta e o firmou com força, enquanto procurava a origem do som.

— É meu — disse Eva, tirando o aparelho do bolso da calça.

— Desligue! Rápido!

Eva desligou e percebeu que o homem relaxara um pouco.

— Celular, aqui? Como? Estamos longe de tudo!

— É por satélite. O amigo que quase morreu insistiu que trouxesse um destes.

— Muito esperto ele, mas não vai conseguir entrar com isso na Yume. Vão revistar a senhorita. Revistar toda, entende? Se encontrarem o aparelho, vão ficar com ele.

— Quem é você?

— Meu nome é Jhothi. Tenho de ir. Se puder me devolver a arma... Volte aqui caso precise, senhorita. E caso consiga...

Eva quase deixou a pistola cair quando uma voz gritou do lado de fora:

— Tudo bem aí?

Jhothi soltou a maçaneta. Pegou a arma e disse, antes de se esconder atrás do tapume:

— Se a senhorita disser que estou aqui, sou um homem morto.

— Tudo bem aí? — voltaram a perguntar por trás da porta. — Posso entrar?

A maçaneta se moveu, Tule pôs a cabeça dentro do banheiro. Eva molhava as mãos sob a torneira da pia.

— Oh! Desculpe-me! Como não respondeu... — Tule parou a frase quando olhou para Eva. — Você está bem, minha filha? Suas pernas estão tremendo... E molhadas.

Eva jogou um pouco de água no rosto. Ainda não se decidira quanto a confiar ou não no indiano agachado atrás do tapume. Ele contara sobre Joachim, sobre Anna. Se o entregasse, talvez pudessem levá-lo à polícia e fazê-lo falar. Mas e Tule? E Lee? Seriam pessoas em quem poderia confiar? Resolveu arriscar.

— Tudo bem, Tule. É a viagem. Não estou acostumada a chacoalhar desse jeito.

— Tem certeza que está tudo certo? Às vezes, um velho yogue como eu parece inútil, mas pode contar comigo, minha filha. Pode sempre contar com este velho aqui. Naturalmente, homens da minha idade conseguem perceber o desespero nos olhos dos mais jovens...

Eva gostaria de poder dizer o que se passara. Precisava dividir a pressão. Olhou para a figura de túnica branca e laranja. Pensou se poderia mesmo contar com a ajuda daquele homem ou de Lee, caso necessitasse. Se o que

Jhothi dissera sobre a Yume fosse realmente verdade, precisaria confiar em alguém. Tule e Lee pareciam ser as pessoas certas. Mas, por enquanto, ainda os observaria. Teria a chance de colocá-los à prova. Cada um deles.

— Obrigada, Tule. Está tudo bem, sim. Vamos, quero ver logo o quarto onde dormiremos esta noite. Agora preciso mesmo é de um bom banho.

• VI •

CAMA ERA A ÚLTIMA coisa que Eva pensaria em chamar o estrado onde iria dormir naquela noite. *Sacrifício mais adequado a Yogues*, avaliou. Deitou--se no colchão de palha de arroz, esperou todos os ruídos cessarem, para só então pegar o celular. Procurou pelo número que havia ligado quando estava no banheiro com Jhothi.

Roaming internacional! É do Brasil.

Discou o número da caixa postal e ouviu a mensagem de Alec:

"Olá, Eva! Espero que tenha chegado bem. Por aqui, mais notícias ruins. O reitor Hélios está morto. Levou três tiros de um policial quando tentava estuprar uma mulher no metrô. Caiu nos trilhos, foi atropelado. Acredita nisso? Parece impossível, mas é verdade. E, Eva, o mais estranho foi que ele gritava seu nome enquanto espancava a pobre coitada. Me ligue assim que puder".

Se o sono já demorava a chegar sobre a tábua que chamavam de colchão, depois da inesperada notícia, Eva teve certeza de que passaria grande parte da noite em claro. Queria retornar a ligação, saber detalhes, mas os quartos ali eram construídos com madeira, a conversa poderia ser ouvida. Não podiam desconfiar de que tivesse um celular. Digitou uma mensagem para Alec:

"O tal manuscrito é importante. Procure saber mais sobre ele. E sobre uma organização chamada Assuras. Não vou me arriscar a usar a internet nos computadores da Yume para fazer pesquisas desse tipo. É quase certo que estarei sendo monitorada. Lamento por Hélios. Beijo e saudades".

Voltou o cursor e apagou "beijo e saudades". Teclou ENVIAR e ficou encarando o aparelho.

Lembrou-se das palavras de Jhothi: *"Não vai conseguir entrar com isso na Yume. Vão revistar a senhorita. Toda, entende? Se encontrarem o aparelho, vão ficar com ele."*

Teria de pensar em algo antes de chegarem a Kumo, se quisesse ter aquela última linha de comunicação com seus amigos.

Vão revistar a senhorita. Toda, entende?

Eva lembrou-se dos telejornais no Brasil. Costumavam noticiar como celulares conseguiam ser introduzidos nas prisões de forma clandestina. Era isso que faria! Quase podia ouvir a manchete sendo anunciada pelo locutor:

Mulher entra em presídio de segurança máxima escondendo celular nas partes intímas.

Capítulo oito

• I •

TODAS AS RODAS de conversa espalhadas pelo *campus* discutiam o mesmo assunto: o reitor tinha enlouquecido. Jornais com a foto de Hélios morto nos trilhos do metrô passavam de mão em mão. As aulas haviam sido suspensas, mas muitos alunos decidiram ir à Universidade. Queriam ouvir e trocar notícias sobre o *acontecimento mais quente desde a gravidez misteriosa da professora Eva Abelar.*

Alec pediu café para a garçonete e encostou-se no balcão. Apertou o ferimento no peito, esfregou-o com cuidado, ajudava aliviar a dor e a coceira. Seu médico desaprovaria o fato de ter trabalhado o dia inteiro e, depois de um dia especialmente longo, ir tomar uma dose de cafeína na lanchonete da Universidade. Mas se quisesse mais informações sobre a morte de Hélios, além das anunciadas pelos jornais, era onde teria de procurar. Soube que a secretária do reitor estudava ali à noite. Ela seria um bom começo.

Não demorou muito para Maureen aparecer. Sabia que a garota de cabelos loiros, a quem as curvas do corpo compensavam a retidão dos traços do rosto, em pouco tempo estaria rodeada de colegas querendo ouvir as fofocas mais quentes. Antecipou-se.

— Olá! Meu nome é Alec, sou ex-aluno da Universidade — apresentou-se, entregando o cartão de visitas impresso com seu nome, telefone e título em letras douradas, coisa que sempre impressionava garotas como aquela. — Queria conversar um pouco com você sobre o reitor Hélios. Posso lhe oferecer um café?

— Oi. Sou Maureen. Além de secretária, estudo Administração aqui na Universidade — disse, olhando para Alec com aprovação e querendo parecer mais importante. — Aceito o café sim, desde que não me pergunte nada que eu não possa falar. A polícia pediu sigilo em algumas coisas, entende?

— Fique tranquila, Maureen. Eu e Hélios éramos amigos — mentiu Alec. — Ou *quase* amigos... — completou, enfatizando o "quase". — Acho que ele não tinha um amigo de verdade, para valer, entende?

— Entendo, sim! — Maureen concordou. Fora até a lanchonete exatamente para se sentir o centro das atenções, contar aos rapazes os segredos do reitor, *segredos que só ela poderia conhecer*. Conversar com um homem já feito, um doutor de rosto e fala bonita, era começar com o pé direito. Disse, reforçando o comentário: — O homem tinha um gênio de cão!

— Você tem razão. Mas nunca imaginei que ele pudesse fazer uma coisa dessas. Vai tomar café ou prefere cappuccino? Você é o tipo de mulher que prefere cappuccino, acertei?

Maureen sorriu e concordou, mesmo só tendo experimentado aquele tipo de bebida duas ou três vezes em toda a sua vida. Alec retribuiu o sorriso e repetiu as últimas palavras da garota:

— Gênio de cão! Era isso que Hélios tinha! Engraçado, não notei nada de diferente no comportamento dele. Ao contrário, parecia o mesmo mal-humorado de sempre. Mas você deve ter notado algo, né, Maureen? — perguntou, abaixando a voz e dando uma piscadela. — Vocês, mulheres, são boas nisso...

— Cá entre nós, o homem estava *bem* estranho — disse, prolongando a palavra *bem*. — Nos últimos dias, parecia outra pessoa. Continuava *comendo* cigarros, mas vi que tinha algo errado quando veio trabalhar sem aquela gravata borboleta ridícula. Ele nunca aparecia no escritório sem aquele troço no pescoço. Nunca. Depois disso... Ah! Cada coisa que eu vi...

Alec deu uma pausa. Deixaria Maureen ansiosa para dizer o que tinha visto. Se mostrasse interesse limitado no assunto, poderia fazer com que ela falasse mais e mais para tentar impressioná-lo. Pegou o adoçante e ofereceu:

— Aceita? Prefiro o meu puro.

Maureen pegou um saquinho e rasgou, jogando o conteúdo na xícara enquanto mordia os lábios. Alec ainda tomou um gole do café antes de prosseguir:

— Que coisas estranhas você viu, Maureen? Hélios era um sujeito tão normal...

— Olha, fico até com vergonha de contar. Estou te conhecendo agora. É tudo meio... Meio pornográfico, entende?

— Entendo — disse Alec, e continuou, tentando quebrar a inibição de Maureen. — Não é todo dia que o respeitado reitor de uma das maiores universidades brasileiras tenta estuprar uma mulher na estação do metrô. Mas fique tranquila em falar dessas coisas comigo. Somos adultos, certo?

— Somos. Já que falou nisso, um dia, peguei o homem se masturbando no escritório. Que horror! Quase morri de susto. E sabe o pior? Ele nem me viu! Continuou fazendo aquilo como se estivesse debaixo das cobertas! Saí rapidinho da sala. Não sabia o que fazer! Fiquei de guarda na porta para não deixar ninguém entrar.

Apesar de Maureen ter falado em um tom de voz mais baixo, Alec tinha certeza de que ela já contara aquela cena para metade do *campus*.

— Caramba, Maureen. Que loucura!

— Não é? No dia seguinte, ouvi uns barulhos estranhos. Abri a porta só um bocadinho... Vai que estivesse fazendo aquilo de novo!

— E não estava?

— Não. Só resmungava. Parecia dormir. Usava um tipo de óculos com fone de ouvido. Nunca tinha visto um troço daqueles. Coisa estranhíssima!

Alec pressentiu que ali poderia estar a primeira pista concreta, o causador da transformação de Hélios. Teria que tomar cuidado com suas próximas palavras.

— Os jornais disseram que a polícia revistou a casa dele e não encontrou nada de estranho. Se tivessem achado esses tais óculos teriam comentado...

— Ah, e nem tinham como achar. No dia em que o reitor morreu, ele estava com aquele troço no escritório. Saiu e deixou lá. Eu mesma guardei para devolver na manhã seguinte.

— Mulher inteligente! Você ainda está com ele?

— Está no mesmo lugar.

— Maureen, preciso ver esse... troço.

— Olha, sei que você é gente boa, mas... Se os óculos são importantes, não acha que eu devia entregar para a polícia? Não quero confusão, entende?

Alec sabia que haveria resistência, e estava preparado.

— Maureen, você conhece Eva?

— Claro. A doutora Eva é um amor! Sempre que passa pela reitoria tira um tempinho para conversar.

— Deve saber que raptaram o filho dela.

— Sei, sim. Gente sem coração! O menino é doentinho...

— Esse equipamento que o reitor estava usando pode ajudar a encontrar o garoto. Se entregá-lo à polícia, vão simplesmente colar uma etiqueta nele e deixá-lo juntar poeira numa prateleira qualquer. Eles não vão acreditar que os tais óculos possam ter alguma relação com a morte de Hélios, nem com o desaparecimento de Joachim, entende? Eles não disseram que o reitor era louco? O homem podia ter um gênio de cão, mas não era louco. O problema é que só *nós* sabemos, né, Maureen? Acho que em todo o mundo, só *nós dois* sabemos disso. Tem algo por trás da morte dele...

Alec observava atentamente Maureen, enquanto ela tomava o cappuccino. Preparava-se para quebrar a próxima objeção, mas não houve mais nenhuma:

— Tem razão. Só nós dois sabemos disso. Vamos para a minha sala. Se isso pode ajudar a doutora Eva, vamos já pegar aquele troço.

• II •

O DIA TERMINAVA quando o jipe parou em frente a um riacho. Do outro lado, encobertos pela chuva miúda, podiam se distinguir os chalés de Kumo.

— Chegamos! — disse Lee, pulando do carro e dando a mão à Eva. — Como já está escurecendo, vamos direto para o centro de pesquisas.

Eva apontou para a aldeia, enquanto esticava o corpo:

— Não vai me dizer que aquelas cabanas abrigam os caríssimos laboratórios da empresa mais poderosa do planeta?

— Não, Eva. Na verdade, nós estamos *sobre* ele.

— Como é que é?

— Abaixo de nossos pés. Construído para não chamar atenção, nem agredir esta paisagem de sonho. Está vendo aquela entrada ali? Ela nos levará ao *bunker* V11.

Ao seu lado direito, em meio a um campo de gramas bem aparadas, circundada por banquinhos de madeira, Eva viu a única estrutura em alvenaria daquele lugar, um cilindro de concreto com três metros de altura e cinco de diâmetro: a entrada para o *bunker* V11.

— Você só pode estar brincando, Lee. Aqui é onde nós vamos desenvolver o *projeto que vai mudar o século 21*? Não vejo postes de transmissão de energia na aldeia. Nem luz elétrica tem neste lugar!

— Tem razão. Na aldeia não temos eletricidade. Tudo foi construído para amplificar as experiências com sonhos. A noite aqui é fantástica: um céu iluminado por estrelas, o som das águas do rio, os grilos, os pássaros, o cheiro das flores, do mato. É um lugar único! Lá dentro, nos laboratórios, temos nosso próprio gerador. Dispomos de toda a energia de que precisamos.

— Mas vai ser na aldeia que vamos viver, né? E o banho? Até onde sei, banho frio não ajuda em nada em sonhos lúcidos. E a eletricidade para o notebook, para o celular?

— A equipe sai aos finais de semana para descansar na aldeia. O resto do tempo ficamos no V11. É proibido sair com notebooks lá de dentro. Celulares não funcionam aqui, não existe nenhuma torre por perto. Se precisar fazer alguma ligação, poderá usar os telefones fixos lá embaixo.

Tule colocou a mão no ombro de Eva e perguntou:

— Minha pequena, você não tem problema com lugares fechados, tem? Deviam ter lhe alertado sobre ambientes claustrofóbicos.

— Não, Tule. Nenhum problema. Viajei quilômetros para o interior da China, numa estrada que, por muitas vezes, pareceu não levar a lugar nenhum. Já esperava algo... como direi?... *Exótico*. Mas um laboratório no subsolo e uma vila sem energia elétrica...

Lee caminhou até a estrutura de cimento. Teclou um código no display que substituía a maçaneta. A porta de aço se abriu. Tule foi para a aldeia. Os outros homens começaram a descarregar o carro.

— Vamos, Eva. Pode deixar que o motorista levará suas coisas. Vou lhe mostrar os laboratórios e, depois, vamos descansar. Amanhã, Adhya falará com você.

— Lee, não entendo. Por que um lugar destes? Por que a gente vai se enterrar chão abaixo?

— Tem a ver com a etapa em que o projeto está. A falta de contato com as indicações naturais como dia e noite influenciam as pesquisas com sonhos nessa fase. Adhya poderá explicar melhor sobre essas questões.

Eva imaginava o que levaria uma indústria a construir seu centro de pesquisa e desenvolvimento num lugar daqueles. A Yume era mundialmente conhecida. Uma potência do ramo de entretenimento. Cinemas, música, *games*, internet. Estavam em tudo. Como teriam conseguido transportar toneladas de material por aquela estradinha ridícula? E por que tanto esforço? O indiano dissera algo sobre os Assuras, *uma organização de criminosos*, alertara. Onde estaria se metendo?

Sentiu um frio no estômago quando olhou a porta aberta. A escuridão inundava o interior do *bunker*.

Uma boca sem dentes, pronta para me engolir e me atirar no estômago de concreto da Yume.

Julgou-se estúpida em crer que poderia encontrar alguma pista de Joachim ali. Agora, desceria terra adentro, num lugar ermo, com comunicação difícil. Experimentou um desânimo terrível. Mas era tarde. O melhor a fazer seria descansar e guardar energias para a conversa com Adhya. Nos dois encontros que tivera com aquela mulher, saíra esgotada. E, nas duas vezes, ficara com a sensação de que Adhya sabia mais sobre a morte de Anna do que seria adequado à vice-presidente sênior das Indústrias Yume.

• III •

MAUREEN SOLTOU um gritinho quando Alec a agarrou pelo braço, puxando-a para trás.

— Veja aquela luz, Maureen! Tem alguém na sua sala.

Através da janela de vidro que ocupava metade da porta, e onde antes se lia em letras adesivas "*Dr. Hélios Conde — Reitor*", podia se ver um pequeno ponto de luz vagueando pelo escritório.

— Precisamos chamar a segurança! Estão roubando minhas coisas!

— Calma, Maureen. Vamos ficar aqui e esperar a pessoa sair. Não fazemos ideia de quem seja, muito menos do que quer. Se for um ladrão, nós o seguimos e pedimos aos seguranças para agarrá-lo antes que deixe o *campus*.

Um grupo de estudantes passou gritando pelo corredor, mexendo e batendo nas portas. Pouco depois, um homem de feições rudes e cicatriz na narina esquerda saiu da sala. Olhou para os lados e partiu.

— Mãos vazias... — notou Alec. — Não encontrou o que procurava. Aposto que o cara estava atrás do tal aparelho. Você escondeu direitinho, hein?

— Que nada. Vocês, homens, é que não conseguem achar um elefante numa loja de ratos. Não deixei aquele troço à vista, era bem feio, sabe? Guardei na bolsa de maquiagem, dentro da minha gaveta de cosméticos. Sempre encontro qualquer coisa que procuro quando guardo naquela gaveta.

— Vocês, mulheres, não existem! Uma gaveta de cosméticos! Vamos lá depressa. O homem pode voltar.

Maureen foi direto para a gaveta.

— Aqui! — disse, pegando a bolsa. — Espero que ajude a dona Eva.

— Vai sim, Maureen. E a dona Eva vai saber que foi você quem ajudou e... Espere! Olhe ali.

Alec apontou para um delgado fio de luz no chão atrás da mesa. Agachou-se e apanhou uma lanterna pequena.

— Vamos, Maureen! Aquele sujeito deve ter se assustado com o barulho dos estudantes no corredor e deixou isto para trás. Ele deve voltar logo para tentar recuperar seu brinquedo.

Maureen soltou outro gritinho, quando viu alguém na porta impedindo a saída.

— Assustei a senhorita! — disse o homem, coçando a cicatriz. — Me desculpe, madame. Ah! Vocês encontraram minha lanterna. Somos inseparáveis, eu e ela. Não sei como pude deixar minha menina cair sem perceber. Acho que é o trabalho. Ando trabalhando muito.

O homem se aproximou, e Alec viu as correias do coldre sob o paletó. Pôde perceber a respiração de Maureen logo atrás ser suspensa.

— Tome aqui — disse, estendendo a lanterna. — Nunca é bom nos afastarmos de nossos amuletos, não?

— O senhor tem razão — respondeu o homem. Guardou a lanterna no bolso interno do paletó, deixando aparecer ainda mais as correias do coldre. Mais um pouco e Alec poderia ver a coronha da arma.

— Bem, vocês vão me desculpar, — continuou — mas gostaria de saber o que fazem aqui, depois do expediente.

Alec sabia que uma resposta errada poderia acabar com aquela delicada tensão.

— O senhor deve ser da segurança, não? — Eu é que tenho que me desculpar! Convenci a moça a me trazer até aqui. Mas, se comunicar isso à administração, a coitada pode perder o emprego. A culpa foi toda minha.

O homem tornou a coçar a cicatriz antes de responder:

— Hum... Não vejo mal nenhum numa transa. Quanto a isso, fique sossegado. Mas e essa bolsa que a moça tem aí? Não tem droga aí dentro não, tem? Se tiver, a coisa muda de figura.

Maureen se adiantou e disse, encarando Alec:

— Você e suas ideias! Olha só! Nem para inventar uma boa desculpa! Já vai logo contando que viemos aqui para transar! Tanta coisa para falar e nem consegue tirar da cachola uma mentirinha. Vocês, homens, têm todos o mesmo tamanho de cérebro! Se o segurança aí abrir o bico, vou ficar *falada*, virar piada aqui no *campus*. Eu vou nessa! E sabe quando você vai ver este corpinho de novo? Nunca mais!

O homem impediu com o corpo a saída de Maureen.

— A bolsa, moça. O que tem aí?

— Além de ser pega vindo transar no escritório, ainda tenho de ouvir que a gente ia fumar baseado? Eu mereço mesmo! Aqui tem batom e perfume, meu senhor. Só isso.

— Passe para cá.

Maureen entregou a bolsa ao homem, que a abriu. Sem tirar os olhos dos dois, verificou o conteúdo.

— Satisfeito? Pode me devolver?

— Aqui está. Lamento ter estragado seus planos, mas não posso permitir que usem esta sala como motel. É melhor sumirem daqui.

Maureen e Alec saíram da sala. Andaram sem olhar para trás, ela xingando pelo corredor. Voltaram para a lanchonete. A presença de pessoas circulando ajudou a acalmar os nervos e, só depois de alguns minutos, puderam conversar.

— Garota, você foi fantástica!

— Mãe minha! Nunca senti tanto medo!

— Mas nem pareceu. O que fez com o aparelho?

Maureen abriu a bolsa e tirou os estranhos óculos conectados a um fone de ouvido.

— Tome.

— Mas como? Aquele homem olhou aí dentro e não viu nada!

— Aquele brutamontes deve entender de mulher o tanto quanto entende de sexo seguro. Como a bolsa estava cheia, coloquei esse troço num lugarzinho bem discreto.

— E que lugar é esse?

Maureen sorriu, e aprumou o corpo. Disse, de um jeito que a fez parecer mais velha do que realmente era:

— Nós mulheres temos nosso compartimento secreto, meu caro Dr. Alec. Duvido que algum homem seja capaz de achar nas nossas bolsas o lugarzinho onde a gente guarda os anticoncepcionais e os preservativos...

• IV •

Eva fechou a porta do quarto e tirou as calças. Precisava arrancar o celular do seu corpo ou aquela sensação de ardência iria enlouquecê-la. O indiano tinha razão. Todos os aparelhos eletrônicos que trouxera, máquina fotográfica, iPad, pendrivers, foram confiscados na entrada do V11, com a promessa de serem devolvidos quando o projeto terminasse. Todos menos o celular.

— Amor de mãe rejeita limites! — disse entre os dentes, enquanto recuperava o aparelho. — Nunca pensei que, um dia, faria isto...

Respirou fundo e só então pôde olhar o que seria, pelos próximos meses, seu novo pequeno mundo. O quarto media cerca de cinco metros quadrados, mas parecia ainda menor com os móveis distribuídos de maneira a economizar o máximo de espaço: o guarda-roupa, a estante para livros, a mesa, o *dockstation* para ouvir músicas, uma cadeira e a cama.

A cama. Eva mirou-se no espelho colocado ao lado da cama. Ocupava toda a parede. Pensou que aquilo seria mais apropriado a um motel, e riu, falando sozinha:

— Como é que pode saber disso, Evinha? Nunca esteve num motel antes...

Atirou-se na cama e esticou as pernas. Tentava decidir se arrumaria suas coisas ou simplesmente tomaria um banho. Podia deixar tudo para amanhã e apenas descansar. Passou os olhos pelo quarto vazio e levantou-se. Tinha que dar um ar mais pessoal àquele lugar, isso a ajudaria a dormir na sua primeira noite ali.

Desde que começara a descida pelos elevadores do V11, lutava contra a sensação de claustrofobia. A luz monocromática emitida pelas lâmpadas de sódio dos corredores fazia com que as cores dos raros objetos do *bunker* se tornassem indistinguíveis, e refletissem uma luminosidade incomum. O tipo de iluminação apropriada para exteriores, e que fazia o labirinto de corredores se parecer com as tripas enroladas, umas sobre as outras, de um cérebro de concreto. Um cérebro enterrado sob toneladas de terra e que sonhava, coloridas pela luz amarelo-alaranjada das lâmpadas fantasmagóricas, as vidas de todos que se autossepultaram ali.

Eva guardou as roupas. Tirou da mala um apanhador de sonhos, sua mandala inseparável, o círculo com a teia de aranha tecida no centro e as três plumas pendentes. Fora um presente que o pai lhe dera, em segredo, escondido da mãe: "*um amuleto para filtrar os sonhos que flutuam pelas noites*", ele dissera. Pendurou-o na cabeceira da cama; o apanhador teria a chance de se mostrar bastante útil naquele lugar.

Ajeitou sobre a mesa o quadro que ganhara na sua formatura: o símbolo da psicologia, a letra grega *psi*, estilizada no formato de tridente, com as palavras *id*, *ego* e *superego* em cada uma das hastes.

Alinhou na estante os livros que trouxera: Freud, Jung, Nietzsche, Campbell, Castaneda e... *o diário de sonhos de Anna*.

Sentou-se na cama, alisando a capa do manuscrito. Abriu na primeira página e leu as letras ligeiramente inclinadas da irmã: *Sonhos lúcidos: Duas palavras bem diferentes para estarem juntas.*

Terminou de arrumar o quarto. Deitou-se. Abriu novamente o diário de Anna e leu:

Venha, noite, venha!

Venha acompanhada de sonhos, ruídos e cantos escuros.

Sonhos, para que haja uma porta caleidoscópica para a consciência.

Ruídos, para que o silêncio não seja definitivo, como o da morte.

Cantos escuros, para que os amantes possam cometer seus pecados relâmpagos.

Olhou para o teto e suspirou. Anna era uma apaixonada incorrigível. Sempre acreditando nas pessoas, no amor, na poesia, nas boas intenções. Diferente dela mesma.

Enfiou o diário no corte que fizera no seu colchão. Tentaria provocar um sonho lúcido naquela noite.

Realizou as práticas de incubação de sonhos. Acreditou que dormiria depressa, mas não conseguia se concentrar. Gostava da escuridão para dormir. O quarto, mesmo com todas as luzes apagadas, ainda mantinha uma claridade estranha, como se as paredes fossem fluorescentes.

Sentiu falta do notebook, da conexão à internet. Aproveitaria melhor o tempo se pudesse trabalhar também dali. Amanhã se lembraria de solicitar um aparelho.

Ficou ainda muito tempo de olhos abertos, repassando os últimos acontecimentos.

Pensou em Lee. Quem era aquele sujeito? Poderia confiar nele? Não pôde deixar de notar que o cara estava caidinho por ela. E ele também não era um mau partido. Mas estava ali para procurar o filho. Além do que havia muito tempo que não namorava ninguém. Desde Alec, para ser exata. Tivera várias decepções com homens, e sempre terminara os relacionamentos de forma intempestiva. Alec fora o único ex-namorado que tinha permanecido como amigo. Talvez pudesse usar a paixonite de Lee...

Fez um movimento brusco com a cabeça, como se isso fosse capaz de mudar os pensamentos. Virou-se sob o cobertor e retomou, com mais decisão, a prática de incubação de sonhos.

Capítulo nove

• I •

Estou sonhando?

Difícil saber! Não há luz. Não vejo nada, nem a mim mesma. Só sei que estou aqui porque ouço meus pensamentos. Só eles e mais nada.

Onde estou? Em algum lugar do *bunker*?

Meus pés tateiam o solo, centímetro a centímetro, como se pressentissem a ameaça de um despenhadeiro colossal. O cheiro é horrível. Lembra carne em decomposição. Penetra nas narinas, sobe ao topo da cabeça, arrancam-me lágrimas. Minhas mãos estendidas não tocam em coisa nenhuma. Devo estar andando dentro do estômago de algum gigantesco animal.

Então é um sonho! Sim, um sonho. Estou lúcida. Quero ver onde isto vai dar... Continuo andando.

Sinto outra coisa. Uma ameaça misteriosa que vem crescendo, uma apreensão inacessível ao meu raciocínio. No começo, não a tinha percebido, mas agora sei que existe e se aproxima.

Mas, se este é meu mundo onírico, não é melhor sair daqui? Se a coisa me mete medo, é só mudar o sonho...

Ouço um lamento lúgubre. Ou será uma risada? Tomara que não! Riso, nesta escuridão, seria ainda pior que choro. Que lugar é este?

Meu coração bate acelerado. Tento me acalmar.

O que me perturba? O fato de não saber onde estou, nem para onde estou indo? Tatear, inconsequentemente, as bordas de um precipício mortal que espera um passo em falso para me engolir inteira? Ou é essa risada diabólica? Ela está mais perto. Seu timbre, por alguma razão, traz uma agonia horrível.

Vejo adiante uma fresta de luz. A saída! Corro para lá. Corro, porque sinto que a risada está mais perto. Chego à passagem, uma janela quadrada para o mundo iluminado. Olho para o lado de fora. Quase não posso segurar o grito. Reconheço o ambiente. É meu quarto no *bunker*. O lugar pelo qual estou caminhando no escuro é o mundo do outro lado do espelho!

Vejo meu quarto de dentro do espelho. E na cama, sentado, abraçando os joelhos, está Joachim.

Tento sair para a luz, mas uma membrana invisível me impede. Estou presa!

Grito. Chamo por Joachim, mas ele não me escuta. Continua abraçado aos joelhos, olhando para baixo.

O riso é mais forte. Está bem atrás de mim. Uma mão agarra meus cabelos, começa a me puxar de volta para a escuridão. Joachim levanta a cabeça e chama "mamãe". Ah, Deus! Ele nunca fala! E agora me chama! Tento resistir à mão que me arrasta. Não consigo. Choro.

— Não chore! Você me surpreende! Tem atitudes de mulher de verdade, de uma legítima Eva e, ao mesmo tempo, chora como menininha.

Reconheço aquela voz, o sibilo. É... *Isto!*

— Você! Você está aqui! Por favor, serpente, me ajude!

— Esqueceu seu sorriso?

— Por favor! Me ajude a escapar dessa mão!

— Não chame por mim, peça socorro a Lee. Não é a ele que quer usar?

— Lee! Me ajude!

— Grite mais alto!

Gritei. Gritei até minha voz se tornar um fio irreconhecível. Foi, então, que ele apareceu.

— Lee, aqui, por favor, me ajude!

Lee caminha em minha direção com firmeza.

— Estou salva!

— Será? — questiona a serpente. — Assim como Orfeu quando tenta resgatar Eurípedes dos infernos, você terá de tomar cuidado. Segure as mãos de Lee e não olhe de jeito nenhum para trás, ou não sairá mais daqui.

Lee toca minha mão. Quem quer que puxava meus cabelos agora os solta. Ele me leva em direção à luz. Eu o sigo sem olhar para trás. Sei que o espectro ainda está atrás de mim. Posso ouvir seu riso, sentir o cheiro de sua carne apodrecida. Caminhamos, eu e Lee. Passo a passo.

— Eva?

Não olho.

— Eva?

Não é a voz da serpente.

— Eva! Responda-me!

Continuo andando. Meu coração dispara.

— Eva! Olhe para mim. Joachim está aqui comigo.

— Joachim?

— Olhe para mim ou jamais verá seu filho outra vez.

Estou confusa. Tenho medo. Pergunto a Lee se posso olhar. Ele não responde. Viro meu rosto para trás e olho na direção da voz. As mãos de Lee se esvanecem como fumaça, depois seus braços, enfim, todo o seu corpo desaparece. Estou novamente sozinha.

Olho e vejo a dona da voz.

Com a serpente enrolada no seu pescoço, Adhya sorri para mim.

A mão fétida agarra brutalmente meus cabelos. Puxa meu rosto e beija meus lábios, enfiando a língua apodrecida em minha boca, sufocando meu grito.

Acordo de uma vez por todas. Ainda ouço meu grito:

— Joachim!

• II •

EVA SENTOU-SE. Passou as costas da mão pelo rosto e percebeu que chorava. Ainda podia ouvir o riso macabro tão claramente que conferiu se o espelho ao lado da cama não refletia a forma espectral de Adhya.

Anotou em seu diário de sonhos os detalhes daquele pesadelo. Voltaria a ele pela manhã e analisaria todas as informações. Queria verificar, principalmente, o fato de a serpente ter aparecido de novo. Não era comum receber a visita recorrente de um símbolo em seus sonhos. Aquilo podia ter alguma importância.

Tornou a deitar. Tentava pegar no sono quando ouviu um grito.

Não havia dúvida, ouvira um grito de verdade! Tentou identificar de onde viera, mas o ambiente totalmente novo e desconhecido a desorientava. Aguçou os ouvidos, procurando escutar outra vez. Nada.

Levantou-se e abriu uma fresta na porta. Todas as luzes do corredor estavam apagadas. A escuridão fez-lhe lembrar do sonho. Pensou se era boa ideia sair pelos corredores, num lugar estranho, procurando a fonte do grito que parecia ser... Parecia ser... Não atinava com o que se assemelhava aquele som, tampouco conseguia relaxar, alguma coisa naquele grito *estava* errada.

Volte para a cama, Eva. Tranque já essa porta e volte para a cama...

Ia fazer exatamente isso quando ouviu um novo barulho: desta vez um gemido. Foi então que, tão estonteante quanto receber um soco, descobriu o que a incomodava naquele som: fora uma criança! E não deveria haver nenhuma criança ali no V11!

Saiu para o corredor procurando não fazer barulho, mas duvidava que não se pudessem ouvir os estrondos do seu coração. Andava às cegas. Parou. Esperou novamente pelo estranho lamento, a fim de se orientar.

Para a esquerda. É de lá que ele vem.

Caminhou com uma das mãos raspando a parede e a outra à frente do corpo. Atravessou o longo corredor e parou novamente, mais uma vez aguardando pelo som.

Droga! Agora parece vir da direita. Não, esquerda. Isso... Esquerda!

O gemido não se tornava mais nítido à medida que ela avançava. Em vez disso, parecia cada vez mais fraco. Tinha de segurar a respiração para poder ouvi-lo, o que fazia com dificuldade, pois o tórax ofegava, descontrolado sob o efeito da adrenalina.

Lembrava-se do sonho, da escuridão, de Joachim. Mas em seu íntimo sabia, e, se lhe perguntassem, responderia que era certeza de mãe: aquele grito não saíra da boca de Joachim. Porém, enquanto se atirava por aqueles corredores escuros, a possibilidade de encontrar o filho era o que a movia.

Que diabos uma criança está fazendo aqui neste buraco? E por que está gemendo?

Subitamente, uma sombra cruzou seu caminho. Eva desequilibrou-se tentando recuar e caiu.

Droga! O que foi aquilo? Melhor voltar. Não vou encontrar nada neste breu.

Ouviu passos, movendo-se claramente atrás dela, evitando fazer barulho. Alguém parecia querer surpreendê-la. O caminho de volta fora bloqueado.

Resolveu continuar em frente, andando mais rápido. Dobrou o corredor e entrou num salão. Tateou até encontrar algo, que lhe pareceu um caixote. Agachou-se atrás dele e esperou, tentando controlar os espasmos da respiração.

Os passos entraram no salão. Logo em seguida pararam, como se decidissem entre prosseguir ou voltar. O sonho com a escuridão era presente. Parecia que apenas tinha sofrido um falso despertar e ainda dormia em sua cama, vivendo aquele pesadelo.

Os passos recomeçaram e pararam outra vez. Eva esperou mais alguns minutos e levantou-se.

Será que ele se foi? Será que já dá para voltar e...

Antes que pudesse completar seu pensamento, uma mão invisível tapou sua boca, impedindo-a de gritar.

— É você! — uma voz sussurrou-lhe no ouvido, enquanto a mão afrouxava o aperto na sua boca.

— Lee! Que diabos está fazendo? Quase me matou de susto!

— Fale baixo, Eva. Ou vão descobrir que estamos perambulando pelos corredores à noite sem autorização.

— Ouvi um grito.

— Eu também ouvi. Por isso saí para dar uma espiada.

Eva tremia. A adrenalina começava a mudar os efeitos. Tinha largado seu peso quase que totalmente nos braços de Lee. Sentia as pernas imprestáveis. Esforçou-se por recuperá-las e, aprumando-se, indagou:

— Era uma criança, Lee, não era? Nem precisa responder, sei que era. Sei também que foi um grito de medo, desses que a gente solta depois de acordar de um pesadelo horripilante.

Antes que Lee respondesse, ambos ouviram um leve estalo.

— O que foi isso?

— Não sei, Eva. Parece o clique de uma porta sendo fechada. É melhor sairmos logo daqui.

Tomaram rapidamente a direção dos quartos.

Eva queria voltar para a cama, para a segurança de uma porta trancada, antes que aquela aventura pudesse ser antecipada por um fim semelhante a sua horrível caminhada pelo interior do espelho.

• III •

A NOITE HAVIA TERMINADO, mas Eva só podia saber disso através do relógio, já que a iluminação no seu quarto sem janelas pouco mudava.

Relia seu diário onírico enquanto aguardava por Lee. Tinham combinado tomar o café da manhã juntos. Conferiu as horas, ele estava atrasado. Decidiu sair. Ainda não se orientava bem naquele *bunker*. Não teria conseguido voltar para o quarto da aventura noturna sem ajuda.

Caminhou pelo corredor, agora com as luzes acesas, fazendo um mapa mental do caminho. Procurou por qualquer placa que indicasse o refeitório. Não encontrou nenhuma.

Parou, a fim de se reorientar, quando uma das portas se abriu. Uma senhora pôs a cabeça para fora e perguntou:

— Você esteve aqui noite passada. Foi você, não foi?

Eva começava a se irritar com os sustos que andava levando no V11. Parecia que todos ali tinham a mania de aparecerem do nada com o simples motivo de fazerem seus pelos se arrepiarem.

— Como é, senhora? O que está dizendo?

— Você ouviu o grito. E choro. Então passou aqui. Mas não está aqui não, moça. Está lá embaixo. Por isso não achou.

Eva lembrou-se da sombra que atravessara seu caminho enquanto tateava pelos corredores. Possivelmente, fora aquela mulher.

— Embaixo? Como assim?

— É. Mais abaixo — confirmou a senhora. Tinha a aparência de ter nascido em algum país da América Latina e apontava para o chão: — O choro vem de lá. É criança, não é?

Eva ia confirmar quando Lee chegou por trás, colocando as mãos nos seus ombros.

— Bom dia! Oh! Desculpe-me se assustei você, Eva. Atrasei-me um pouco. Pelo visto, já conheceu La Gorda. Ela faz parte do nosso time de pesquisadores. Depois, vocês terão mais tempo para conversar. Vamos tomar nosso café, que Adhya te espera. Nossa vice-presidente quer te dar as boas-vindas.

Eva conteve o ímpeto de mandar Lee para o inferno e implorar para que parasse de surgir como um fantasma. Despediu-se da mulher, que respondeu com um leve movimento da cabeça. Olhou para trás a tempo de ver La Gorda fazendo estranhos sinais com a mão, como que espargindo uma poção invisível pelo corredor.

• IV •

Um espetacular aquário circundava toda a sala de Adhya. Parecia não haver ali paredes de alvenaria. Apenas a porta e o teto quebravam, caso se prestasse alguma atenção neles, a ilusão de se estar submerso entre peixes, algas e corais.

Assim que entrou naquele ambiente, Eva perdeu o equilíbrio.

Adhya sentava-se à sua mesa, com as mãos sobre uma pasta de documentos.

— Eva, Eva! Seja bem-vinda ao meu país! E à minha pequena sala! Um sonho, não?

Era exatamente como Eva se sentia: num sonho. Perguntou-se se realmente não estaria sonhando. Não! Aquela sala era real.

Sentou-se em frente à Adhya. Viu seu nome na pasta sobre a mesa.

— Meu currículo?

— Mais que isso. Um currículo é quase sempre a síntese fria e monocromática do passado. E o passado, apesar das experiências que nos proporcionou, quase nunca interessa. Aqui — disse Adhya, batendo com a ponta da unha na pasta — está também o seu presente! Tudo aquilo que guarda em sua mente e pode ser transformado em realização. Você está bem, Eva?

— Um pouco tonta.

— É esta sala. Logo se acostuma. Isso acontece quando perdemos um ponto fixo para apoiar nossos olhos. Aqui, ao nosso redor, tudo está em movimento!

— E aqui onde estamos sentadas é o centro, não? O ponto de imobilidade... — balbuciou Eva.

Adhya apertou um botão no aparelho de telefone e pediu chá.

— A bebida vai lhe fazer bem.

O garçom surgiu por trás de Adhya como se já esperasse com a bebida pronta. Eva tomou um gole e sentiu a cabeça parar de rodar. Não era somente o fato das paredes da sala estarem repletas de peixes coloridos nadando ao seu redor, mas havia aquele perfume, o mesmo que sentira durante a conversa no Hilton — no Hilton e em outro lugar, mas não se lembrava de onde.

Adhya abriu a pasta e tornou a bater com a unha sobre os poucos papéis que ela continha.

— Sabe o que mais isto aqui me conta, Eva? Que somos apaixonadas pelo mesmo tema! Com uma pequena variação...

— Sonhos lúcidos e superconsciência?

— Quase. Li seus artigos sobre sonhos e virtualidade. Uma relação interessante. Quando começamos o projeto de um jogo onírico, foram seus artigos que nos inspiraram.

— A relação entre sonhos e virtualidade tem mais a ver com experiências enquanto dormimos. Experiências que, se vividas de forma intensa e regular, podem mudar comportamentos na vida em vigília.

— Exatamente! Minha especialidade são os mundos virtuais, e o quanto eles vêm mudando os comportamentos em nossa sociedade. Uso isso e a psicologia para vender jogos.

— Uma finalidade justa. Você se formou em Pequim?

— Não. Fiz a Universidade em Délhi. Sou filha de mãe chinesa e pai indiano, nascida numa pequena aldeia às margens do Yamuna. Tempos difíceis aqueles... As leis sobre misturas de raças em minha terra de origem são rígidas. Mas não mais rígidas que as leis do amor — completou, piscando para Eva.

— Você se virou bem com isso. Agora é vice-presidente de uma multinacional.

Adhya sorriu, enquanto guardava a pasta na gaveta da mesa.

— Pedi que viesse aqui para conversar sobre sua nova equipe. Assim que terminarmos, vou apresentá-los a você. Mas, antes, me conte sobre seu filho. Alguma novidade sobre o desaparecimento dele?

Eva tomou mais um gole de chá antes de responder.

— Nada.

— Que coisa estranha. Nenhum telefonema?

— Não. Nada.

Adhya serviu-se do bule.

— Eu a admiro muito, Eva. Estar aqui, tão longe de tudo, e sem notícias do filho. É uma mulher forte. Muito poucas teriam sua força. Pode ter certeza de que sei o que estou falando. Já experimentei um sentimento parecido.

— Em nosso primeiro encontro, você me disse que perdeu um filho. Também não deve ter sido fácil.

Adhya abaixou a cabeça. Mantinha os olhos mergulhados na xícara, enquanto mexia o líquido com a colher.

— Desculpe-me — disse Eva. — Fui indelicada ao fazer com que relembrasse esse tipo de coisa.

Adhya levantou o rosto. Mostrou os olhos úmidos.

— Não se incomode. Não tenho problemas de falar do assunto. Não com uma mulher como você.

Eva surpreendeu-se em ver aquele tipo de emoção em Adhya. Não a julgava susceptível a qualquer tipo de tristeza. Muito menos a lágrimas.

— Eu tinha onze anos — continuou Adhya. — Morava com meus pais e era filha única. Éramos párias, não pertencíamos a nenhuma casta. Vivíamos em extrema pobreza. A meu favor só tinha minha beleza; e depois descobri que isso poderia ser mais uma praga do que uma dádiva. Sempre fui muito bonita.

— Não vejo como sua beleza pudesse ser uma praga.

— Havia um comerciante na aldeia, homem rico, que se interessou por mim. Foi diversas vezes falar com meu pai, queria me comprar. Eu ainda era muito jovem, e papai recusava todas as ofertas. Como não obtinha sucesso, o homem começou a comprar minhas roupas. Primeiro meus camisões, as saias. Algum tempo depois, estava pagando fortunas por minhas calcinhas.

— Como é que é?

— Isso mesmo. E fazia questão que não fossem lavadas.

— Você só pode estar brincando, Adhya!

— Antes fosse. E o sujeito deixava as roupas dele para eu cheirar. Dizia que, quando nos casássemos, não poderíamos imaginar a potência da paixão que o ato de cheirar diariamente os odores dos nossos sexos iria despertar.

— Nunca ouvi uma loucura desse tipo.

Adhya inclinou-se para mais perto de Eva e disse, entre os dentes:

— Só que aquele filho da mãe não esperou. Não esperou que eu crescesse, não esperou que casássemos, não esperou merda nenhuma.

Voltou a recostar-se na cadeira e continuou:

— Uma noite, ele mandou seus empregados até minha casa para me raptar. Se todo aquele tempo cheirando minhas calcinhas serviu para alguma coisa, foi para deixar o canalha enlouquecido. Fui violentada de maneira brutal.

Eva permaneceu calada. Como psicóloga, já ouvira muitas histórias e sabia que, em determinados momentos, o melhor a fazer era manter silêncio.

— Eu achei que aquela seria a pior noite da minha vida — prosseguiu Adhya. — Mas estava enganada. No dia seguinte, meu pai foi até a casa do patife, mas ele se recusou a me entregar. Ameaçou-nos de morte. Ninguém na aldeia veio nos socorrer. Éramos apenas párias. Meu pai ainda tentou ir a Délhi, pedir ajuda das autoridades... E, então, o maldito patife cumpriu a ameaça. Matou minha família.

As unhas de Adhya pareciam diamantes querendo cortar o tampo de vidro da mesa.

— O canalha me usou por muitas noites. Só parou quando descobriu que eu estava grávida. Foi então que, aí sim, vivi a pior noite da minha vida.

Eva serviu mais chá na xícara de Adhya, que agradeceu e tomou um longo gole.

— Fui amarrada numa cadeira e um médico foi chamado para tirar o meu filho. Mesmo ainda muito jovem, eu não me importava que aquela criança tivesse sido gerada por meio de tanta dor, de tanta vergonha... Era meu filho!

Eva sentia as mãos transpirarem. Voltou a ser acometida pela mesma vertigem que sentira quando entrou na sala.

Adhya esperou algum tempo antes de prosseguir:

— Vendo minha alma se aquele filho da mãe era médico de verdade! Tirou meu bebê e, junto com ele, meu útero. Fiquei dias entre a vida e a morte. Quando me recuperei, fugi para Délhi. Tive a sorte de encontrar um protetor, mas essa é outra história.

Eva suspirou e ajeitou-se na cadeira.

— Existem poucas mulheres com sua força, Adhya.

Adhya levantou-se. Ofereceu a mão à Eva e convidou:

— Vamos andando. Acho que você é uma das pouquíssimas pessoas que sabe dessa história, mas, como já lhe disse no Brasil, sinto como se a conhecesse há tempos. Ainda estarei durante todo dia de hoje no V11. Amanhã parto para Pequim, uns acionistas querem vir aqui visitar o complexo. Vou preparar a comitiva para trazê-los. Podemos jantar à noite. Quero aproveitar cada minuto com você. Gostaria muito de ouvir suas teorias sobre a superconsciência. Agora, vou lhe apresentar à sua nova equipe. Esta é a sétima e última! Já tivemos atletas, políticos, assassinos, escritores, estes são os piores... Tivemos de tudo.

Adhya abriu um largo sorriso, fazendo evaporar a névoa que descoloria sua face, e concluiu:

— Eva, você vai adorar cada um deles!

• V •

Ao contrário das paredes vivas e coloridas da sala de Adhya, o espaço para reuniões era claustrofóbico, como todos os outros cômodos do *bunker*: sem janelas e nenhum quadro, apenas a mesa comprida, austera, e a luz branca, quase sólida, irradiada das ampolas fluorescentes.

Adhya ocupou seu lugar.

— Bom dia a todos! Quero lhes apresentar a coordenadora deste grupo, doutora Eva Abelar, a maior especialista viva em sonhos lúcidos.

Saudações pouco empolgadas surgiram de um e outro lado da mesa.

— A doutora Eva se apresentará — continuou Adhya. — Depois, gostaria que cada um de vocês fizesse o mesmo, destacando, principalmente, o motivo de estar aqui. Por favor, Dra. Abelar.

— Bom dia a todos! Sou brasileira... — começou Eva, sendo logo interrompida por um dos participantes:

— Nem precisava dizer, doutora! Com essa combinação de cor e corpo...

— Guus! Por favor! Não estamos dispostos às suas gracinhas — repreendeu Adhya.

— Não se preocupe, Adhya — tranquilizou Eva. — Esse tipo de elogio só me faz bem. Ainda mais quando é dirigido a todas as mulheres do meu país.

— Mesmo assim, guarde seus comentários para você, Guus, e deixe a doutora prosseguir.

Eva apresentou-se, sem mais interrupções. Antes de ouvir sua futura equipe, lembrou-se de um conselho do pai. Ele sempre falava sobre essas formas de reunião. Era o tipo de coisa que detestava. Dizia que as pessoas, quando se apresentam em ocasiões assim, só contam o óbvio. Mas, enquanto cada um deles estivesse falando de si mesmo, essa era a melhor oportunidade para se registrar a própria opinião, a primeira impressão. Afirmava que por trás do verniz do óbvio se escondia a verdadeira frase a ser dita.

Eva pensou ser aquele era um bom momento para testar a teoria.

Adhya apontou para Guus.

— Normalmente, começaríamos pelos mais velhos, mas como a doutora Eva já conhece Tule, e você fez a gentileza de se introduzir de maneira pouco civilizada, vamos lá Guus, sua vez.

Um jovem de rosto magro e maltratado, cabelos longos e pintados de branco, arranjados em mechas trançadas no estilo rastafári, aparentando ser bem mais velho do que sua idade provaria, pigarreou antes de falar:

— Ok. Sou Guus Van Graff. Holandês de nascimento, mas cidadão do mundo. Já passei pelo Brasil, por isso o comentário sobre as mulheres de lá... Minha especialidade são os alucinógenos e a literatura de Lewis Carrol. Sou especialista em consumir as duas coisas. Aliás, acho que drogas deveriam ser liberadas. Expandir a mente, sacou? Cada otário que se cuide para não morrer usando. O cigarro não é permitido? O álcool? E a televisão? Tudo droga pesada! Pura hipocrisia proibir só alguns tipos. E olha o preço delas! Só se consegue inflacionar o mercado assim! Como o negócio está ficando difícil, resolvi emprestar meu corpo para a ciência em troca de umas droguinhas seguras e de graça. Estou aqui para pesquisarem na minha cabeça o que acontece quando estou chapado! Meu objetivo é usar drogas enquanto estou sonhando para que esse bando de maluco possa captar as ondas do meu cérebro e repetir o efeito com um LSD onírico. Sacou?

Eva registrou suas impressões:

"Guus: Guus Van Graff. Sua tagarelice me sugere estar diante de um grande masturbador das próprias ideias. É incapaz de abraçar seu destino sem ser engolido pelos valores de outras pessoas e da sociedade. Se descrevesse alguém capaz de não encontrar o próprio nariz no escuro seria você."

Um homem usando óculos redondos, que cobriam um par de olhos azuis e furtivos, levantou-se para falar, enquanto abria um sorriso tão oblíquo quanto seu rosto:

— Meu nome é Kurt Heil. Alemão. Sou engenheiro de bioprocessos e especialista em sistemas virtuais. Trabalhei para a ESA, a Agência Espacial Europeia, e para a divisão contra crimes virtuais do governo alemão. Decidi me juntar à Adhya pela proposta única de transformar sonhos em ambientes virtuais modeláveis. Adhya é uma visionária! Sua genialidade vai mudar para sempre este planeta, e eu, claro, quero fazer parte disso! Toda a minha energia e conhecimento pertencem agora à Yume.

"KURT: Kurt Heil. Não passa de um manipulador, jogador, deturpador de ideias, um tremendo oportunista. Se descrevesse alguém capaz de fazer um pacto com o diabo seria você!"

Um homem de rosto quadrado e compacto, de cabelos curtos e totalmente raspados na nuca, foi o seguinte:

— Ei, alemão, pode descansar... E não precisava se levantar para a apresentação. Isso aqui não é a Gestapo!

— Para o inferno, ianque!

— O ianque aqui é Nicholas Maison, doutora — disse o homem, voltando-se para Eva. — Mas você pode me chamar de Nik. *Ex-mariner*, ex-mercenário, ex-agente de segurança de políticos americanos. Sou tudo *ex-alguma-coisa!* Cansei e larguei essa vida, mas, se quiser me contratar, doutora, para você abro uma exceção. Sou perito em armas, em técnicas de guerrilha, segurança, emboscadas, tortura e por aí vai. Estou aqui para transformar sonhos em pesadelos. Jogos de guerra, boneca.

— Ianque! — provocou Kurt. — Essa foi demais! Sonhos em pesadelos! Com essa ficha, você conquista qualquer uma!

— Melhor calar a boca, alemão.

"NIK: *Nicholas Maison. Não deve passar de um grandessíssimo filho da mãe. Arrogante e sem escrúpulos. Metido a machão, mas deve ter sido abusado pela mamãe. Perigoso, se estiver do lado errado; necessário, se estiver do meu lado. Se eu descrevesse alguém capaz de enfiar uma farpa na unha de alguém e gozar no processo seria você.*"

— Antes que esses dois se peguem, vou me apresentar — interrompeu a garota de mechas fartas e ruivas. Os cabelos vestiam um rosto atraente e despencavam sobre os ombros, ajudando a cobrir de vermelho os seios inflados que o decote pouco escondia. — Bem, me chamam Suzy Q. Em que é que eu sou boa? Em sexo, amor. Todos esses especialistas, e alguém aqui tinha que entender realmente do que importa, certo? Sempre digo que as coisas não vêm fáceis. Nasci de família rica, mas acho que nunca vi meu pai encostar a mão em minha mãe. Nem para fazer carinho, nem para bater. Coisa meio antisséptica, aquela família... Tive de tudo, menos contato físico. Larguei a faculdade e fui me doutorar em sexo livre. Papai dizia que eu nunca seria boa em nada que fizesse. Bem, ele é que não experimentou minha especialidade... Ah! Ia me esquecendo: estou nesse projeto para fazer você gozar enquanto sonha.

"SUZY: Suzy Q. No fundo, uma criançola e imatura. Choramingando suas incapacidades, mostrando força onde não existe, esperando compaixão enquanto ouro brota por seus poros. Se descrevesse alguém capaz de morrer de sede num oásis seria você."

— Só que... — continuou Suzy, olhando para Adhya e mudando o tom de voz para algo mais perto do que realmente seria sua maneira de falar — Só que... Nada. Esquece.

Só que o que, senhorita poros de ouro? O que mais quer falar?

A mulher de feições índias que a abordara no corredor tomou a palavra:

— Meu nome é La Gorda. Mexicana. Índia. Sou a xamã da tribo. Estou aqui pelos meus conhecimentos sobre as plantas de sonhos. Como posso dizer... O efeito delas no estado de percepção dos outros. Isso? É só isso. Não sou nada, além disso.

— Essa é a velha e boa La Gorda! — acrescentou Guus. — Ela quis dizer que é outra chapadona como eu!

"LA GORDA: Não sei que impressão me passa... Mas se conhecesse alguém capaz de fazer o feitiço virar contra o feiticeiro seria você!"

Eva sorria quando a apresentação terminou. Aquele exercício havia lhe divertido bastante. Tinha à sua frente um grupo complicado. Não seria fácil coordenar aquela turma. Mas todo o projeto, desde o início, não lhe parecera coisa fácil. Respirou fundo, levantou-se e disse:

— Vocês são ótimos! Adorei cada um! Vamos ver então o que tanta especialidade junta pode produzir.

• VI •

ANDAR PELO CORREDOR escuro, tateando à frente, com a sensação de que a cada instante as mãos poderiam tocar a face de um segurança, ou sabe-se lá o que, fazia com que as têmporas de Eva pulsassem como um diafragma de autofalante.

Não havia números nos quartos, nem placas indicativas das salas ou laboratórios. Lee tinha dito que todas as lâmpadas eram apagadas à noite para se economizar a energia dos geradores. Eva começava a acreditar que talvez aquele breu fosse para manter as pessoas nas suas camas, e evitar que bisbilhotassem pelo complexo.

O jantar com Adhya tinha sido agradável, mas, antes de dormir, Eva precisava fazer uma visita. Havia memorizado o caminho para chegar, mesmo às cegas, ao quarto de La Gorda.

Três portas e viro à esquerda. O corredor longo com uma única porta. Direita e conto mais cinco... aqui!

Bateu delicadamente, procurando fazer a menor quantidade de ruído possível. Ninguém atendeu. Tentou outra vez. A voz do outro lado perguntou:

— Quem?

— Sou eu, Eva — sussurrou.

— O que quer?

— Abra, por favor. Preciso falar com você.

Eva esperou algum tempo antes de ouvir a chave acionar a lingueta e a porta abrir apenas um fio.

— Sozinha?

— Estou, sim.

La Gorda puxou Eva para dentro e tornou a trancar a porta. O abajur projetava uma luz de ferrugem no aposento.

— Por que veio?

Eva pegou a única cadeira do lugar e a levou para perto de La Gorda, que se sentara na cama.

— O grito de ontem à noite.

— Se tiver sono fraco vai ouvir de novo. Eles gritam sempre.

Eva aproximou-se mais. Seus joelhos tocaram os de La Gorda.

— Eles? Quem são eles? Tem mais de um?

— Crianças. Nunca vi nenhuma, mas escuto quase toda noite.

— Disse que elas estão num andar debaixo do nosso?

— O grito sai dali. — La Gorda apontou para a tubulação de ar.

— Se tem crianças gritando aqui, não é melhor falar com alguém? Isso precisa ser denunciado!

— Por enquanto, estou só espiando. Tem gente estranha aqui. Precisa de cuidado.

— Vamos falar com alguém de fora. Alguém de Pequim. Podemos procurar a polícia...

— Não dá para sair daqui. Estamos presas, não sabe?

Eva ergueu as sobrancelhas e mordeu o canto da boca:

— Presas? Claro que não! Se quisermos ir até Pequim é só comunicar, pedir transporte e pronto.

— Não. Todos presos. Mas nenhum deles quer pensar nisso. Só a moça. Eu sei que a moça quer fugir.

— Suzy? Você está falando de Suzy?

— A moça não aguenta mais. Acho que gosta da noite da cidade. A única que não quer ficar.

Eva calou-se, pensando nas palavras de La Gorda. Talvez a xamã pudesse ter razão. Não era difícil imaginar o motivo de Guus não querer ir embora: um estoque ilimitado de drogas, sem custos e sem se preocupar com as autoridades. Nik, com um currículo daquele, provavelmente estaria fugindo, e o V11 era o esconderijo perfeito para um criminoso que quisesse desaparecer por uns tempos. Kurt poderia ser facilmente comprado, e qualquer promessa de riqueza e fama seria suficiente para que não percebesse a verdadeira situação do grupo. Suzy era jovem, não suportaria viver muito tempo num lugar assim. Seria natural querer voltar para as noites das grandes cidades.

Mas faltava um membro do grupo.

— E você, La Gorda? Digamos que eu acredite estarmos presas aqui. Se for assim, por que você ainda não tentou fugir?

La Gorda olhou diretamente para Eva, que, pela primeira vez, percebeu ser aquela índia mexicana bem mais inteligente do que demonstrava.

— Meu motivo é igual ao seu — respondeu, finalmente, perscrutando Eva com os olhos. — Também procuro um menino.

Capítulo dez

• I •

Os laboratórios de sonho da Yume excediam em muito tudo o que Eva tinha imaginado.

No lugar dos polígrafos para riscar, em metros e metros de papel, para as ondas cerebrais, os movimentos dos olhos e as tensões musculares — três registros necessários a qualquer avaliação científica das fases do sono — havia equipamentos que projetavam as medições em feixes em 3D. Era como um rio colorido sobre o aparelho de análise, e o pesquisador poderia manipulá-los apenas tocando o feixe que quisesse estudar.

O isolamento de tempo e espaço imposto pelo V11 fazia com que os sonhadores tivessem mais facilidade em entrar em sono REM, independentemente da hora do dia ou da noite, já que ali, debaixo da terra, essa referência não existia.

Computadores de processamento neural proporcionavam capacidade de classificação, análise ou transformação dos dados numa velocidade muito superior aos laboratórios da Universidade; os mesmos dados, se manejados pelos equipamentos em São Paulo, levariam semanas para serem processados.

A equipe, apesar das diferenças de personalidade, mostrou-se profissional na hora dos testes e experimentos. Eva, com seus anos de experiência em protocolos e ambientes de pesquisas, não sentiu nenhuma dificuldade em coordená-los. Lastimava, apenas, estar entre equipamentos que poderiam ajudá-la a avançar consideravelmente suas pesquisas no mesmo momento em que Joachim estava desaparecido. Fora até ali para recuperar o filho, não se distrairia com toda aquela tecnologia.

Enfim, nem tudo podia ser perfeito. Bateu palmas e ordenou:

— Vamos lá, pessoal! Ocupem as suas camas e ajustem os eletrodos. Quero ver quanto tempo demoram em passar do estágio W para o sono REM. Vamos ver se são tão bons com os sonhos quanto são em falar de si mesmos. Já se provou que até os fetos no útero têm sono REM e sonham. Espero que me apresentem algo mais que aqueles bebês.

• II •

— *Ei, chefe, que tal encher o tanque do seu Audi e a gente rodar até Ouro Preto?*

Alec lembrava-se das palavras de Zed, enquanto tomava fôlego para vencer as ladeiras de Ouro Preto e cruzar a travessa lateral ao museu da Casa do Conto. O ferimento no peito ainda cobrava seus efeitos.

— *Consegui, chefe!* — Zed tinha dito. — *Consegui o endereço do tal antiquário. O seu Eliphas não estava mentindo, não. É quente!*

Sim, *era* quente. Ali estava o sobrado azul e branco com a placa "livros velhos".

"Livros antigos" seria o anúncio mais adequado a um comerciante que pretende vender suas mercadorias, pensou Alec, antes de abrir a porta e entrar.

Gostaria que Zed estivesse ali. O garoto tinha algumas ideias excêntricas, dignas de tratamento, mas era também um astuto observador e tinha a capacidade extra de fazer associações entre fatos aparentemente sem ligação alguma. Porém, recebia um bom dinheiro dos pais de Zed para curá-lo, não para potencializar o comportamento fantasioso do menino.

Lá dentro, uma réstia de luz vinda das janelas pequenas destacava a poeira que dançava entre as estantes, como se minúsculas letras de pó tivessem fugido dos livros e escrevessem uma história com palavras que não respeitavam a gravidade.

Alec procurou pelo dono, mas não havia ninguém. Bateu com os dedos na prateleira e só conseguiu produzir mais poeira. Retirou um dos livros, começou a folheá-lo. Surpreendeu-se ao constatar que tinha nas mãos uma edição de 1867 do *Botânica Oculta*, de Theophrastus Paracelsus. Quando pegou o segundo exemplar e leu a folha de guarda, uma primeira edição de *Mein Kampf*, teve certeza de estar entre obras realmente valiosas e diversificadas.

— O último dono desse livro aí que tens nas mãos morreu pendurado numa corda. — Sentenciou uma voz vinda do outro lado da prateleira.

Alec olhou por sobre a fileira de livros e viu um velho alto, de cabeleira branca e enfunada. Lembrou-se dos algodões-doces espetados nas varetas em parques de diversão, que costumava devorar quando era criança. Devolveu o livro à estante e respondeu:

— Não pretendia levar o livro, de qualquer maneira. Não o considero boa literatura.

— Deves estar dizendo isso por causa do autor, não? Hitler foi um louco, mas o livro... Bem, isso vale para qualquer livro: se não serve para instruir, serve ao menos para divertir. O problema é quase sempre o leitor...

— O leitor? Acho que não concordo.

— O leitor! É ele quem, às vezes, por deficiência na leitura, confunde diversão com instrução. Leva piadas a sério... Aí é que a coisa desanda...

Alec deu a volta na prateleira e cumprimentou:

— O senhor deve ser o dono do estabelecimento. Não consigo entender como uma loja com obras dessa raridade não seja mais conhecida!

— Nem todo mundo gosta de livros. Muito menos livros velhos. Pelo seu sotaque, vens de São Paulo, certo?

— Sim. Meu nome é Alec. Trago recomendações do senhor Eliphas.

— Aquele velhaco ainda está vivo?

— Ele fez o mesmo comentário sobre o senhor. Mas, pelo que vejo, os dois estão muito bem.

O homem fez uma reverência abaixando a cabeça. Alec pensou por um momento que aquela montanha de algodão doce iria cair sobre o balcão.

— Diga, Sr. Alec, o que Eliphas acha que podes encontrar aqui entre minhas raridades? Ele deve ter te recomendado um livro, certo?

Alec pensou se deveria fazer algum tipo de discurso para convencer o proprietário a lhe mostrar o volume. Decidiu que ser direto poderia ajudar mais:

— A *Biographia Antiqua*. Eliphas disse que o senhor possui uma cópia.

— Hum, agora entendo por que não consideras *Mein Kampf*, como disse mesmo?... boa literatura. A *Biographia Antiqua*. Queres começar pelo topo!

— É uma questão de vida ou morte.

— Todo livro, no final das contas, leva a uma coisa ou a outra. É um exemplar bem incomum esse. Raro *mesmo*. Fico pensando o que me faria mostrá-lo a ti, isto é, se eu o tivesse aqui. Esse não é um livro *velho*, é um livro *raro*!

Alec tirou do bolso o aparelho de sonhos. Lembrou-se de como Eva tinha se referido ao que poderia estar acontecendo com os jogos produzidos pela Yume.

— Isto aqui poderia fazer com que me mostrasse o livro.

— Uns óculos?

— Não. Um dispositivo que faz as pessoas sonharem e que, de alguma maneira, infecta esses sonhos. Tal como um vírus que infecta o corpo e o leva à morte. E quem o construiu parece conhecer bem o texto do livreto de Silvestre II. Me diga, o senhor já ouviu falar dos Assuras?

— Assuras... Esse termo vem da mitologia Hindu. Um autor, Arimin Risi, se não me engano, escreveu possuírem os Assuras várias formas e que eles se originam de inúmeras raças distintas, sendo seu propósito influenciar a história da civilização humana. Para os Hindus são os filhos caídos de Brahma, o equivalente a Lúcifer em nossa cultura; os ladrões das sombras dos homens. Por quê?

— Ao que tudo indica, uma organização com esse nome é que está por trás deste aparelhinho aqui...

O antiquário tentou pôr um pouco de ordem na sua cabeleira de algodão doce, enquanto pensava. Depois de um tempo desistiu dos cabelos e disse:

— Sr. Alec, venha até minha saleta. Vamos nos sentar. Vais precisar se esforçar para me explicar exatamente esse negócio de infectar sonhos e me contar como o tal aparelho foi parar em tuas mãos. Quanto ao motivo de quereres ver a *Biographia Antiqua*, dependendo do que me disser, eu mesmo poderei deduzir.

• III •

EVA BATEU à porta do chalé. Entrou quando ouviu Suzy chamá-la.

— Olá, Suzy! Ah, me desculpe! Você já estava dormindo... Queria convidá-la para uma caminhada noturna e aproveitar ao máximo o tempo que temos ao ar livre, fora daquele buraco horrível. Acho que este foi o final de semana que mais esperei em toda a minha vida!

— Não esquente! — tranquilizou Suzy. — Só estava deitada, pensando num programa de arromba para hoje à noite aqui na badaladíssima vila de Kumo.

— Para uma jovem como você este lugar deve ser um tédio, não?

— Um saco. E logo se vê que não tem homens que prestam nesta vila. Menos Lee, é claro, mas ele não dá mole. O cara é sério. O resto nem parece que gosta de mulher...

— Ou se gosta, é do estilo de Nik. Aquele lá é o tipo de sujeito com quem você só consegue falar olhando nos olhos se seu par de olhos estiver no bico dos seios.

Suzy riu e disse, depois de se sentar:

— Você já sacou qual é a do cara. Mas acho que é só papo. Na hora "H" ele deve afinar. Já viu a bunda dele?

— Não tive curiosidade.

— Tem bunda reta. Bunda reta é o sinal masculino da velhice, ou mostra a falta de músculos necessários para uma boa transa.

Eva aproximou-se. Ficou de pé em frente à cama. Notou o pequeno ursinho de pelúcia cor-de-rosa ao lado de Suzy. Aquilo não combinava com a descrição que ela fizera de si mesma durante a apresentação.

— Você é uma profissional, Suzy? Quero dizer...

— Prostituta? Não, não sou. Não preciso de dinheiro. Falo com todo mundo que sou uma biscateira, mas faço para meu próprio prazer.

— Ou para provocar sua família.

— Isso foi no início. Agora não me importo. Meus pais nunca vão se deixar atingir por nada que ameace seu mundinho... *Se a idiota da Suzy está indo na contramão, então, deixe a otária se estrepar e fingimos que não temos filha nenhuma...* Os velhos não são só peças de museu, são dissimulados.

— Minha mãe também era bastante conservadora. Principalmente quando o assunto era sexo. Lembro-me, acho que tinha uns quinze anos na época, do dia em que apareci na sala com uma saia preta curtíssima sobre um *collant* de riscas de giz. Foi a primeira vez que usei batom, e talvez tenha lambuzado os lábios um pouco demais. Mamãe estava sentada com papai assistindo a um programa de televisão. Me perguntaram aonde eu estava indo. Disse que ia dar uma volta com umas amigas. Ela me olhou como se eu estivesse nua. Pediu que esperasse. Voltou com uma máquina fotográfica. "*Faça uma pose!*" ela disse, e tirou a foto. Naquele tempo não existia máquinas digitais, mas tínhamos nossa *Polaroid*, que cuspia o papel fotográfico em branco para fora da câmera e a imagem ia, pouco a pouco, aparecendo, tipo um fantasma tomando corpo.

Suzy começava a se interessar.

— E o que ela fez com a foto?

— Me puxou pela orelha e me fez a seguinte pergunta, balançando a fotografia na minha cara: "*É isto que você quer despertar nos homens se vestindo desse jeito? Se pintando como uma mulher da vida? Riso? Desprezo? Luxúria? Troque de roupa agora, menina! Melhor, venha comigo!"*

Eva sentou-se ao lado de Suzy e continuou:

– Mamãe me levou para o quarto, escolheu um vestidinho e me fez trocar de roupa. Quando eu estava pronta, ela me puxou até o banheiro e me fez lavar o rosto. Me arrastou de volta para a sala e tirou outra foto.

— Outra?

— É. E quando a imagem apareceu no papel fotográfico, colocou uma ao lado da outra: "*Preste muita atenção, Eva*" — ela disse, e a voz dela parecia um zumbido elétrico nessas ocasiões, parecia dar choque nos ouvidos "*Veja! É só um vestido, um pedaço de pano simples, mas sobre um corpo complexo, uma obra de Deus! Compare as duas fotos. Que tipo de homem você quer atrair para si? Se não sabe, vou lhe dizer: escolha aquele que preferir o vestido e seu rosto limpo. O vestido, minha filha, é a nudez das mulheres que sabem o que são os homens.*"

— Naquela época, eu não entendi muito bem o conselho de mamãe. — prosseguiu Eva. — Na verdade, só fui entender no dia em que enfiei a tira do teste de gravidez num copinho de urina e, cinco minutos depois, lá estava: completamente grávida! Grávida de um homem que, definitivamente, não preferia os vestidos.

— Você tem um filho?

— Tenho. Mas não está comigo. Sequestraram meu menino.

Eva contou a Suzy a história de Anna e Joachim, tomando o cuidado de não expor as suspeitas com a Yume.

— Cacete, Eva! Como você arruma força para ficar aqui?

— Preciso trabalhar, Suzy, senão fico louca. Tenho amigos no Brasil, que me chamarão caso alguma coisa aconteça. Mas e você? Uma garota bonita, cheia de vida, como é que arranja forças para viver neste fim de mundo?

Suzy pensou um pouco antes de responder, cruzando as pernas sobre a cama.

— Não encontro droga de força nenhuma. Queria ir embora, mas acho que estamos todos presos.

— Você quer dizer *ilhados*?

— Presos, mesmo. Impedidos de sair daqui.

— Já tentou pedir para ir embora? Rescindir seu contrato e simplesmente voltar para casa?

— Algumas vezes. Eles sempre acham uma desculpa: *Só mais outra semana... Hoje não temos transporte... A estrada está ruim por causa das chuvas...* Uma vez fiz um escândalo danado. Cheguei a arrumar as malas para partir, mas no dia seguinte amanheci doente, incapaz de me levantar da cama. Quase morri. Acho que drogaram minha comida. Um sinal para que eu maneirasse.

— Vou falar com Adhya. Ela não deve saber do que está acontecendo. Vai providenciar sua partida.

— Não conte com isso. Já falei com ela. No dia em que você chegou, eu queria aproveitar o jipe para ir embora, mas eles disseram que aquele carro não sairia daqui pelas próximas semanas. Mentira.

— Durante nossa primeira reunião, notei que você queria falar mais alguma coisa, mas desistiu depois que olhou para Adhya.

Suzy levantou-se da cama e andou pelo quarto.

— Queria dizer — retomou, depois de longa pausa, e quando voltou a falar a voz saiu mais alta e fora de controle — queria dizer que não aguento mais esse negócio de sonhos, de laboratório enterrado como uma tumba, de vila cheia de pernilongos, longe de tudo. Queria dizer que não dou a mínima para esse projeto. E queria dizer que, se não me pusessem no carro que trouxe você para este buraco, eu mesma daria um jeito de ir andando até Pequim.

Suzy começou a chorar. Eva pegou um copo com água e a ofereceu.

— Não, obrigada — agradeceu Suzy. — Quero só o meu urso...

Eva pegou o urso da cama. Debaixo dele viu um cartão magnético de cor diferente das que possuíam no Piso Um.

— Onde conseguiu isso, Suzy?

— Um guarda. Veio me fazer uma visita aqui no chalé. Achei que poderia ser útil e roubei... Pensei que ele voltaria logo para pegar de volta, mas nunca mais o vi. Nem aqui nem no V11.

— Vou ficar com ele.

— Vai me entregar?

— Claro que não, garota, mas isso pode livrar você de grandes problemas.

A mão de Eva tremia quando guardou o cartão no bolso da bermuda. Ali estava sua passagem para os pisos inferiores do V11. Suzy não poderia ter ideia de que aquela tarja de plástico valia mais que centenas de barras de ouro. As coisas iam bem. A conversa com La Gorda havia sido importante. Encontrara uma aliada. A índia confessara estar ali para procurar pelo pequeno xamã da sua tribo, de quem era protetora. O garoto desaparecera poucos dias depois da visita de Adhya. Algumas semanas depois, a Yume convidara La Gorda para vir à China. O instinto havia empurrado a mulher até ali. Uma história bem parecida com a sua. Agora o cartão magnético... Era esperar o momento certo para usá-lo, e se Joachim estivesse lá, nem Adhya, nem Lee, nem ninguém a impediria de encontrá-lo.

• IV •

ALEC CONTOU AO LIVREIRO de cabelos de algodão doce tudo o que ouvira de Zed, Eliphas e, principalmente, de Eva, sobre a utilização de sonhos lúcidos para criar ambientes virtuais controláveis. A cada novo detalhe observava os olhos azuis do velho se apertarem, como se o significado das palavras lhe pesassem as pálpebras. Terminou a narrativa sem ser interrompido e, mesmo depois, seu anfitrião permaneceu calado.

Aquela mudez o constrangia. Suas últimas palavras ressoavam-lhe dentro do crânio, e começava a se sentir como um de seus pacientes. Esperava ouvir do livreiro o mesmo diagnóstico que concluía todos os dias em seu consultório: "*Amigo, sinto dizer, mas você está ligeiramente doido!*"

— Nem sei por que lhe contei isso — disse afinal, quebrando o silêncio. — É uma história digna de um maluco.

— És psicólogo ou psiquiatra, certo? — perguntou o velho.

— Sou psiquiatra. Como soube?

— Tuas palavras parecem sair de tua boca com uma bengala, tateando à frente à procura de obstáculos, ou perigos. Não há nada de maluquice nisso. Tua amiga pode estar certa.

Apesar de Alec já saber que Eva estava na pista certa, preferiria ter ouvido sair da boca do antiquário a frase "*amigo, sinto dizer, mas você está ligeiramente doido*". A concordância do velho com toda aquela história, impossibilitava qualquer tentativa de voltar para seu *mundo normal*.

— Meu caro psiquiatra — continuou o livreiro, percebendo o embaraço de Alec —, acho que eu disse exatamente o que você não querias ouvir, certo? Mas o fato é que até então os objetivos e os métodos das guerras eram simples de se identificar. O objetivo, ou *justificativa*, se preferires assim, do Império Romano era a preservação da paz interna contra as guerras civis, Bonaparte coroou a si mesmo imperador, o *salvador* da França, enquanto os Nazistas justificavam sua carnificina com bandeira da *Lebensraum*, ou Espaço Vital. Os métodos? Esses eram os mesmos: destruição, terror, e sangue... muito sangue. — O livreiro levantou-se e continuou falando, enquanto sumia por uma portinhola. — O século XXI trouxe novos métodos. A guerra pelo poder já não é travada com armas tão óbvias. Daqui para frente será cada vez mais difícil reconhecer um inimigo e suas intenções.

Voltou pouco tempo depois, com um enorme livro nas mãos.

— A cópia espanhola da *Biographia Antiqua*! Um volume muito raro este. Vejamos o que diz seu capítulo oitavo.

O livro foi aberto com cuidado, e as páginas passadas, uma a uma, com delicadeza.

— Aqui! — disse o antiquário, apontando com o dedo para algum lugar da página — *Os Nove Desconhecidos* e seus nove livros. Além do que já ouviste de teus amigos, vejas o que diz cada um dos livros, e o tipo de conhecimento que pode conter o suposto manuscrito copiado pelo Papa Silvestre II. — Leu, equilibrando os finíssimos fios de algodão doce sobre a cabeça:

"O *Livro do Comportamento Animal* fala sobre os segredos do processo mental humano, das técnicas de controle do pensamento das nações, o domínio do inconsciente coletivo, o domínio dos sonhos dos homens.

O *Livro do Funcionamento do Organismo* ensina as funções vitais dos seres vivos, os processos físico-químicos dos sistemas vivos, o entendimento dos centros nervosos superiores, os órgãos do pensamento e da coordenação neural.

O *Livro* da *Vida Invisível* é uma visão microscópica dos inúmeros seres que dividem conosco este planeta. Sua utilização e consequências para a vida humana.

O *Livro da Comunicação* é um livro de engenharia aplicada aos meios de transmissão, a emissão e recepção de informações. Já continha, mesmo àquela época, a descrição dos nossos sistemas de telecomunicações por fibra ótica e satélite, indo além, ao indicar processos de comunicações mentais e extraterrenos."

— Comunicação extraterrena? — perguntou Alec, um tom de incredulidade.

O velho continuou, sem lhe dar atenção:

"O *Livro da Alquimia*, onde dizem existir o segredo de todos os cinco *Opus Alchimicum*.

O *Livro da Luz* fala das aplicações dessa radiação; aplicações que transcendem nosso entendimento da luz, inclusive as maneiras de se viajar no tempo.

O *Livro das Influências entre Corpos* já trazia, antes de Albert Einstein, a gravitação como consequência da estrutura geométrica do espaço-tempo, assim como O *Livro do Universo*, que explica a origem do universo.

E, finalmente, o *Livro das Coletividades*, um completo estudo da organização e do funcionamento das sociedades humanas e de suas leis fundamentais. Mapeia as leis da evolução das sociedades, mostra seus ciclos, permitindo, assim, a previsão de governos e impérios."

O antiquário fechou o volume e acrescentou:

— Como podes ver, meu caro doutor, não é à toa dizerem que aquele que possuir os tais livros pode se tornar o senhor do mundo. O velho Silvestre II, ao que conta a história, copiou somente uma página de cada um deles. Se o livreto existe mesmo e foi parar na Alemanha durante a Segunda Guerra, para depois sumir nas mãos sabe-se lá de quem, temos aí um belo de um problema.

Alec pensou em quanto Zed gostaria de ter ouvido aquela narrativa. Encarou os olhos azuis do livreiro e perguntou:

— Isso tudo é uma lenda, certo?

— Sim, se considerarmos que os dinossauros também seriam, se até hoje não tivéssemos escavado e descoberto seus ossos.

— Então, o senhor acha que pode haver algum fundo de verdade nisso tudo? Baseado em quê?

— Eu sou um escavador de livros. Procuro neles as pistas que vão transformar lendas em fatos. Quando li sobre o Abade Valentim, o copista deste volume, comecei a procurar informações sobre suas andanças pela Europa. Descobri que ele conhecera o então monge beneditino Gerbert d'Aurillac. Os dois estudaram juntos um manuscrito trazido das Índias e trabalharam na construção da famosa cabeça de bronze. Mas a pesquisa mais importante desses dois homens ficou oculta da maioria de nós. Valentim e d'Aurillac dedicaram parte das suas vidas ao desenvolvimento dos sonhos lúcidos e dos diversos mundos que se poderia criar dentro desses sonhos.

O velho sorriu para Alec, tomou fôlego e continuou:

— A ideia principal era que se podia fazer com que o sonhador, através da constância e do forte aspecto da realidade em seus sonhos, de alguma maneira, não mais discernisse a vigília da imaginação, e vivesse nos dois mundos como se fosse num só. É claro que o propósito dos dois religiosos era o crescimento pessoal, a unificação da experiência do ser. Viver duas vidas no período de uma.

— Eles tiraram essa ideia do tal livreto?

— A ideia, não. Do livreto eles tiraram a técnica. A ideia veio de uma estranha confissão feita ao abade Valentim por um cristão atormentado pela vontade do suicídio. O esperto religioso escreveu cada detalhe dessa confissão, omitindo, claro, o nome do pecador.

— E o senhor conseguiu uma cópia desse texto, certo?

— Sou um excelente escavador de textos — disse, sumindo novamente pela portinhola, voltando com um documento amarelado. — Toma, leias tu mesmo a fantástica história de João Cogumelo, e o quanto nós podemos estar enganados quanto à realidade que nos cerca.

• V •

O COMA ONÍRICO de João Cogumelo

De Valetim de Cirene, Abade do Monastério de Anguz, a transcrição da confissão do Sr. O., para quem peço a Divina Misericórdia de Nosso Senhor.

"Perdoe-me, padre, porque pequei.

Não, obrigado. Fico ajoelhado mesmo. Melhor aqui, mais perto do chão, ajuda contra a vertigem que sempre me ataca nestas oportunidades.

Meus pecados? Apenas um, padre, já que a velhice não é capaz de carregar nem más intenções. Apenas um, mas é pecado mortal, dos graves: acho que não confio mais na promessa de outra vida após esta se extinguir, na festança do Paraíso. E duvidar da vida eterna é desacreditar de tudo, é duvidar de Deus!

Com isso, voltei a temer a morte. Voltei a apavorar-me com o que virá depois que meu caixão descer à sepultura. Imaginava ter vencido o medo. Achei que o houvesse enterrado sob escombros de dor e desilusões, e fincado a cruz de dogma sobre todo esse entulho, mas ele voltou. Voltou despedaçando minha fé quebradiça, marcada nos joelhos por tentativas místicas, desesperadas. Voltou, assim que João Cogumelo despertou, após vinte anos em coma, e nos contou sua história.

A solidão, padre, assim como a morte, é raramente pensada. Há anos bebo na mesma taverna, sentado à mesma mesa de frente para a rua encardida de passado. De lá, percebo o tempo em alto relevo, marcando-me dobras na carne, estranhas ao toque, deploráveis ao tato. De lá, ligo meu olhar ao de todas as mulheres, pois o desejo não envelheceu — algumas coisas nunca envelhecem! Lá conheci João Cogumelo e foi de lá que o empurrei para seu destino aparentemente solitário, de morto-vivo.

O menino João era moleque danado. Lembro-me bem dele brigando na rua, quebrando vidraças, caçando vaga-lumes e espremendo os bichinhos na roupa para riscar — como ele dizia mesmo? — *figuras com pó de estrelas*. Um guri levado, daqueles que a infância cuida de gastar todas as energias para entregá-lo à maduragem um pouco mais comedido.

Gostava de empinar papagaio, o miúdo. Sabia dos meus horários e sempre me encontrava na taverna. Trazia-me varetas, papel e grude, para que eu fizesse a armação, colasse a seda e lhe entregasse o brinquedo voador. Saía correndo e voltava no dia seguinte, passos descompassados pela sandália arrebentada, com papéis de outra cor, sem nunca dar explicações sobre o destino da minha trabalheira anterior. Lembro-me bem dele, sim, e do colorido das sedas com as quais lhe montei a última pipa. Guardei o brinquedo assassino depois que João despencou do telhado enquanto o empinava. Vez ou outra, isso acontecia com os meninos daquela idade. Uns quebravam ossos, outros arroxeavam a testa. João Cogumelo caiu de cabeça, entrou em coma e assim ficou: as molecagens congeladas numa morte dissimulada.

Eu acompanhei a dor da família. Presenciei a mãe a cuidar do filho, tal um jardineiro zela a flor mais delicada do seu jardim: com dedicação, paciência, sem esperar nada além de um breve perfume.

Anos se passaram. Outros moleques nasceram. Brincaram naquela rua envelhecida, mas para nenhum outro estruturei armações voadoras. Cresciam-lhes penugens no rosto, vinham beber comigo, deixavam a cidade e voltavam pagando a rodada para todos na taverna, tirando do bolso dinheiro e malícia, até então, inéditos. Tudo isso com João dormindo sua noite interminável, vivendo sua vida de planta. Um menino existindo sem ser menino, vegetando sem ser vegetal, um João Cogumelo.

De vez em quando ia vê-lo. Ele, de olhos tapados de pálpebras, fazia de cada encontro um velório. E o pobre tinha mesmo o tom dos defuntos, o rosto abandonado de dor e perplexidade, as feições serenas, de esperança perdida em algum ponto da vida.

O sorriso na boca de um doente terminal é joia rara. O senhor vai concordar comigo, padre. Como o senhor, eu, na minha idade, também já visitei muitos enfermos para saber que encontrar esse sorriso é encontrar uma flor brotando no deserto. E lá estava ele, padre! Lá estava ele! O sorriso! A cada dia mais visível nos lábios mudos de João. Intrigava-me aquele contentamento imotivado, alegria vinda sei lá de onde.

O tempo continuou sua irrefreável missão de nos desintegrar. O silêncio e a morte, agitando frases curtas um para o outro. João, agitando para mim aquele sorriso estranho.

Qual não foi minha surpresa quando, um dia, ouvi gritos pelas ruas anunciando que o Cogumelo havia acordado. Acontecimento do ano! Formou-se fila na casa do ressuscitado. Todos queriam vê-lo, conversar com ele, saber como era dormir menino e acordar homem. É certo que o coitado nada falou. Mal conseguia mexer os olhos, piscar as luzes. Ainda parecia a mesma criatura plantada de antes.

Mas houve algo estranho, um fato inesperado: João Cogumelo chorava! Chorava muito. A água escorria-lhe pelo rosto, como se as lágrimas reservadas para a infância e represadas pelo coma desabassem, assim que as pálpebras se erguiram. Quem assistiu à cena só podia concluir que o choro incontido fosse a mais verdadeira expressão de alegria. Pudera! Mais de vinte anos dormindo!

Somente eu percebi algo errado. Foi quando troquei olhares com João, já que as palavras silenciosas, as faladas pelos olhos, não conseguem transportar equívocos. Sim, percebi algo de muito errado.

Demorou para que pudéssemos vê-lo na varanda da casa, sentado numa cadeira, recuperando-se de anos de imobilidade. Demorou ainda mais para que descobríssemos que João Cogumelo não havia chorado de felicidade quando voltou para os vivos. Depois, como ele mesmo contou, aquele fora o dia mais triste da vida!

Como podia ser? Por que João preferia continuar no negrume do coma?

Aí é que está, padre! Aí é que está! E foi, então, que comecei a duvidar do tipo de vida que teremos depois desta aqui, depois que morrermos... Ele não dormia uma escuridão coisíssima nenhuma. Ele sonhava!

Isso, padre, o senhor ouviu bem! Ele sonhava! E, naquele sonho sem fim, João Cogumelo cresceu, fez aniversários, leu livros nunca publicados, cortou as unhas que lhe escorriam lentamente pelos dedos, marcando o tempo como uma ampulheta orgânica. Lá, ele escolheu uma profissão, estudou e se formou doutor. Dormiu dentro de seu sono e sonhou dentro de seu sonho. Passado, presente e futuro, num fluxo de continuidade tão perfeita, que João já não sabia existir outro mundo além daquele que sonhava. Lá estavam sua mãe, pai e amigos. Lá, João se apaixonou, viveu um amor arrebatador, conheceu o sexo, o orgasmo oniricamente mais longo, casou-se com sua amada e teve dois filhos. E lá, João saía todos os dias para trabalhar e voltava, beijava a mulher, brincava com as crianças, dormia, sonhava e acordava renovado, enquanto envelhecia – calmamente. Acreditava viver uma vida plena, mesmo sem um deus, pois nos sonhos, padre, não há religiões.

E, então, o que aconteceu com o coitado? Talvez o que ocorrerá com todos nós, cedo ou tarde: o sonhador morreu para uma existência e abriu os olhos para outra. João acordou no seu antigo quarto de infância e descobriu que tudo aquilo que amava, tudo o que construíra e estava disposto a defender com a vida, fora, afinal, apenas um sonho. Tão real num instante, no outro só faz de conta. Pudera ter chorado tanto!

Por isso, a morte e seus vapores de incertezas tornaram a me contagiar.

Tento adivinhar se nossa partida desta vida nos levará a um mundo onde todos que amamos estarão à nossa espera, ou se, como João Cogumelo, descobriremos que apenas participamos de um circo de sombras.

Destino mordaz! No mesmo instante em que nos presenteia com a vida, nos dá a morte. Oferece-nos com o braço estendido dádiva e ruína, ambas na mesma mão, partes do mesmo presente.

O que aconteceu a João? O senhor não vai gostar de saber, padre. Procure perdoá-lo, mesmo tendo ele cometido o maior dos pecados.

Não podendo viver sem o amor da mulher e filhos, esperanças e planos de sua vida sonhada, João tentou voltar para eles. Subiu no mesmo telhado do qual havia caído anos atrás e se atirou lá de cima. De cabeça! E, dessa vez, João Cogumelo morreu.

Deixou um bilhete escrito com letras dançantes, de uma mão paralisada pelo tempo, mas movida pela loucura. Se bem me lembro, dizia mais ou menos isto: 'Nossas noites geram sonhos em demasia para serem vividos numa só vida. Não há tempo para todos. Não há tempo para se viver lá e aqui de forma completa. Mas, então, Deus, por que tantos sonhos? Por que essa saturação onírica? Desculpe-me, mamãe, mas preciso voltar. Você entenderia se conhecesse Tininha e Quico, seus dois netinhos. Entenderia se pudesse descansar a cabeça no colo da sua nora Maria. Minha doce e amada Maria! Tomara que ainda estejam todos lá, me esperando...'.

E assim se foi João Cogumelo. Eu o entendo, o pobre. Mais íntimos que nossos sexos são nossos sonhos.

Também preciso ir. Levo comigo as penitências, mas só vou me encarregar delas quando acordar em qualquer outro mundo. Elas serão meu novo batismo. Tenho que me apressar, padre. Não que haja alguém me esperando. A solidão, assim como a morte, em algum ponto é inevitável. Minha velha esposa partiu há muito. Imagino se no oco de seu crânio areado pelo tempo ainda desfilam espectros oníricos, ou se ela goza da redenção escrita nos livros de fé. Vou-me embora, que também já vai o sol, e com ele as marcas do meu caminho. Desde que envelheci, o mundo parece ter aumentado de tamanho. Só interajo com as coisas próximas. O horizonte perdeu o significado, e, depois da história de João, também perdeu definição o que havia além dele. Preciso ir, deitar-me com as sombras, para que elas me apontem o rumo da Terra onde os sonhos nunca serão rudemente interrompidos. Perdoe-me, padre, mas tenho logo que encontrar essa Terra, ou descobrir, de uma vez por todas, se apenas flutuo no infinito coma de Deus."

Capítulo onze

• 1 •

Eva saiu do quarto de Suzy massageando as têmporas com as pontas dos dedos. Decidiu caminhar pela aldeia.

Enormes moinhos de madeira rodavam compassadamente ao escoar das águas do riacho largo e calmo. Uma ponte de pau, exclusiva para se cruzar a pé, era a única passagem do V11 para os chalés. Trilhas de terra batida, ladeadas por peônias vermelhas e amarelas, ligavam as acomodações, que circundavam um pequeno templo budista, construído de madeira e junco. Fora da área dos chalés, ficavam o refeitório, o bangalô para saunas, banhos de ofurô e massagens.

Eva sentou-se num banquinho em frente ao riacho. Respirou fundo, apreciando o cheiro da água, das pedras e das flores molhadas pelo borrifo constante das cascatas. Fechou os olhos e deixou que o aroma a envolvesse.

A voz de Tule quebrou-lhe a concentração:

— Você daria uma boa yogue...

Eva sorriu.

— Tule. Sente-se aqui comigo.

— Não quero interromper sua meditação.

— Meditação, que nada. Estava aqui relembrando o passado.

— Isso também é uma forma de meditação, desde que essas memórias tragam paz — disse Tule, e sentou-se ao lado de Eva.

— Para uma mãe, às vezes, é impossível não pensar em infelicidades.

Eva procurou pelos cigarros, mas desistiu. Tentaria combater a angústia respirando e conversando com Tule. Precisava desistir de alguns vícios a fim de lhe sobrar energia para pensar, planejar e agir.

— Entendo, minha querida menina — disse Tule, pousando a mão no ombro de Eva. — Lee me contou que tiraram seu filho dos seus braços. Conheço muitas mães aqui na China que passam pelo horror que você está vivendo agora.

Horror. Tule havia definido bem a sensação. Todas as vezes que pensava em Joachim, em como o tratavam, se estava sendo alimentado, se sentia dor, frio, se chorava ou sorria, todas essas vezes era horror que sentia. Gostou daquela mão em seu ombro, desde que seu pai morrera, não sentia conforto semelhante.

— Sabe uma coisa que é comum a todas as mães? — continuou Tule. — Elas nunca perdem o olhar de mãe.

— E como é o olhar de mãe?

— Olhar de esperança. Como o seu, agora. Está dolorido? Claro. Dá para ver. Mas também se enxerga nele a esperança. E o segredo para manter esse olhar é não se deixar levar pela dor. Evite pensar na dor ou falar dela. Se tem que senti-la, apenas sinta-a. Não use seus cinco sentidos para confirmá-la.

— Você nunca fala em dor?

— Falar em dor é compartilhar a dor. E por que eu iria querer que você sentisse meu sofrimento? Ou qualquer outra pessoa?

— Um modo diferente de ver as coisas... Mas me conte sobre você. Estamos aqui há quase duas semanas e ainda não tivemos tempo de nos conhecer. De onde vem?

— Vim da fronteira com o Tibet. Na minha aldeia, sempre fui tratado como divindade. Nasci com a habilidade de sonhar de forma lúcida, de interpretar sonhos, encontrar símbolos, talismãs e curas enquanto dormia. Um monge ouviu falar dessas habilidades e levou-me para o templo onde yogues desenvolvem técnicas da Yoga dos Sonhos. Vivi quase toda a minha vida lá, recebendo e ajudando as pessoas que nos procuravam. Como pode ver, é uma vida longa, mas sem muitos assuntos.

— Quer dizer, sem muita agitação. Numa vida longa, acredito que tenha experimentado milhões de sensações, ainda mais quando se trata de sonhos.

— Você entende bem disso, não, Eva? Entende bem o que representam os sonhos... É verdade o que diz. Uma vida longa... Mas velhice só ataca os tecidos. Se ela está atacando algo além de pele e órgãos, então, tem alguma coisa errada, é nesse momento que velhice torna-se sinônimo de desespero. Mesmo velho, quando sonho, sinto-me incrivelmente bem. Assim como a gota de chuva, que se condensa e passa a existir no espaço entre as nuvens, nós nos condensamos e passamos a existir na eternidade. Mas, assim como a gota que cai e se espatifa no chão, nós caímos e nos desintegramos no tempo, voltando para a mesma eternidade de onde saímos. Essa eternidade, Eva, é a assinatura de nossos sonhos num papel.

Eva permaneceu algum tempo admirando Tule. A calma com que o yogue proferira aquelas palavras tinha-lhe trazido paz. Cobriu a mão de Tule em seu ombro com a sua própria mão antes de dizer:

— A angústia de estar longe do filho, de casa, enterrada naquele laboratório, pode ser menor se prometer vir conversar sempre comigo, Tule.

— Será um prazer. Também tenho muitas perguntas sobre suas teorias. Mas não fique esperando minha vinda, hein. Venha até mim sempre que precisar.

Tule levantou-se e caminhou para seu chalé. Eva permaneceu olhando o céu, apreciando as estrelas que pipocavam, mostrando um desenho celeste diferente daquele conhecido no Brasil. A sensação de encontrar alguém com quem pudesse falar dos seus sentimentos era reconfortante.

Havia Lee, mas temia que com ele as coisas pudessem tomar outro rumo. Aprendera, da pior maneira possível, a não confiar totalmente em homens.

• II •

Alec pediu uma cerveja, enquanto esperava pelo voo no aeroporto em Belo Horizonte. Voltava para São Paulo com muita informação, e dúvidas ainda maiores.

Aquilo tudo soava fantástico demais. Uma sociedade secreta que protegia a humanidade contra o uso inadequado da tecnologia, possuidora de nove livros incríveis contendo o conhecimento humano destilado à essência. Um antigo Papa que tivera contato com aqueles livros. O manuscrito de Silvestre II nas mãos de um grupo de criminosos pretendia o controle das mentes das pessoas. Fantástico demais!

Porém...

O aparelho sonhador estava bem ali, guardado na sua mochila. Tinha nas mãos o que precisava para varrer as dúvidas de sua cabeça. Se o usasse numa experiência controlada, poderia tirar as próprias conclusões. Era médico, pesquisador, não seria difícil criar um protocolo que lhe permitisse usar o dispositivo minimizando os riscos. Se é que *aquilo* realmente seria capaz de produzir algum efeito.

E com o que sonharia, se tivesse mesmo a capacidade de criar em seus sonhos o que bem entendesse?

Sonharia com Eva. Todas as noites, sonharia com Eva. Foi por ela que viajara até Ouro Preto, que se permitira caminhar na linha entre o mundo comum e os universos conspiratórios. E seria por ela que iria até o fim.

Eva...

Por que ela o traíra? Estavam apaixonados, tinha certeza, ela não mentiria sobre os seus sentimentos. Estavam apaixonados e, sem nenhuma explicação, Eva engravidara de outro homem!

Mesmo depois do choque, já com as emoções abrandadas pelo tempo, mesmo depois de ele a ter perdoado, de haver dito que teria Joachim como seu próprio filho, mesmo assim, Eva jamais quis retomar o relacionamento. Apenas dizia que, se não fosse pedir muito, queria continuar podendo contar com sua amizade.

Ele concordara.

Sonharia com Eva e apenas tornaria lúcida uma experiência que vivia quase todas as noites.

Enquanto tomava a cerveja, reescreveu a narrativa de João Cogumelo em seu iPhone e a enviou para Eva. Queria que ela conhecesse aquela história, que mostrava de maneira tão contundente o quanto estamos propensos a cair nas teias da ilusão.

Terminou a cerveja. Tomaria outra, se não tivesse que embarcar logo. Havia chegado ali sem conseguir imaginar como uma máquina de sonhar poderia alterar a ordem mundial. Voltava com as palavras do velho de cabeça de algodão doce crepitando em seus ouvidos, tal como estalidos de fogo em graveto seco:

"Há verdadeiramente um sonho global, consequência da vitória do capitalismo em nossa sociedade. Um sonho que, por meio da globalização, já não mais representa apenas um povo, mas que se espalhou sobre a Terra. E quem se apoderar dele, infectando-o, poderá, sim, se apoderar do sonho do mundo."

"Em nosso tempo, filho" — o livreiro tinha dito —, "quem quiser controlar o sonho do mundo, basta tomar posse do *Sonho Americano*".

• III •

As poucas vozes noturnas na vila de Kumo já tinham cessado quando o som de batidas na porta tirou Eva da cama.

Bem que podia ser um entregador de pizza — pensou, sorrindo com a ideia. — *Uma pizza grande, com o queijo derretendo pelas bordas, e uma sacola de cerveja, era isso que eu queria agora.*

Abriu a janela para ver quem lhe faria uma visita àquela hora. Lee parecia decidir se deveria estar ali ou não.

— Acho que se tivesse uma campainha neste chalé você a teria tocado e corrido — disse Eva, depois de concluir que Lee precisaria de ajuda para se pronunciar.

— É tarde e... Bem, você é mulher e...

— Devia ter pensado nisso antes de bater na porta.

Lee pareceu ainda mais desconcertado. Eva emendou, evitando o pedido de desculpas:

— Brincadeira. Não costumo dormir cedo. E sem meus livros ou uma TV, um papo vai ajudar a passar o tempo. Se bater no chalé de uma mulher a esta hora da noite não é bem visto por aqui, podemos sentar aí na varanda e curtir o céu. Acho que nunca vi uma noite assim.

Eva saiu. Sentaram-se no degrau de madeira. Permaneceram olhando as constelações por um tempo longo demais, talvez procurando nos desenhos formados pelas estrelas o assunto certo para começar a conversa. Foi Eva quem falou primeiro:

— Se a gente estivesse em São Paulo, eu lhe ofereceria uma cerveja gelada. Infelizmente, não tenho nenhuma aqui.

— Bebidas alcoólicas são proibidas.

— Tal como um montão de coisas. Sabe, Lee, às vezes acho que estamos trabalhando para um exército e não para uma empresa.

— Por que diz isso?

— Regras, regras e mais regras. E tem aquele buraco nojento. Não sei se vou conseguir passar um mês trabalhando enterrada naquele lugar. Para que tanto segredo? Até parece que estamos construindo um míssil nuclear.

— Para a Yume, esse projeto é mais importante que qualquer míssil. Tem a questão da indução dos sonhos. Tanto o V11 quanto esta vila foram projetados com esse objetivo.

Eva voltou a olhar para as estrelas, parecendo buscar, em novos desenhos formados pelos pequenos pontos brilhantes, novos argumentos. Antes que pudesse retomar a conversa, Lee mudou de assunto:

— Estive pensando muito em você.

Eva encarou-o, levantando as sobrancelhas.

— Tento entender — continuou Lee — como você consegue trabalhar aqui, longe de tudo, com seu filho desaparecido.

Eva procurava agora, os olhos voltados para o chão sem brilho, figuras de terra e pedras que pudessem ajudá-la a esboçar qualquer resposta. Disse, sem levantar a cabeça:

— Ora, obrigada! Você me faz sentir uma péssima mãe.

— Desculpe-me! Não foi isso o que quis dizer.

Eva permaneceu calada. Lee retomou:

— Deve ser muito difícil manter o controle. Não tenho filhos, mas posso imaginar como deve ser.

— Talvez possa, Lee. Acho difícil, mas... Talvez possa.

Foi a vez de Lee olhar para o chão. Depois de uma curta pausa, perguntou:

— E sabe o motivo de eu estar pensando nisso? Foi porque vi sua aflição naquela noite em que encontrei você agachada no escuro, depois daquele grito.

Eva procurou pelos cigarros. Agora precisava mesmo deles. No bolso da bermuda só encontrou o isqueiro. Pensou em buscá-los, mas desistiu. Era melhor que estivessem longe.

— Pareceu que, de alguma maneira — continuou Lee — você acreditasse que era seu filho quem tivesse gritado, e que ele pudesse estar no V11.

— É lógico que não pensei nisso! — mentiu Eva.

— Eu sei, apenas disse que foi como se *acreditasse*. Também ouvi o grito. Não posso jurar, mas pareceu ser um grito de criança. Desde então, não consegui tirar aquilo da cabeça.

— O que acha que foi, Lee?

— Não sei. Além do andar em que ficamos, onde estão os dormitórios e laboratórios, o V11 ainda tem mais dois níveis. Abaixo de nós está o *datacenter*, com os servidores, os grupos de *storage*, os robôs de fitas e algumas salas de escritórios. Você já esteve lá, quando foi à sala de Adhya. No último piso é onde estão as salas de energia, os geradores, os *chillers* do sistema de ar-condicionado e coisas assim. A maioria de nós só tem acesso ao primeiro nível. Inclusive eu e você. Não sei o que foi aquilo, Eva, mas veio de algum lugar abaixo de onde estávamos. Acho que já tinha escutado algo parecido antes, mas naquele dia... Foi muito nítido.

— O que você está me dizendo é que não temos como ir lá e verificar, né?

Lee pareceu escolher as palavras para prosseguir:

— Sempre há um jeito, Eva. Mas qualquer um que for apanhado numa ala de acesso proibido vai se dar mal. Por que se arriscaria?

— Se existe uma criança gritando à noite, tanto faz ser ou não meu filho, quero saber o motivo.

— Entendo. Talvez, se for pega, receba uma advertência ou perca seu contrato. Nesse caso, é só voltar para o Brasil e continuar a vida. As coisas não vão mudar tanto assim. No meu caso é diferente. Perder o emprego aqui na China, ainda mais um emprego como este que tenho, é correr o risco de ter que voltar para as plantações de arroz, voltar ao anonimato e desespero daquelas pessoas.

— Mas você se arriscaria, Lee?

Lee não precisou olhar nem os desenhos nas planícies de estrelas, nem os traços nos contornos da Terra, para procurar uma resposta. Suas palavras saíram claras, seguras, diretas:

— Sim. Eu arriscaria tudo por você. Soube que faria qualquer coisa por você quando a vi no aeroporto.

Eva ficou muda. Mesmo que perscrutasse o céu até os olhos doerem, não encontraria nele ajuda para uma réplica adequada. Em vez disso, deixou Lee se aproximar, enlaçar seu corpo e procurar o beijo para, com um empurrão suave, afastá-lo e dizer:

— Não, Lee. Não faça isso. Você não me conhece o suficiente para arriscar tudo por mim.

Lee ainda tentou dizer algo, mas Eva o impediu. Despediu-se, e disse que queria ficar sozinha. Acompanhou-o com os olhos, enquanto ele sumia na escuridão da vila. Pensou que pudesse usar a paixão de Lee a seu favor. Seria fácil pedir que conseguisse um cartão magnético que liberasse o acesso ao segundo piso. Mas, quando sentiu o beijo se aproximando, teve certeza de que era Alec quem gostaria que estivesse ali. Não cometeria o mesmo erro outra vez. Recuperaria seu filho e, se fosse necessário, tentaria não destruir nada além de sua própria vida.

• IV •

ALEC VALIDOU a passagem e seguiu para a sala de embarque. Colocou a mochila na esteira de raios-X. A esteira travou e um oficial o abordou:

— Senhor, poderia dizer o que é isto? — perguntou, apontando para a fotografia negativa na tela do aparelho.

— São óculos.

— Pode retirá-los, senhor?

A esteira cuspiu a mochila de volta. Alec a abriu, retirando o pequeno estojo onde guardara o *DreamGame*.

O agente pegou o instrumento e girou-o em frente aos olhos.

— Óculos estranhos... Com fone de ouvido e cápsulas de metal nas hastes... Para que serve isto, senhor?

— Para assistir a filmes 3D.

— O senhor tem a nota fiscal?

— Não. Comprei faz muito tempo. Sempre trago comigo para assistir a filmes no meu notebook.

— Mas, dessa vez, o senhor esqueceu o notebook, certo?

— Uma viagem curta. Cheguei hoje de manhã e já estou voltando. Acabei me esquecendo de tirar isso aí da mochila.

— Tudo bem! — disse o agente, encerrando o assunto.

Alec agradeceu com um sorriso. Mas o sorriso desapareceu, como se fosse apagado por uma borracha. Um pouco atrás, olhando diretamente para seus olhos e balançando a cabeça com o ar de quem apanha um menino numa travessura, o mesmo homem da cicatriz que invadira o gabinete do reitor aguardava a vez para passar pelo detector de metais.

• V •

A CHAVE DE FERRO deu duas voltas fazendo com que o trinco estalasse. Eva pegou a única cadeira do chalé e apoiou-a na maçaneta da porta. Fechou as cortinas. Tirou o celular da pequena abertura rasgada no colchão. Entrar e sair com o aparelho do V11 era perigoso, e dolorido, mas não podia arriscar a passar o final de semana longe de eventuais notícias do Brasil.

Abriu uma das mensagens que recebera. Depois das saudações iniciais, Alec dizia:

"Infelizmente a polícia não tem notícias de Joachim. Nenhum contato por parte dos sequestradores. Falo todos os dias com o investigador responsável. Se houver qualquer coisa, ficarei sabendo. Tenho em mãos o protótipo do aparelho que a Yume está desenvolvendo. Achei-o na sala de Hélios. Desconfio que seja o responsável pelo estranho comportamento do reitor. Ainda não sei o que fazer com ele. Entregá-lo para a polícia seria perda de tempo. Zed é um garoto de visão incomum. Ele está ajudando muito. Tome cuidado aí. Beijo."

Logo em seguida leu outro e-mail com a narrativa de João Cogumelo. Cogumelo, a história dos Nove Desconhecidos, os Assuras e o livreto do Papa Silvestre II.

Eva andou pelo quarto enquanto relia a mensagem.

Respondeu-a enfatizando as primeiras palavras:

"Não use o aparelho! De forma alguma use esse maldito aparelho! Sei quem pode nos ajudar. Vou dar um jeito de pedir ao indiano que te procure. O episódio dos tiros no cemitério não foi culpa dele. O lugar aqui é afastado, a comunicação difícil. À noite, ficamos quase sem energia elétrica. Temos que nos virar no escuro. Isso acaba sendo uma vantagem, já que na escuridão temos a chance de compreender nossos sonhos e pesadelos. Como disse o homem da história de João Cogumelo, talvez seja deitando com sombras que seremos capazes de descobrir *se apenas flutuamos no infinito coma de Deus...*".

• VI •

A MISTURA CONFUSA de pessoas correndo em direção ao portão de embarque, nas filas dos *fingers*, dos cafés e lojas, e pessoas arrastando bagagens ou filhos transformavam a sala de espera numa versão asseada de uma feira popular. Havia poucas poltronas vagas.

Alec viu um segurança, em pé, ao lado da banca de revistas. Tinha as mãos cruzadas atrás do corpo, com um discreto fio negro saindo do paletó e terminando num auscultador. Procurou lugar ali perto para se sentar. Ao menos, se sentiria mais seguro. Tirou o dispositivo sonhador da mochila e enfiou-o no bolso do casaco.

Cruzou as pernas, na tentativa de aliviar a ardência na bexiga. A cerveja começava a fazer efeito. Precisava urinar, mas não arriscaria entrar no banheiro com o sujeito da cicatriz rondando por ali.

Passou a língua pelos lábios para umedecê-los e sentiu-a grudar neles, como se o que restara de sua saliva tivesse se transformado numa cola amarga.

— Dr. Alec Lenz?

Alec virou-se para a voz que o chamava. O mesmo homem do escritório do reitor sorria, espetando-o com um olhar agudo.

— Já nos conhecemos?

— Oh, sim! — disse, sentando-se ao lado de Alec. — Quase peguei o senhor trepando com a secretária do reitor Hélios... E bem na sala do pobre defunto. Acho que ferrei com seus planos naquela noite, não?

Alec engoliu o que lhe pareceu ser um bolo exageradamente grande de areia seca. Falou, tentando deixar a voz o mais próximo da indignação que conseguia:

— E em que posso ajudá-lo?

O sorriso desapareceu da boca do homem. Alec o viu sumir não de repente, mas como se fosse o efeito de uma câmera lenta, cuidadosamente ensaiado para provocar uma desagradável sensação no estômago.

— O senhor tem algo que não lhe pertence.

As pessoas sentadas ao redor pareciam viver cada uma em seu próprio mundo. Respondiam e-mails, falavam aos celulares ou, simplesmente, deixavam-se hipnotizar pelo mostrador de horários de chegada e partida de voos. Ninguém retribuiu à sondagem de Alec quando ele procurou ao menos um olhar com quem pudesse dividir sua apreensão.

— Está dizendo que tenho uma coisa que lhe pertence?

— Não! De jeito nenhum! Não pertence a mim, mas também não pertence ao senhor. Eu apenas represento o verdadeiro dono.

— Então, que ele venha buscar...

O homem pôs a mão sobre o braço de Alec e apertou-o. A dor foi como a de um torno envolvendo seus músculos, esmagando-os.

— É melhor parar com esse joguinho estúpido. Já me ferrei o suficiente por não ter entregado a merda desse negócio para o dono. Entendeu?

A mão afrouxou e o sujeito tornou a sorrir.

— Agora, passe esse maldito estojo para cá.

Alec ainda sentia as pontadas ferindo-lhe os ossos.

— Acho que não — contestou, mantendo a voz firme. — O que vai fazer, se eu não quiser lhe entregar?

O sorriso desapareceu mais uma vez. O homem aproximou-se de Alec para falar em seus ouvidos:

— Vou matar você, seu bosta!

Alec afastou-se. Lembrava-se da arma que ele e Maureen tinham visto no coldre quando o sujeito fizera questão de a exibir ao abrir o paletó. Respondeu, sem muita convicção:

— Se você passou pelo sensor de metais, deve estar desarmado.

— Não se engane. Eu poderia matar um merdinha como você com esta caneta que tenho aqui no bolso. E só não fiz isso lá fora porque o idiota do taxista perdeu seu carro de vista. Você deve essa vida escrota àquele imbecil.

— Poderia, mas não vai. Não aqui com essas câmeras, com toda essa segurança. E se me ameaçar de novo, chamo os policiais.

— Oh! Chama os policiais! E vai falar o quê? Me acusar de quê? Só vai conseguir me dar uma dorzinha de cabeça. E, hoje mesmo, estarei bem perto da sua casa, esperando que caia no sono, para, então, fazer cosquinhas no seu pé, bem do lado da sua cama, até que abra os olhos, só para eu poder cravar esta linda canetinha num deles.

— Ao menos, vai ter de recuperar seu precioso brinquedo numa outra hora. E talvez eu esteja preparado.

O homem sentou-se ereto, olhando para frente.

— Já entendi. Vai me dar mais trabalho. Parece que não quer aceitar minha oferta, mas, mesmo assim, vou repetir: me entregue esse negócio e nunca mais vai me ver na sua vida ordinária. Caso contrário, se decidir dar uma de machão, não vou só me dar ao trabalho de tirar essa droga desse aparelho de você. Vou fazer com que chore, que mije nas calças, que chame por sua mamãe e, só então, vou acabar com sua raça. Mas, antes, vou fazer uma visitinha para sua amiga. Vou fazer com ela exatamente o que vocês disseram que fariam na sala do finado reitor. Vou agarrar aquela gostosa e ensinar a vadia a não tentar me enganar.

Alec olhou para o segurança, que permanecia alheio à discussão. Ao menos, continuava ali perto e poderia intervir, caso as coisas saíssem realmente de controle. Entregar o aparelho estava fora de qualquer possibilidade. A vida de Eva poderia depender dele. Tinha certeza de que suas próximas palavras poderiam mudar para sempre *sua* vida, mas sentia-se preparado para dizê-las:

— Bom — respondeu, e, quando ouviu a própria voz, achou-a espantosamente clara. — São duas boas opções, mas a segunda me parece mais divertida.

O homem levantou-se sem dizer nada e sem olhar para Alec. Sumiu na multidão, deixando para trás, tremulando na cadeira vazia, o espectro de um próximo e inevitável encontro.

Capítulo doze

• I •

O GARÇOM PERMANECIA mudo ao lado da mesa, enquanto Eva esperava por Adhya na sala dos aquários. A vice-presidente executiva da Yume havia chegado ao V11 naquela manhã e a convidara para o desjejum.

Não precisou aguardar por muito tempo. Adhya entrou, precedida pelo exótico perfume.

— Que bom ver você, querida Eva! Desculpe-me pelo atraso. Hoje, receberei um grupo de executivos aqui e preciso ter certeza de que as coisas estejam preparadas. Será um dia cheio!

Adhya sentou-se à mesa. O garçom começou imediatamente a servir os pratos.

— Diga-me, teve notícias do seu filho? — perguntou Adhya, antes de morder uma torrada.

— Absolutamente nenhuma. Mesmo porque não é muito fácil se comunicar do V11.

— Evitamos facilitar a entrada e saída de informações, mas não para assuntos dessa importância. Se precisar de qualquer coisa, mande chamar o chefe de segurança. Você é estrela aqui, querida.

Adhya serviu-se de chá e continuou:

— Soube, através de Anna, que seu menino é autista.

Eva limitou-se a concordar, expelindo um som gutural.

— Vou lhe confessar, Eva, eu me interesso bastante por casos de autismo. Normalmente, crianças assim desenvolvem uma ou outra habilidade extraordinária. A ciência do cérebro ainda vai conseguir entender melhor esse fenômeno, e poderá ajudar a desenvolver ainda mais o potencial humano.

— Você tem razão.

— Seu filho tinha alguma habilidade incomum?

Eva molhou a torrada no chá, algo que detestava, e levou-a à boca.

— Não — mentiu, enfiando novamente a torrada na xícara. — Sobre o que especificamente na psicologia você gasta seu tempo livre?

— Sou apaixonada pelos estudos do livre-arbítrio. Por isso, conheço bem seu trabalho.

Adhya batia com as unhas sobre a xícara de porcelana.

— Conheço muito bem seu trabalho. — repetiu.

— Você diz a parte dele que faz referência aos estudos de Benjamin Libet?

— Também. Acho simplesmente fantásticas as experiências que ele fez sobre a inexistência do livre-arbítrio! Pedir a voluntários que escolhessem o momento para darem em si mesmos uma pequena pancada no pulso – disse Adhya, reproduzindo no próprio braço suas palavras — enquanto registrava a atividade produzida em seus cérebros... E, depois, verificar que a ação inconsciente, responsável pela execução da pancada, se iniciava cerca de meio segundo antes do voluntário tomar a decisão consciente de se mover... Não é perturbador?

— Isso apenas apresenta o fato de que nossas decisões são elaboradas em primeiro lugar em um nível subconsciente e, só depois, são manifestadas no que ele chamou de uma *decisão consciente* — disse Eva.

— Isso prova que, na verdade, não temos livre-arbítrio. Se nossas decisões acontecem primeiramente num nível inconsciente, alguma coisa que não o ego é quem as toma...

— É apenas o que sugere a experiência.

Adhya levantou-se e andou pela sala, tamborilando com as unhas pelas paredes do aquário.

— E há também o experimento de Pascual-Leone, que descobriu ser possível induzir uma determinada escolha pelo estímulo de uma área específica do cérebro... Onde está nosso livre-arbítrio aí, Eva? Onde está? Será que vivemos mesmo de forma livre? Que tomamos nossas decisões de forma independente? Ou há algo que mexe as cordinhas sobre nossas cabeças e nos faz agir como tolas marionetes?

Eva percebeu um leve tom de amargura na voz de Adhya. Por um momento, pensou que ela desabafava, e não apenas discorria sobre pesquisas complexas e pouco conhecidas.

— Esse foi um dos motivos pelos quais me interessei tanto por você — continuou Adhya. — O sonho é o mundo virtual perfeito! Se lá também não temos livre-arbítrio, ao menos há uma diferença importante: não existem limites para a vontade no universo onírico, o que você desejar, você pode ter! As implicações dos nossos atos começam e terminam com o sonho. Mas é inevitável que, depois de uma experiência arrebatadora, queiramos mais e mais...

— E cada vez que se retorna desse tipo de sonho — interrompeu Eva — é também inevitável que se traga para o mundo real os resquícios do comportamentos experimentados enquanto se sonhava. A coisa funciona como uma droga sem substância, injetada em nosso corpo sonhador.

— Quando estou sonhando é o momento em que realmente me sinto livre — declarou Adhya, e parou atrás do assento de Eva, apoiando ambas as mãos sobre seus ombros. — Fiquei tão interessada nas suas pesquisas que, mesmo antes de iniciar este projeto, comecei a praticar sonhos lúcidos.

Eva sentiu a pelve de Adhya roçar suavemente em suas costas.

— Você abriu um novo universo para mim! — disse Adhya, aumentando a pressão do corpo contra Eva.

Os peixes nadando ao redor da sala e a atitude improvável de Adhya amplificavam a sensação de sonho. Eva sentiu o perfume conhecido tornar-se mais forte. Queria dizer qualquer coisa, mas permaneceu calada.

Adhya voltou para sua cadeira e disparou, encarando Eva:

— Você participou do meu último sonho.

— A experiência de sonhar lúcido é realmente fantástica, e...

— Não vai querer saber como foi meu sonho com você, Eva?

— Foi um sonho lúcido?

— Foi.

— Se fosse um sonho comum, até que não haveria problema em me contar, Adhya. Mas um sonho lúcido é quase uma confissão. Sei lá o que fez comigo... Não gostaria de ouvir que me chicoteou por baixa produtividade.

— Chicotear você? Nem pensar! Nós fizemos amor.

De alguma maneira, Eva já sabia que aquela seria a resposta. Queria virar o rosto, mas sustentou o olhar de Adhya. Os peixes pareciam não mais estar detidos pelo vidro do aquário, e nadavam em liberdade, passando pelos cantos de seus olhos. O perfume nadava com os peixes. O perfume. Já havia sentido aquela fragrância antes. Entrava e saia de suas narinas, como aquele dia no quarto de...

Anna! Adhya estivera no quarto de Anna!

Teve receio em falar, a voz poderia sair derretida. Surpreendeu-se quando ouviu a si mesma dizer, num tom seguro e calmo:

— Fizemos amor? Sério? Adhya, espero não ter decepcionado você.

• II •

O RELÓGIO DIGITAL marcava onze da noite. Eva desviou a atenção do livro e aguçou os ouvidos. Sentou-se na cama, aguardou que o gemido voltasse. Por um momento, acreditou que tivesse se enganado, e então o som abafado se repetiu.

A imagem de Anna tentando falar de dentro do túmulo voou por sua cabeça. Passou a mãos pelos braços, esfregando a pele arrepiada. Aquele era o tipo de som que alguém ouviria se estivesse no cemitério, depositando flores numa lápide, e o defunto começasse a gemer lá embaixo.

Levantou-se, calçou os chinelos. Resolveu ir ao quarto de La Gorda. Parou antes de abrir a porta e retornou. Seria melhor calçar os tênis, a noite podia terminar de forma inesperada, e correr com tênis seria bem melhor do que fugir de chinelos.

Fez o trajeto no corredor escuro. A ausência de luz tornava a vida subterrânea ainda mais claustrofóbica. Andou passando os dedos pelas paredes, contando os quartos. Antes que pudesse bater, a porta se abriu e o rosto de La Gorda surgiu na penumbra.

— Sabia que viria. Ouviu o gemido?

— Ouvi, sim! — confirmou Eva, entrando e fechando a porta atrás de si. — Não foi parecido com o da outra vez.

— Esse era de gente crescida. E veio dali — disse La Gorda, apontando para as grades do sistema de ar-condicionado. — Todos vêm dali.

Eva presumiu que, se as duas estavam ouvindo sons por aquele duto, a sala onde eles se originavam deveria estar logo abaixo. Agarrou os braços de La Gorda e disse:

— Temos de saber o que está acontecendo. Você vem comigo?

— Não tem como. Já tentei. Não consegui sair deste andar. Quem sabe seu amigo chinês possa ajudar?

— Lee? Não confio em homens, La Gorda — disse Eva, enquanto tirava um cartão magnético do bolso da camisa. — Isto aqui pode funcionar melhor do que qualquer um deles.

Ao contrário do que esperava, La Gorda não perguntou como ela havia conseguido o passe para o segundo piso do V11. Observando os olhos da companheira, Eva viu que, assim como ela, a índia mexicana sabia muito bem o que aquele cartão significava. Usá-lo seria abrir uma porta que talvez não tivesse mais como fechar. Penetrar em alas proibidas do *bunker* utilizando uma credencial roubada já poderia acarretar uma série de problemas às duas. Se a origem daqueles gemidos confirmassem suas suspeitas, as coisas ficariam ainda mais difíceis. Mas, se fossem apanhadas, aí então seria impossível prever consequências.

La Gorda arrancou Eva dos seus pensamentos.

— E então, *Doña* Eva? Vamos?

O gemido tornou a circular pelos dutos do ar-condicionado.

Anna tentando falar de dentro do túmulo. Anna e Joachim.

Eva esperou o som cessar. Fora para esse momento que ela tinha atravessado metade do planeta. Se seu filho estivesse lá embaixo, iria buscá-lo. Tirá-lo daquele túmulo de concreto. Balançou o crachá em frente ao rosto de La Gorda e disse:

— Vamos. Encontraremos uma boa utilidade para isto aqui.

• III •

A PORTA DO ELEVADOR abriu-se. Eva segurou o braço de La Gorda.

— Não saia ainda! Veja, as luzes estão acesas, ao contrário do que acontece no andar de cima.

Lâmpadas de sódio manchavam os corredores com cor de ferrugem. Eva apertou o botão no painel a fim de manter a porta aberta. Aguardou, esperando ouvir a qualquer momento sons de alarme ou passos de guardas.

— Procure por câmeras de vídeo, La Gorda — cochichou, depois de seus ouvidos relaxarem. Pôs metade do corpo para fora do elevador. — Não vejo nada. Acho que podemos ir.

Caminharam em silêncio, procurando não fazer barulho. Mas mesmo os passos mais cuidadosos pareciam ecoar como buzinas no corredor vazio.

— Vão ouvir a gente, *Doña* Eva.

Eva levou o dedo à boca e fez sinal de silêncio. Meneou a cabeça, chamando La Gorda para continuar.

— Venha, acho que sei de onde deve estar vindo o barulho. Adhya está recebendo algumas pessoas hoje. Vamos até a sala dela dar uma espiada.

Percorreram e dobraram corredores. Eva se lembrava do perfume de Adhya. Ela estivera no apartamento da irmã no dia de sua morte. Tinha poucas dúvidas que aquela mulher não estivesse envolvida com o desaparecimento de Joachim. Pararam em frente a uma porta conhecida.

— Já estive lá dentro — cochichou para La Gorda. — É a sala de Adhya.

— O barulho não vem daí — disse La Gorda, na mesma intensidade de voz. — Acho que é mais para frente.

Eva aproximou-se da porta e sussurrou:

— Sei disso, mas ouça. Tem gente aí. E estão discutindo.

La Gorda puxou Eva pela manga da camisa.

— Vamos, *Doña* Eva. Vamos procurar os gemidos. Aqui é perigoso.

Eva soltou o braço e tirou o cartão do bolso.

— Será que o namorado de Suzy tinha patente para abrir esta porta?

— Não faça isso — La Gorda pediu, piscando repetidamente os olhos. — Vão pegar a gente.

— Não vão, não. A sala de Adhya é diferente. As paredes são de vidro, e por trás delas há um grande aquário. Antes de chegar à sala tem um corredorzinho, parecido com um *closet*. Na lateral desse *closet* há uma portinha. Deve ser o acesso para a manutenção do aquário. Vamos tentar entrar pela portinha. Nos escondemos e torcemos para conseguir ver ou ouvir o que se passa.

— E se tiver guarda do outro lado da porta?

— Aí, estamos ferradas, La Gorda. Ferradas!

La Gorda fez que sim com a cabeça. Eva passou a tarja no sensor.

— Suzy, Suzy. A danadinha sabe escolher bem os fregueses... — sussurrou para La Gorda antes de se abaixar e entrar.

Eva abriu a pequena porta lateral e topou com uma escada. Subiu e se posicionou numa minúscula plataforma de onde se alimentavam os peixes. Dali, podia ver através dos movimentos ondeantes da água, o que tornava a cena ainda mais sinistra, o grupo de pessoas que discutiam de forma acalorada. La Gorda chegou logo em seguida e se agachou ao seu lado.

A sala tinha onze ocupantes, um deles, morto.

La Gorda ameaçou dizer algo, mas Eva a deteve:

— Psiu! Se for abrir a boca aqui, apenas mexa os lábios.

A ponta da espada manchada de sangue saía pelo dorso do cadáver, deitado de lado e encolhido em posição fetal.

Adhya, em pé ao lado do corpo, falava para uma plateia de nove pessoas. Eva reconheceu o rosto de cinco delas, as mesmas que tinham participado da *visita executiva* aos laboratórios pela manhã. Foram apresentados como membros de uma comitiva interessados no comércio do *DreamGame*. Alguns dos homens não estavam com o grupo durante a visita. Eva conhecia um deles.

— Aquele ali — apontou com o queixo, falando o mais baixo que podia. — O de terno marrom. Ele é do meu país... Um senador... Filho da mãe!

As pessoas em pé circundavam o morto, enquanto os outros três visitantes mantinham-se sentados, de costas para o esconderijo das mulheres.

Eva pôde ver também as feições de Adhya. A leveza sensual e o sorriso confiante tinham desaparecido. No lugar, havia uma espécie de máscara acinzentada. A boca se transformara num risco fino e apertado, puxando o cenho para baixo. Os olhos agitavam-se, mudando de um para outro espectador. Eva poderia garantir, se estivesse mais perto, que conhecia aquele tipo de olhar. Já presenciara a ansiedade em alguns de seus pacientes, e sabia que esse sentimento costumava se alterar rapidamente para medo.

— Insisto! — dizia Adhya ao grupo, apontando para o cadáver. — Mesmo com a demonstração de total condicionamento a que os senhores assistiram, mesmo este infeliz tendo enfiado a espada na própria barriga, ainda não temos condições de seguir para a fase final.

— Mataram aquela pessoa apenas para uma *demonstração* — sussurrou Eva, não conseguindo seguir o próprio conselho dado a La Gorda de apenas mover os lábios. — Assassinos de merda!

Um dos homens passou ao lado do morto, sujando os sapatos de sangue. Continuou caminhando pela sala, deixando o rastro de pegadas vermelhas enquanto falava:

— Os países instáveis do Oriente Médio já conseguiram fabricar bombas nucleares! As inteligências das grandes nações têm relatórios confiáveis de que terroristas também possuem esse tipo de arma! É questão de tempo, de pouco tempo, para que um ou outro as utilize.

As pegadas multiplicavam-se pelo assoalho.

— Temos estudos conclusivos e indícios incontestáveis de que o nível de emissão de CO2 ultrapassou o limite do tolerável. O aquecimento global transformou-se numa epidemia, o flagelo planetário está em pleno curso. Também é questão de tempo cruzarmos um patamar que não nos permita mais consertar as coisas.

— Senhor... — interpelou Adhya.

— Não me interrompa! — berrou o homem. — Tampouco é desconhecido de vocês o perigo iminente de uma pandemia global. As mutações dos vírus os conduzem para uma cepa mortal, que vai fazer a gripe espanhola de 1918, que atingiu metade da população mundial e matou perto de 40 milhões de pessoas, parecer um resfriado de verão.

Aproximou-se do cadáver e tocou o corpo com a ponta do sapato:

— Eu não vi nenhuma dúvida neste aqui, quando recebeu o estímulo para se matar. Nem dor foi possível se perceber no seu rosto! Abriu a própria barriga como se estivesse apenas se coçando. Por que esperarmos mais? Poderia enumerar dezenas de motivos que nos fariam agir agora! Daqui a pouco, daqui a *bem* pouco, poderemos ser vitimados por um país desorientado ou por algum maluco com a orientação errada! Se quisermos um mundo para influenciar e governar, precisamos que ele esteja inteiro.

Adhya pediu para falar. O homem assentiu com um abano das mãos.

— Entendo o que o senhor diz, mas o projeto ainda tem problemas. Precisamos contorná-los para ter a garantia de que nossos dispositivos funcionarão em qualquer tipo de indivíduo.

— E o quê você está fazendo para obter essa garantia?

— Trouxemos a doutora Eva. Finalmente, ela está aqui. É questão de semanas para obter as respostas que precisamos.

— Você, como vice-presidente dessa companhia, dever saber que o mercado mundial de games movimenta anualmente cerca de setenta bilhões de dólares no mundo, o que já supera a indústria cinematográfica. Isso vendendo jogos que vão parecer brinquedinhos de pedra e madeira perto do *DreamGame*. Vamos lançar um produto que vai mudar a forma de entretenimento no planeta, e ninguém mais tem a tecnologia para competir conosco! Ninguém mais possui o livreto de Silvestre II! Estamos falando de centenas de bilhões de dólares. A Yume será de longe a companhia de mais valor na bolsa. E nós teremos os sonhos das pessoas nas mãos! Diga-me, Adhya, o que falta realmente? Por que não podemos começar já?

— Senhor, nem todo mundo responde da mesma forma aos estímulos. Alguns laços, alguns afetos, algumas convicções tornam certas pessoas imunes ao condicionamento. Não conseguiríamos influenciar a vontade de determinados jogadores de forma absoluta. E isso poderia levar a focos de resistência no futuro. Cientistas poderiam questionar a saúde mental daqueles que usam o *DreamGame*, governos implantariam comitês de investigação, ativistas contra a tecnologia poderiam resistir ao jogo e levantar protestos.

De onde estava, Eva pôde ver os pulmões de Adhya inflando, depois que a vice-presidente aspirou uma grande quantidade de ar para prosseguir:

— Senhores, precisamos lançar um produto irresistível, que, uma vez utilizado, o implante do vício e do condicionamento aconteça gradativamente, mas de maneira irrefreável. Deixem-me mostrar na prática o risco de lançarmos o *DreamGame* sem o implante correto dos estímulos condicionantes. Deixem-me mostrar a diferença entre ter que enfiar a espada na própria barriga e ter que decepar a cabeça de uma criança.

Adhya deu ordens pelo interfone. Pouco depois, o guarda entrou na sala escoltando um rapaz e um menino, que pareciam dormir. Caminhavam como sonâmbulos.

Eva virou-se para La Gorda, perguntando com os olhos se ela conhecia o menino. La Gorda meneou a cabeça, negativamente. Eva tornou a sussurrar:

— Aquele rapaz. Eu o conheci no aeroporto. Chang... Ele e Lee foram me buscar.

Adhya puxou a espada da barriga do morto e a colocou no chão. Acendeu as luzes do aquário. O movimento ritmado da água, agitada pelo suave nado dos peixes, lançou raios caleidoscópicos pela sala.

O rapaz abaixou-se e pegou a arma. Caminhou em direção ao menino e levantou a espada, como que para desferir o golpe fatal. Eva sentiu a mão de La Gorda crispar-se no seu braço. A índia mexicana não iria deixar uma criança ser morta na sua frente sem reagir.

— Calma, La Gorda — murmurou, desta vez um pouco mais alto, arriscando que as descobrissem. — Se entrarmos ali, nos matam junto com aqueles dois.

O jovem com a arma deu um passo para trás. As mãos agarradas à espada vacilaram, voltaram a se firmar, outra vez hesitaram e deixaram cair a lâmina, que bateu no chão com um tilintar.

Eva sentiu a pressão no seu braço diminuir.

— Estes dois são irmãos — retomou Adhya. — É sobre esse tipo de resistência que estou falando. Tal como os laços afetivos, poderemos encontrar esse tipo de resistência em espíritos com crenças fortes. Um patriota, um religioso, um pai... Alguns não irão obedecer se nossas ordens confrontarem com seus valores mais caros. Devemos implantar o condicionamento num ponto mais profundo, atingir um lugar na mente dessas pessoas que seja anterior ao ato do livre-arbítrio. Dra. Abelar sabe como fazer. Ela está explorando a teoria de Benjamin Libet com os sonhos lúcidos, está procurando alcançar o estado a que chama de superconsciência. Ela só não foi mais longe porque se recusa a usar a melhor cobaia que um pesquisador poderia desejar, a prova viva da possibilidade de acesso direto ao inconsciente: seu próprio filho!

— E como o menino pode ajudar?

— Ele possui uma habilidade extraordinária, senhor: pode se comunicar de dentro dos seus sonhos. É capaz de manter a lucidez durante os sonhos mesmo sob condições adversas. Enquanto qualquer um de nós acordaria ou perderia a lucidez se fôssemos submetidos à interferências profundas em nosso sonho, o garoto apenas continua lá, sonhando, e nos contando o que se passa. Ele é um laboratório perfeito. O que a Dra. Eva Abelar teoriza durante o dia, nós aplicamos no seu filho durante a noite.

— Malditos! — cochichou Eva, perigosamente mais alto. — Estão com Joachim! E mataram Anna, do mesmo jeito que fizeram com aquele rapaz!

Um dos homens, sentado de costas para Eva e La Gorda, levantou-se e pegou a espada. Arrumou o chapéu com o corte estilo mandarim sobre a cabeça, voltou-se para Adhya e ameaçou:

— Você tem duas semanas. Trabalhe noite e dia. Faça o que for preciso. Há muita coisa em jogo. Um dos dispositivos desapareceu no Brasil. Se algum laboratório chegar a analisá-lo, poderá levantar suspeitas, já que as informações eletrônicas dos estímulos ainda não estavam completamente codificadas. Pior ainda se o aparelho cair nas mãos do único clã que sabe de nossa existência. Quase perdemos a Dra. Abelar naquele cemitério por conta de um maldito soldado desse clã. Não podemos correr riscos. No mundo que vamos governar, liberdade e livre-arbítrio não podem coexistir.

— Duas semanas — repetiu Adhya.

— Duas semanas e estaremos no final de abril. Por coincidência, a data em que Adolf Hitler se suicidou e perdeu definitivamente a Segunda Guerra Mundial. E pensar que ele tinha o conhecimento para vencer. Se tivesse dado a devida atenção a este pequeno manuscrito — tirou do bolso o que parecia ser um pergaminho, velho e enrolado em couro —, com toda certeza, hoje, estaríamos sob o império nazista. Mas nós, Assuras, não falharemos.

— O livro! — exclamou Eva, ainda mais alto. — Está aqui!

La Gorda arregalou os olhos e fez sinal de silêncio.

— A terceira guerra mundial — prosseguiu o homem — será a batalha pelo inconsciente coletivo, a guerra eletrônica, que terá como campos de combate os sonhos de todos. Começaremos matando o Sonho Americano! — Limpou o sangue da espada na manga da própria camisa e dirigiu-se a Adhya. — Uma bela arma! E eu não preciso lhe contar onde ela vai estar cravada, se daqui a duas semanas não tivermos nosso primeiro protótipo completo, hein?

Adhya encarou-o e respondeu:

— Não. Não precisa, senhor.

O homem caminhou até os dois irmãos e perguntou:

— Este aqui foi quem tentou avisar a Dra. Abelar sobre nossas atividades. Se ele desconfiava de algo, deve haver mais alguém aqui dentro que o ajudava. Quero que descubra quem é, entendeu?

Adhya assentiu com a cabeça.

— Os sonhos são o novo mundo! — gritou, brandindo a espada no ar. — Um mundo onde se pode ser o que quiser! E vou lhes dizer uma coisa: num mundo onde poderíamos ser Deus, a maioria de nós irá preferir ser o Diabo!

Sem que Eva e La Gorda pudessem esperar, o homem enterrou a espada no abdome de Chiang.

La Gorda não segurou o grito.

Adhya acionou um alarme sob a mesa e desapareceu, junto com os nove visitantes pela porta do outro lado da sala.

La Gorda empurrou Eva em direção ao elevador.

— Vá! Eu seguro os guardas!

— Não vou deixar você aqui!

— Vá. Se nós duas formos presas, aí nossos meninos não têm chance.

Eva virou-se e correu. As palavras de La Gorda serviram como eletricidade para estimular seus músculos. Alcançou o elevador e apertou o botão para fechar a porta. Olhava para o corredor, esperando que a qualquer momento algum guarda surgisse e a identificasse. Mas ninguém apareceu. Finalmente, as portas se fecharam e ela sentiu o movimento ascendente. Chegou ao primeiro subsolo e saiu correndo, confiando mais em seus instintos que na sua memória para encontrar o caminho pela escuridão, imaginando a mão invisível que, a qualquer momento, interromperia a sua fuga. Entrou no quarto e trancou a porta.

Andou de um lado para outro, os pensamentos entorpecidos pela adrenalina.

Precisava falar com Alec, contar o que presenciara. Tinha certeza de que em pouco tempo alguém abriria a porta pelo lado de fora para prendê-la.

Enfiou a mão na abertura do colchão. *O diário de sonhos* estava lá. O celular tinha desaparecido.

Os dedos tatearam mais uma vez. E outra. Eva respirou. Devia manter a calma. Ela se lembrava de tê-lo escondido. O aparelho simplesmente *tinha* de estar ali.

Mas não estava. Alguém o havia levado.

Era o fim. A qualquer momento os guardas chegariam. Podia ouvir os passos, o barulho do trinco, e a voz de Adhya gritando que estava acabado. Que ela e Joachim estavam ambos acabados, como os infelizes que jaziam com a barriga aberta no andar de baixo.

Mas ninguém apareceu. E somente pouco antes de amanhecer, Eva foi vencida pelo cansaço e dormiu.

E, antes de despertar com o som das batidas na porta, ela sonhou.

Capítulo treze

• I •

— Bruxa!

— Mentira!

— Você é acusada por este tribunal de bruxaria. A pena, se comprovado seu casamento obsceno com o diabo, é a morte na fogueira!

Sinto o cheiro da fumaça que vem lá de fora e se esgueira pelas rachaduras do celeiro, convertido às pressas em tribunal da Inquisição. Além dos vapores que trazem o fedor de carne queimada, as frestas da construção deixam passar o assombro dos gritos inocentes.

Inocentes! Sim, são inocentes todas as mulheres em pé sobre as labaredas. Nenhuma delas é bruxa. Que verdadeira bruxa cairia vítima das fogueiras acesas por loucos?

— Calúnia! Acusam-me falsamente! Jamais trairia a fé em nosso credo!

É mamãe quem está gritando.

— Cale-se, mulher! Fale somente quando for solicitada por este tribunal!

O juiz está exaltado. O rosto vermelho parece refletir as chamas que cumprem com as suas sentenças. Conheço aquele homem, é o mesmo que gritava para Adhya e deixava pegadas de sangue pela sala. Usa peruca de cachos brancos, o velho imbecil, e ocupa o lugar mais alto do celeiro. Está sobre um estrado de madeira usado para deixar o milho longe dos ratos. E é como se fôssemos ratazanas que ele olha para todas nós, mulheres. Olha com o mesmo desprezo as acusadas, as testemunhas e nós, as acusadoras. Para saciar seu apetite sádico, deveríamos estar condenadas, algumas de nós por bruxaria, todas pelo sexo.

Mas, hoje, ele terá que se contentar em assassinar somente uma: mamãe.

Ele grita:

— Apresente-se ao tribunal a criança que sofreu com as feitiçarias dessa maldita bruxa!

Estou no banco das testemunhas com as outras meninas. Elas já despacharam suas mães para a fogueira. Agora é minha vez.

— Aproxime-se, garota! Reconhece essa mulher?

Obedeço. Movimento-me com a despretensão dos corpos infantis, com a inconsequência agradável dos cérebros ainda jovens. Neste sonho sou uma criança. E como criança respondo sem remorsos:

— Conheço, sim, senhor juiz. É minha mãe.

A face do magistrado inflama-se ainda mais.

— Não a chame mais de mãe! Sua verdadeira mãe já foi levada deste mundo. Essa mulher é apenas uma carcaça habitada por demônios. É uma bruxa!

Pelo visto, mamãe já foi condenada. Não teve nem tempo de se defender. O juiz não vai perder a chance de torrar mais um útero.

Lá fora, os corpos carbonizados ainda queimam. A fumaça que infesta o celeiro faz arder os olhos, a garganta e... E engordura a pele. Os aldeões parecem não se importar. Estão todos vidrados na figura do juiz.

Não há advogado de defesa. O último que tentou defender uma das *bruxas* saiu daqui direto para a morte. Parte da fumaça e do cheiro que sentimos é dele.

Ao meu lado está outra menina. Mesmo com traços infantis, reconheço-a: é Adhya!

O juiz levanta o dedo e o aponta para mamãe, mas antes que possa dizer algo, ela grita:

— Não sou bruxa!

— Cale-se! Todos aqui somos testemunhas da sua feitiçaria. Há muitas acusações. A mais grave é a de fazer o útero da sua filha dar à luz um monstro!

A plateia se manifesta com uma longa exclamação, nem tanto pela surpresa, mas como que para amplificar as últimas palavras do juiz. Monstro!

Quem é esse imbecil para chamar Joachim de monstro?

Mamãe rebate:

— Loucura! Todos estão loucos! Do que me acusam não faz sentido!

Mamãe não percebeu que, gritando desse jeito, só conseguirá se jogar mais rapidamente na fogueira.

O juiz caminha até ela. Assegura-se de que está bem amarrada e a esbofeteia.

— Já lhe disse para ficar em silêncio! Fale somente quando for questionada!

A cômica e ameaçadora figura do magistrado caminha de queixo erguido de volta ao estrado e olha para nós, as ratazanas aqui em baixo. Dá um passo para trás, como se isso fosse capaz de deixá-lo mais seguro.

— Foi por sua culpa que Eva engravidou! — grita, levantando os braços, e com eles a toga negra. Se lhe dessem a foice, a própria morte admitiria um irmão. E continua: — Foi por sua culpa que ela tomou todas aquelas poções para matar o bebê. E foram as poções que transformaram a criança num monstro capaz de invadir sonhos e mudar a vontade dos homens! E com isso, mulher má, você roubou para sempre o sorriso de sua filha!

Choro. O sonho começa a me afetar de forma terrível. Mas mudá-lo, a esta altura, seria recusar uma revelação importante. Sinto que a sentença do juiz pode me apontar algum caminho. Enxugo as lágrimas e me esforço para continuar como testemunha e objeto do julgamento.

— Tragam a Prova!

A plateia alonga a ordem do juiz com outro eco gutural: a Prova!

Um aldeão entra no celeiro, segurando a gaiola coberta com um pano sujo. Seu corpo treme, a pele transpira, os olhos estão inchados, como se naquela armadilha estivesse aprisionado o próprio diabo. Deixa-a no chão em frente ao magistrado e afasta-se correndo.

— Volte, idiota! — ordena o juiz. — Como quer que mostremos a Prova, com a gaiola coberta por esse pano imundo? Volte e a descubra!

O aldeão obedece. É cumprir a ordem ou ser acusado de simpatia para com a bruxa. Arranca o pano com tanta força que seu corpo, sem encontrar resistência atrás de si, cai de costas no chão.

O celeiro treme com exclamações, agora, sinceras.

O juiz seca a testa com as costas da mão e diz, sem conseguir controlar o engasgo da voz:

— Aí está! A Prova! O resultado do poder maligno da mulher. Olhem bem! Aí está, nas presas dessa serpente, o sorriso que a bruxa roubou de sua filha!

É a *minha* serpente.

— Tragam a criança!

Joachim é trazido. Está enrolado num cobertor puído e é colocado perto da cobra. Tento me levantar para pegá-lo, mas Adhya me impede.

— Se fizer isso, pode acabar indo para a fogueira também — sussurra em meus ouvidos.

Joachim engatinha até a gaiola, põe as mãozinhas lá dentro. O celeiro está em silêncio. A serpente não o ataca, aninha-se. Joachim a acaricia.

Todos no celeiro gritam:

— Bruxa! Bruxa!

— Não há necessidade de mais meia palavra neste tribunal! — retoma o juiz. — A culpa dessa maldita ficou evidente. Com o poder a mim concedido, eu a condeno à morte na fogueira!

Não há ecos. O celeiro está mudo.

— E também ele deve ser sacrificado — aponta o juiz para Joachim.

Levanto-me e contesto:

— A serpente é minha. Esse sorriso é meu.

A plateia murmura.

O juiz, enfurecido pela interrupção, explode:

— Cale a boca, menina estúpida! Você não tem noção do que fala! Ainda está sob os efeitos do feitiço dessa mulher? Ou quer ir para a fogueira com eles? Você sabe bem o que fez naquela noite, não? A noite em que brigou com sua mãe e saiu para a rua! Quer que eu diga na frente de todos? E depois, quando soube que estava grávida... Lembra-se daquele dia?

O juiz aponta para mamãe e Joachim:

— Levem os condenados daqui!

Peço ajuda. Ninguém responde.

Em desespero, recorro à Adhya. Ela já teve um filho tirado dos seus braços.

Adhya se aproxima de mim e, novamente, cochicha em meus ouvidos:

— Não vou lhe ajudar, querida. Mas vou lhe dar um pequeno tumulto.

Ela caminha até a serpente, agacha-se e sorri. Subitamente, revira os olhos, cai, deixa o corpo tremer em convulsão, agarra-se ao próprio sexo, como que possuída por um diabo lascivo, baba e, acima de tudo, olha para mim. Percebo que a vadia está morrendo de rir por dentro. Grita que mamãe está tentando entrar no seu útero e fecundá-la com aquela cobra. Grita por socorro.

Ninguém se move.

Adhya rola pelo chão e chuta a gaiola, quebrando-a e libertando a serpente.

Alguns gritam, outros correm, todos têm medo.

A serpente rasteja e procura uma viga, pela qual escala, desaparecendo pelo teto do celeiro. Ninguém se arrisca a persegui-la.

O juiz se recompõe e ataca:

— Vejam! Não precisamos de mais provas. Vamos queimá-los, antes que infectem mais alguém.

Tento impedir. Sou amarrada numa das vigas.

Mamãe é levada para fora sob xingamentos, cusparadas e maldições.

Joachim é novamente enrolado no cobertor e carregado pelo próprio juiz.

Adhya se levanta, caminha até mim, enfia a mão dentro do meu vestido, procurando os seios inexistentes, infantis.

— Você podia ter tudo, amor. Mas vai perder até seu menino defeituozinho.

Enfia sua língua em minha boca e a retira, antes que eu possa arrancá-la com os dentes. Sai do celeiro rindo, jogando os cabelos para o lado, feliz, como se estivesse passeando num parque de diversões.

Fico sozinha.

O tempo passa, nada dos gritos. É a garoa! A madeira não queima facilmente. Uma fogueira ardendo com lenha molhada faz com que, primeiro, se sinta o sangue ferver. A carne é cozida de dentro para fora. Assa, em vez de queimar. E os ventos constantes sopram a fumaça para longe, tirando de mamãe e de Joachim a dádiva de uma morte menos dolorosa, morte por sufocamento.

O sibilo me faz olhar para o teto. Enrolada num travessão está *Isto*.

— Me ajude! — imploro.

— Sua mãe será castigada. Não é isso que sempre pensou? Que foi ela a responsável por você ter saído naquela noite e transado com a primeira pessoa em quem esbarrou?

— Por favor, me ajude. Vão matar meu filho.

— A grande feitiçaria de sua mãe foi ter parido você.

— O que quer dizer com isso?

— Você sabe, Eva. Eu sou *Isto*, e *Isto* é você. Você sabe o que quero dizer.

A serpente sorri. E desaparece.

Sobram em mim sentimentos de prostração e estupidez.

Ouço gritos.

Antes que me possa acordar e despertar deste inferno, sinto que a fumaça volta a empestar o celeiro, fazendo arder os olhos, a garganta, engordurando o cabelo, vestindo a minha pele com as fuligens de mamãe, roçando meus lábios com os vestígios de Joachim.

• II •

As batidas na porta soaram como o crepitar das fogueiras. Eva levou algum tempo para transitar do sonho à vigília. Assoou o nariz, imaginando-o impregnado pelo cheiro dos corpos queimados. Passou as mãos pelos braços, esfregando-os, confundindo suor com fuligem gordurosa.

Novas batidas, mais parecidas com murros, dissiparam de vez os resquícios esfumaçados do sonho recente.

Se estivesse na vila de Kumo, poderia ver pela janela que o dia já alcançava sua metade. Ali embaixo, no V11, teve de consultar o relógio para constatar que dormira demais.

Abriu a porta e viu um dos homens da segurança. Teve certeza de que ele a levaria presa.

— Sinto muito incomodá-la, doutora Eva. Adhya gostaria de vê-la antes de voltar a Pequim. Como a senhora não apareceu no laboratório...

Eva olhou bem para o homem. Se ele estava ali para prendê-la, não tinha sido informado disso.

— Perdi a hora. Aguarde uns minutinhos.

Um banho rápido, a roupa escolhida sem ponderação, o rosto limpo de pinturas e Eva acompanhava o segurança pelos mesmos corredores que atravessara correndo na madrugada passada.

O homem parou em frente à porta de Adhya e bateu.

Eva sentiu como se uma mão cega procurasse algo em seu estômago. Será que os cadáveres ainda estariam no chão? Ou La Gorda estaria sentada, com os punhos algemados, em frente à mesa de Adhya? Ou todos aqueles assassinos esperariam somente ela passar pela porta para executarem o menino com a mesma espada que mataram o irmão?

Não havia ninguém na sala, a não ser Adhya.

Entrou, procurando com o canto dos olhos por manchas de sangue no assoalho. Nada.

Aquela corja fez um excelente trabalho de limpeza.

— Eva! Minha querida doutora! Queria ter tido tempo para jantar com você ontem, mas tive um dia tão cheio...

Ah, teve sim, sua vaca! Matando pessoas e aterrorizando crianças. Agora tenho certeza, foi você quem me tirou Joachim. Se eu pudesse esganar esse seu pescocinho...

— Me desculpe o atraso. Também tive um dia cheio.

Eva observou Adhya, enquanto ela dava a volta pela mesa e lhe esticava as mãos. Notou que a ansiedade e o medo tinham, aparentemente, sumido. Mas um observador mais atento poderia identificar ambos sentimentos, escondidos atrás do sorriso. Havia outra coisa. O perfume. A vice-presidente executiva tinha esquecido o perfume que costumava antecedê-la.

— Seu trabalho, pelo que vi nos relatórios, vai indo muito bem, Dra. Abelar.

— Vocês têm um belo laboratório aqui. Com esses equipamentos, qualquer experiência é possível.

— Ah, assim é a vida dos cientistas! — disse Adhya, sentando-se. — Que inveja! Um problema, uma meta, um planejamento e uma solução. Nada parecido com o joguinho de executivos *versus* acionistas.

— Pensei que fosse exatamente a mesma coisa.

— Que nada! Ontem mesmo, aqui nesta sala, tive uma reunião daquelas! Os acionistas estavam possessos. Acho que se tivessem uma espada nas mãos teriam me trinchado, cortado em fatias, feito picadinho!

Eva sustentava o olhar fixo de Adhya.

— Que exagero!

— Exagero? Eva, se estivesse aqui, você mesma poderia assistir à fúria daqueles homens!

A *miserável está jogando comigo.*

— E por que tanto estresse?

— O de sempre. Cronograma. No final, tudo se resume ao maldito cronograma. Eles não querem só o melhor produto, querem o melhor produto no menor tempo.

— Compreendo. Por isso me chamou aqui. Quer resultados mais rápidos?

— Exatamente isso. Precisamos do melhor produto em algumas semanas. Medo da concorrência, entende? Quando um projeto começa a chegar à sua fase final, essa paranoia fica quase incontrolável.

Entendo, sim. Entendo que não quer ter sua linda barriguinha perfurada por aquela espada.

— Entendo, claro que entendo.

Adhya sorriu, levantou-se e caminhou até Eva, colocando uma das mãos sobre seu ombro.

— Sabia que poderia contar com você. Vou lhe conseguir um bônus extra, querida. Um belo bônus extra por cumprimento de metas.

— Tenho certeza que vai — disse, levantando-se. Não queria aquela mulher se encostando no seu corpo.

— Mais uma coisinha, Eva.

Mais uma coisinha? Não vai me dizer que sonhou outra vez que estava transando comigo?

— Claro, Adhya. O que é?

— É sobre La Gorda.

Estava mesmo jogando comigo... Sabia o tempo todo, né, sua vaca! Só que não vai me prender, nem me trinchar, nem me cortar em pedacinhos... Não, até que eu tenha lhe dado o que precisa...

— O que tem ela?

— Um problema com alguém da família. — La Gorda terá de regressar de imediato para o México. Na verdade, já está lá fora, no helicóptero, me aguardando. Veja só: peço para que me entregue o projeto em tempo recorde e ainda informo que sua equipe está desfalcada...

Eva apostava que La Gorda estaria a salvo pelo simples fato de que ainda precisavam dela. Se a tinham trazido até o V11, o motivo só poderia ser o pequeno xamã. E, enquanto o projeto não terminasse, a probabilidade de ambos estarem a salvo era considerável.

— Eu me viro. Espero que La Gorda consiga resolver seus *problemas*.

— Conseguirá. Bom trabalho, Eva. Estarei de volta em uma semana.

Antes de cruzar a porta, Eva voltou-se para Adhya.

— Preciso de duas coisas. Já que me pede para adiantar o projeto, será necessário um computador no meu quarto. Quero aproveitar as horas da madrugada. Costumo acordar com boas ideias.

— Ok. E a outra?

— Tenho que ir a Pequim. Um amigo do Brasil estará na China nesta semana e, bem... Queria ter notícias de casa. Veja só: você me pede para que entregue o projeto em tempo recorde e eu devolvo com um pedido de folga... Não terá um lugar para mim no helicóptero? Essa rápida *escapada* não influenciará em nada os prazos. Eu lhe garanto.

— É uma pena, mas já estamos com os assentos completos. Pedirei que o piloto volte. Em um ou dois dias ele estará aqui.

Eva lembrou-se das palavras de Suzy. Já não mais pareciam sair da boca de uma garota aborrecida por pernilongos e carente nas noitadas em grande cidades:

"Queria ir embora, mas acho que estamos presas aqui. Estamos todas presas aqui."

"É, minha querida Suzy Q., somos mesmo prisioneiras desse bando de loucos. Mas, agora, as coisas não vão demorar a acontecer... Pode apostar que não."

• III •

La Gorda tinha a sensação de encarar um boneco de cera. Não havia ninguém atrás dos olhos do garoto.

— Fale comigo, pequeno Pepe. Fale com La Gorda, pequeno Xamã! — implorava, com as mãos agarradas nas barras de ferro. O menino permanecia mudo do lado de fora da cela.

Adhya chegou acompanhada por dois guardas. Veio pelo corredor de jaulas, deslizando a espada pelas grades, fazendo a lâmina tinir de forma aguda e vibrante. La Gorda lembrou-se do sino da missa dos mortos na sua aldeia; aqueles eram mais especificamente os sons de *sua* morte.

— Ah! O seu precioso feiticeirinho! — disse Adhya, batendo com a ponta da espada no ombro do garoto. — Que cara é essa, índia velha? Se eu sabia que você veio até aqui por causa do menino? Claro! Você e sua amiguinha, Eva. Na verdade, nós é que trouxemos vocês aqui por causa deles. E posso afirmar: depois que chegaram, essas pestinhas começaram a mostrar para valer seus poderes fantásticos!

Adhya agachou-se em frente a Pepe.

— Mas e você, feiticeirinho? Ainda não disse oi para a titia La Gorda? Não? Mas que falta de educação! Acho que o gato comeu sua língua...

Adhya deu o cabo da espada para o garoto. Mudou o tom de voz e ordenou:

— Pegue isto!

Sem mover a cabeça, nem olhar para Adhya, Pepe agarrou a espada.

Adhya se levantou, virou-se para La Gorda e perguntou:

— Você e Eva saíram para um passeio ontem à noite, certo?

La Gorda permaneceu calada.

— Não vai falar nada, índia dos infernos? Por acaso, acha que não há câmeras espalhadas por todo este complexo? Só não pegamos as duas antes porque o idiota responsável pelo circuito interno de vídeo resolveu tirar uma soneca e não viu vocês se aproximando da sala. Agora, aquele imbecil vai poder dormir para sempre, com sua estúpida e sonolenta cabeça devidamente separada do corpo.

La Gorda sentiu a garganta se fechar. Se tentasse engolir, teria de empurrar a saliva com força, e não queria demonstrar medo. Pensou em Eva. Não tinha jeito de avisá-la que Adhya sabia de tudo.

— O que eu faço com vocês, daqui para frente? Diga-me! O que eu faço? Quase perdi minha vida, ontem! Vocês não têm ideia com o que, ou com quem estão lidando!

La Gorda percebeu que Adhya gritava sem ao menos se dar conta. Assistia a uma explosão de fúria e histerismo.

Adhya respirou como se emergisse de um mergulho profundo e voltou a falar, tentando manter a voz controlada:

— Quantas maneiras você conhece de matar alguém com dor, muita dor, sua índia velha? Cem? Duzentas? Pois aquelas pessoas conhecem infinitas! Sabe o que é isso? Infinitas! E ontem foi por muito pouco que não experimentei uma delas.

La Gorda também percebeu algo mais. Medo! Adhya escondia um medo terrível.

— Na verdade — continuou Adhya — acho que não escapei totalmente de passar por uma morte horrível. Talvez eles só esperem eu terminar meu trabalho para virem arrancar minha cabeça. Depois disso tudo, me diga: o que faço com vocês?

La Gorda continuava encarando Adhya, e a pressão comprimindo sua garganta ainda mais.

— Que tal eu pedir para esse feiticeirinho de merda entrar aí e tentar fazer picadinho de índia? O que acha? Talvez você até consiga desarmá-lo, mas acho que um dos dois vai se machucar bastante. E se isso acontecer, se desarmar o moleque, darei outra espada a ele, e outra, e outra, até que um de vocês esteja morto. O que acha?

Adhya virou-se para um dos guardas que a acompanhava e ordenou:

— Quando eu mandar, abra a porta da cela e jogue esse merdinha lá dentro.

Abaixou-se e falou para o menino:

— Assim que ouvir meu comando, entre lá e pique a índia.

O garoto levantou a arma, preparando-se para atacar.

— Não faça isso — disse, finalmente, La Gorda. — Por favor, não faça.

Adhya tirou uma pequena moeda do bolso, jogou-a para o alto, agarrou-a e a colocou nas costas de uma das mãos, enquanto cobria a moeda com a outra.

— Cara você ganha. Coroa perde.

A garganta de La Gorda era um fiapo, mais um pouco e nem ar passaria por ela.

— Ora, ora! Deu cara! Você ganhou... Amanhã, na mesma hora, um dos meus homens estará aqui com seu feiticeiro, com a espada e esta mesma moeda. Sabe, índia, é exatamente assim que eu estou me sentindo. Aquelas pessoas que você viu ontem estão apostando minha vida. A qualquer momento, a moeda com a qual estão jogando o meu pescoço vai dar coroa... Sensação desagradável, não?

La Gorda suspirou aliviada quando viu Adhya partir. Sentiu o corpo amolecer, sentou-se no chão da cela. Ao menos, sabia que o pequeno Pepe estava vivo. E onde havia vida, havia esperança. Amanhã, esperaria novamente pela moeda. Já decidira o que fazer se a sorte mudasse. Nem acreditava que a moeda tivesse mesmo caído com a cara para cima. Aquela devia ser uma das *infinitas* maneiras de se torturar alguém. Quando a brincadeira terminasse e Pepe, por fim, entrasse na cela, ela arrancaria a espada das mãos do seu pequeno xamã e a enterraria na própria barriga.

Capítulo catorze

• 1 •

Suzy contava os minutos olhando o Sol de sábado, que escorria sem pressa para trás das montanhas escarpadas de Kumo. Repassava o plano de fuga, enquanto arrancava com os dentes fiapos de unha, para em seguida cuspi-los longe. Quando chegasse a um lugar decente, sua primeira providência seria procurar uma manicure de verdade.

Não voltaria para o V11 na segunda-feira pela manhã. Estava farta daquele lugar. Tampouco acreditara na conversa de que La Gorda precisara voltar para o México. Tinham dado um jeito na índia, como dariam um jeito em todos ali.

Lembrava-se da pequena vila antes de Kumo. Haviam parado lá para abastecer e dormir. Lembrava-se também de ter avistado um caminhão velho. Talvez ainda funcionasse. O proprietário, se devidamente convencido, poderia levá-la até Pequim. Atingiria a vila antes do amanhecer, se caminhasse a noite inteira. Era uma estrada sem encruzilhadas, tinha quase certeza. Tinha pouco dinheiro, mas ligaria para o pai. Era uma emergência, afinal.

Gostaria de ter alguém como companhia, mas todos ali estavam envolvidos demais no projeto, cada um por seu próprio motivo. Apenas a mulher mexicana concordara com suas ideias de estarem todas presas, apesar de ter aconselhado a não tentar sair dali sem aprovação. Mas ela não iria esperar nem mais um dia, estava farta! O mundo girando lá fora e ela enterrada naquele buraco no fim do mundo.

Aguardou as luzes dos lampiões se apagarem. Se tivessem dito que não havia luz elétrica naquele lugar, nem teria cogitado em vir! Pegou as roupas que trouxera para o chalé, enfiou-as na mochila e tomou o caminho rumo ao vilarejo.

A escuridão envolveu-a como fumaça negra. Talvez, se tivesse esperado pela lua cheia, pudesse enxergar melhor. Mas nunca entendera muito bem as tais fases lunares. Nem o seu ciclo menstrual conseguia prever com exatidão... Também, com todas aquelas novas pílulas anticoncepcionais, quem precisaria entender de fases e ciclos?

A primeira subida quase a fez desistir. Não se lembrava de ter no caminho um morro tão íngreme. Sentou-se várias vezes para descansar, os pulmões ardendo, o estômago embrulhado. Calculou que, se houvesse outras escaladas como aquela, não conseguiria chegar antes do sol nascer, e nem quando ele estivesse no meio do céu! Animou-se ao considerar que, se a estrada subia, logo começaria a descer.

Estava certa!

A descida foi rápida, apesar de duas ou três vezes ter tropeçado e quase rolado morro abaixo. Parou, quando avistou luzes na estrada. A princípio, imaginou serem faróis, mas viu que permaneciam imóveis. Aproximou-se sem fazer barulho, usando o matagal ao lado da estrada para se esconder. Ouviu vozes num idioma que não conseguia entender. Alguns homens discutiam em frente a uma barraca construída ao largo da estrada. Esperou por longo tempo, sem conseguir decidir o que fazer. Encolheu-se quando viu um dos homens andar em sua direção. O vulto parou para urinar a poucos metros de onde estava agachada. Podia sentir o cheiro de álcool. Estremeceu quando distinguiu o rifle pendurado nas costas.

Não podia continuar por ali. Não se lembrava de nenhuma sentinela na primeira vez que passara por aquela estrada. Agora, havia um tipo de posto avançado com, no mínimo, três homens.

Não ia voltar, isso já resolvera. Entraria na mata, contornaria o bloqueio e retomaria a estrada num ponto à frente. Teria de andar mais depressa se quisesse chegar cedo à aldeia, mas tinha certeza de que podia conseguir.

Samambaias, arbustos e espinhos dificultavam a passagem. O terreno parecia querer despencar. O medo de cair num precipício oculto pela vegetação fez com que voltasse para mais perto da estrada. Talvez, se não fizesse barulho, conseguiria passar pelos homens sem ter de se embrenhar tão para dentro da floresta.

Chegou o mais próximo que pôde do acampamento que pôde sem ser vista. Ali, a passagem era mais limpa. Com cuidado, alcançaria o outro lado.

Ouviu um clique quando deu o passo seguinte. Tentou segurar o grito quando sentiu uma farpa longa atravessar sua panturrilha, mas a dor era insuportável. Caiu no chão enquanto liberava um urro longo e raivoso.

Covardes! — pensou, antes de perder a consciência. — *Uma maldita armadilha!*

• II •

A IMAGEM DIGITALIZADA do cérebro de Guus, montada em fatias numa figura tridimensional, girava na tela do notebook de Eva. A tomografia destacava com pontos vermelhos as áreas onde neurônios emitiam potenciais de ação, depois de receberem pulsos eletroquímicos estimulados pelo uso dos estimuladores de sonhos.

Eva se levantou, esticou o corpo e conferiu o relógio: faltavam duas horas para amanhecer. Decidira ficar no V11, mesmo sendo o início do final de semana. Amanhã iria até a vila, tomaria um pouco de sol e à noite voltaria ao trabalho. Precisava encontrar a fórmula para inibir os efeitos do *DreamGame*, e cada minuto contava. Pegou o notebook e deitou-se em sua cama, apoiando-o sobre o peito como se faz com um livro pesado.

Esfregou os olhos e voltou a estudar a tomografia. Poder usar o computador pessoal à noite tinha sido uma importante conquista. Quando solicitou autorização para trabalhar em seu quarto, sabia que o pedido não seria negado. Adhya necessitava de todo o empenho da equipe.

A luminosidade emitida pela tela e refletida no espelho ao lado da cama fez com que Eva desligasse o equipamento. Esfregou os olhos e massageou a cabeça. Mapear o lugar físico no cérebro onde as decisões anteriores à vontade consciente eram geradas, a região que nega o livre-arbítrio batizada por ela de A ZONA LIBET, estava se mostrando uma tarefa complicada, mesmo com os modelos e laboratórios da Yume. Isso, se fosse realmente possível. Encontrar a forma de anular a crítica, de suprimir os sistemas de crenças e valores, para manipular diretamente a formação da vontade em seres humanos, era algo mais que complicado, poderia significar o fim de toda uma era, que ensinou o homem a agir com autodeterminação. O acesso à Zona Libet poderia significar o fim da liberdade.

Além disso precisava tomar cuidado. Produzir o *veneno* para ser inoculado nos *DreamGame* debaixo do monitoramento constante dos sistemas e equipamentos do V11 seria bastante arriscado. A mesma ponta da espada que Adhya sentia se aproximando do abdome, Eva sentia em seu espírito.

Tentou dormir, mas o sono não veio. Decidiu ler algumas notícias em sites da internet. Ao menos os *firewalls* do V11 não barravam conteúdos informativos.

Carregou o Google, teclou "sonhos lúcidos" e esperou. Selecionou o primeiro *link*, que citava seu nome, e abriu a página do jornal *Der Spiegel*, que trazia o texto de um velho conhecido.

O artigo escrito pelo Dr. Johannes Braum, da Universidade de Viena, discorria sobre a *mistificação da psicologia*, um retorno ao *primitivismo no estudo da psique humana*, e apontava *as pseudopesquisas da Dra. Eva Abelar com sonhos lúcidos como um dos principais representantes desse neoxamanismo.* O artigo continuava:

"A Faculdade de Psicologia da Universidade Livre de São Paulo em momento de lúcida decisão — tomada em vigília, diga-se, e não em sonho — acabou por demitir a Dra. Eva Abelar. Nenhuma instituição séria, alicerçada por pilares levantados por Freud, Wilhelm, Lacan e outros nomes ilustres, poderia admitir em seu quadro de docentes e pesquisadores alguém que a qualquer momento poderia propor ser a Glândula Pineal o grande olho místico da psicanálise."

— FILHO DA MÃE! — xingou Eva esforçando-se por não desligar o notebook.

"Sabe-se que a Dra. Abelar" — prosseguia o catedrático — *"está agora trabalhando para a gigante do entretenimento, as Indústrias Yume. Boatos informam sobre um novo jogo que está em fase de projeto e que, pretensamente, levará para os sonhos os universos eletrônicos criados para divertir. Não é necessário lembrar à sociedade dos perigos envolvidos na manipulação eletrônica do cérebro humano, e o risco de pessoas sem escrúpulos poderem se aproveitar de tais condições. Mas saibam, meus leitores, que, antes mesmo do lançamento, esse famigerado produto já encontrará neste cientista seu mais ardoroso opositor. Só mesmo das pesquisas da Dra. Abelar poderia sair tamanha aberração."*

Eva não aguentou. Desligou o aparelho e levantou-se da cama. Andou de um lado para outro no quarto, continuando a praguejar no escuro.

— Filho da mãe! Filho da mãe! Merda de sujeito. Não faz nada além de ler e escrever idiotices que já foram pensadas. Nada! Um merda de nada! Quase ferrou com meu pai e agora quer ferrar comigo. Veja só! Neoxamanismo...! Isso é ciência, seu filho da mãe, entende? C-I-Ê-N-C-I-A! Como pode um sujeito desses ser chamado de doutor? O *grande olho místico da psicanálise*... Glândula Pineal... Filho da mãe!

Eva parou de andar pelo quarto. Quando voltou a falar, sua voz tinha um tom diferente:

— Glândula Pineal... Glândula Pineal... Dr. Johannes "filho da mãe" Braum, VOCÊ É UM GÊNIO!

Eva tornou a ligar o notebook e carregou a tomografia de Guus. Marcou com o cursor a região caudal do diencéfalo. Acionou o *zoom*. A glândula cinza-avermelhada tomou conta de toda a tela. Lembrou-se de que Descartes considerava a Pineal o *habitat* da alma humana, o local onde se formaria o *spiritus animalis*, e onde estímulos agiriam "*aumentando ou diminuindo o fluxo do espírito animal*". Sabia ainda que algumas correntes esotéricas acreditam que a pequena glândula em forma de pinha funciona como uma antena. A ideia de considerar a Pineal como um receptor não era nova. Mas e se ela fosse não apenas um receptor de estímulos externos? E se os impulsos anteriores à intenção consciente tivessem origem, ou fossem *recebidos e integrados* pela Pineal? E se?

Eram perguntas que seu rival sequer poderia imaginar serem capazes de viabilizar o que ele havia chamado de *aberração*. Dr. Braum, mesmo se opondo ao *DreamGame* pelo simples fato de os Abelar estarem envolvidos no projeto, tinha dado duas grandes tacadas: o jogo era realmente perigoso e a resposta para isso poderia estar exatamente no *grande olho místico da psicanálise*.

Eva reprogramou o modelo teórico do seu *veneno*. Agora teria que esperar pelos dados e verificar se a teoria funcionava. Provavelmente funcionaria.

E, se estivesse certa, teria de implementar eletronicamente a descoberta, para então testar em um dos membros da equipe. Aí, recomeçavam os problemas. Precisaria da ajuda de um engenheiro. Deveria optar por Lee ou Kurt — os únicos da equipe com o conhecimento necessário para completar o trabalho. Preferiria ela mesma poder fazer aquilo, mas era impossível. Chegara a hora de correr o risco e decidir para qual dois pedir ajuda. Sentiu os pelos da nuca se arrepiarem. A última vez que tinha confiado num homem tinha terminado grávida. Outra decisão errada como aquela, poderia fazê-la terminar com a mesma espada de Chiang cravada na barriga.

• III •

Suzy acordou depois de um sonho angustiante, ratazanas de pelos negros roíam a carne de sua perna, algumas afiando os dentes nos seus ossos. Tentou levantar, mas cordas amarravam seus braços e tornozelos à cama. A panturrilha latejava como se picada por centenas de marimbondos. Levantou a cabeça o suficiente para ver que a farpa tinha sido removida. Um lenço enrolado na ferida ajudava a parar o sangramento.

Notou dois homens fumando cigarros de cheiro forte, tossiu com a fumaça suspensa na cabana. Não gostou quando se aproximaram, trocaram palavras que não conseguia entender e jogaram os cigarros no chão. Conhecia as expressões se formando no rosto de ambos. Já tinha visto aquele tipo de olhar. Sabia o que viria a seguir. Seria estuprada. Não adiantaria gritar, a não ser para liberar o horror. Ali, ninguém a escutaria.

Quando aceitou o trabalho na Yume, não quis avisar ninguém. Desapareceria por uns tempos. Seus pais que se preocupassem com sua ausência, se é que chegariam a se dar conta de que a filha andava sumida.

Um dos homens tocou nos seus seios.

Tentou livrar-se da mão se sacudindo na cama, mas a dor na panturrilha a paralisou. Gritou, e só conseguiu aumentar o sorriso dos seus algozes. Trocou o grito pelo choro.

Não era sexo a sua especialidade? Não gostava de machucar seus pais dizendo que era *expert* em qualquer tipo de prazer? Logo, logo, poderia contar a eles a nova *pièce de résistance* que dois sujeitos imundos iriam lhe apresentar.

Engoliu o soluço ao ouvir o barulho de motor. Parou de chorar quando viu o sorriso dos homens desaparecer. Agora, era no rosto deles que o medo se formava. Ambos saíram e responderam a algumas perguntas. Voltaram seguidos pelo visitante.

Suzy deixou escapar um longo suspiro:

— Você! Ainda bem que está aqui! Saí para dar uma volta e olha só o que esses animais fizeram comigo! Olha a minha perna! Animais é o que são!

O recém-chegado aproximou-se da cama e acariciou o ferimento de Suzy.

— Dar uma volta, é? Saiu para passear e encontrou dois malvados... Uma pena, uma pena.

Apertou com força o ferimento, fazendo-a urrar até que lágrimas lhe escorressem dos olhos.

— Acha mesmo que estes dois idiotas aqui são animais? — perguntou, cravando o polegar no buraco aberto pela farpa. — Você ainda não conheceu os malvados de verdade...

• IV •

As roupas de Guus, espalhadas pelo piso do chalé, obrigavam Eva a andar como se estivesse num campo minado. Atravessou a sala e foi até à cozinha, seguindo a voz que cantava *Light my Fire*.

— Guus? — gritou. — Preciso falar com você!

A voz parou de cantar e respondeu:

— Aqui, doutora! Chegou numa boa hora!

Eva entrou na cozinha a tempo de ver Guus esvaziando um litro de refrigerante na pia.

— Não sei por que deixam essa merda no chalé — disse Guus, sem olhar para Eva. — Não temos energia, nem freezer... Beber essa droga sem gelo é a mesma coisa que engolir o próprio vômito! Em que posso ajudar, doutora?

— Estou procurando Suzy. Não a encontro em lugar nenhum.

— Não passei a noite com ela, doutora. Não faz o meu tipo, sacou? Prefiro mulheres do seu *shape*.

Eva desconsiderou o comentário, ajeitou os cabelos atrás da orelha e disse:

— Suzy não amanheceu na vila. Não apareceu no refeitório para o café da manhã e nem está no V11. Vim de lá e sei que não ficou ninguém da equipe no *bunker*.

— Aquela maluca vivia dizendo que ia dar o fora — comentou Guus, enquanto cortava o fundo da garrafa de plástico. — Mas não acho que teria peito para sair por aí sozinha, atravessar esse mato todo. Ainda por cima de noite. Sabe... — parou de falar, enquanto mordia a língua no esforço de fazer um pequeno buraco na tampa da garrafa com a ponta em brasa do fósforo. Só então completou: — É mais provável que ela esteja na cama de alguém...

Eva queria colocar a próxima pergunta com cuidado. Depois que presenciara um homem ser atravessado por uma espada, sem a mínima hesitação, não poderia confiar em ninguém sem antes testar muito bem o terreno.

— Talvez você tenha razão, Guus. Suzy era meio maluca. Chegou a me dizer que estávamos todos presos em Kumo. Todos nós! Pode?

— Faça um favor para mim, doutora? Encha aquele balde ali de água. Valeu! A pirada da Suzy também me disse algo parecido. Nem dei atenção. Não vejo nenhuma corrente me prendendo o tornozelo. Além do mais, por que fariam isso?

Guus tirou um pequeno embrulho do bolso. Abriu-o e pegou um quadrado prensado de maconha. Sentou-se no chão e, pacientemente, começou a debulhar o fumo.

— Onde conseguiu isso, Guus?

— Onde mais? No laboratório.

— Conhece as regras...

— Que é isso, doutora! Todo mundo sabe... E todos fingem que não veem. Encare como parte do meu pagamento, ok? É assim que *eles* encaram.

Cortou a seda, recheou-a com a erva, picou um punhado de haxixe e misturou com o fumo. Enrolou tudo, dando forma a um cilindro perfeito. Eva observou que Guus realmente tinha prática naquilo.

— Então acha que Suzy vai aparecer a qualquer momento?

— Vai sim, doutora. E com aquele típico sorrisinho na boca. Sorrisinho de uma noite bem aproveitada.

— E se ela não aparecer?

Guus enfiou todo o cigarro na boca, puxando-o para fora lentamente, umedecendo-o com a saliva, antes de responder com outra pergunta:

— O que quer dizer com isso?

Eva procurou os olhos de Guus, mas não os encontrou; ele nunca conversava encarando as pessoas diretamente.

— Quero dizer que talvez possa ter acontecido algo com ela.

Guus acendeu o baseado e tragou fundo. Falou, segurando a respiração:

— Veja isso, doutora. É o que acontece com todos nós... — e soprou em pausas curtas, enchendo o ar de pequenos círculos de fumaça que cresciam, deformavam-se e extinguiam-se.

— Que bela comparação filosófica! — comentou Eva.

Guus afundou o litro de plástico com o fundo cortado no balde, deixando a água chegar quase até a boca da garrafa. Pegou o cigarro e o encaixou no buraco da tampa.

— Parece um bolo de aniversário com a vela de um ano! — riu da própria comparação. — Sabe, doutora, acho que, se algo aconteceu com Suzy, isso é exclusivamente um problema dela. Estou pouco me lixando. — Agachou-se ao lado do balde e falou como se anunciasse a saída do próximo trem — Atenção, tripulantes do submarino amarelo! Vamos submergir! Existe um oceano inteiro dentro de um balde!

Com um movimento teatral, Guus foi puxando a garrafa, pausadamente. A força da gravidade chupava a água de dentro do recipiente para baixo, e a pressão agia como um pulmão artificial. À medida que a água descia, a garrafa se enchia de fumaça, como se fumasse o cigarro espetado na ponta da tampa. Guus destampou-a e meteu a boca na abertura. Respirou por completo a fumaça, sorriu e disse, enquanto expirava como um dragão:

— Quer ser o próximo índio da roda, doutora?

— Não. Este lugar aqui já é doido demais. Nem precisa fazer a cabeça.

Guus repetiu a operação várias vezes. Quando terminou, seus olhos estavam opacos, como que tomados por cataratas.

Eva percebeu que a conversa terminara. Não poderia contar com Guus. Ele ficaria ali como um animalzinho obediente, sendo alimentado por drogas, enquanto a Yume se dispusesse a deixar seu estoque cheio. E, quando não precisasse mais dele, talvez o fizesse fumar a mesma espada que abrira os intestinos do homem na sala de Adhya.

Despediu-se. Ia saindo quando Guus a chamou.

— Doutora. Só mais uma coisinha — disse, estirando-se no chão com o livro *Alice no País das Maravilhas* nas mãos.

— Diga, Guus. Se é que ainda consegue falar...

— A gente aprende duas regras valiosas quando se está lidando com traficantes. Quer ouvir?

— Estou curiosa.

— A gente pode ir até eles, comprar a droga e ficar na boa. Mas, primeiro: nunca, nunca mesmo, fique devendo grana. E segundo: jamais pergunte sobre o negócio *deles*...

Eva voltou para a porta, abanou a mão e limitou-se a responder:

— Vá devagar com isso aí, Guus. E vou contar a terceira regra valiosa que esqueceram de lhe ensinar. Se os traficantes não matam você diretamente, o fazem através dessa merda aí.

• V •

EVA VIU NIK tomando banho no riacho que cortava Kumo. Caminhou na sua direção. Parou ao perceber que ele estava nu. Gritou:

— Ei! Viu Suzy, hoje?

— Olá, doutora! — respondeu Nik. — Que tal cair na água? Já que o chuveiro desta droga de vila nunca funciona, é melhor tomar banho direto no rio!

— Uma próxima vez. Você viu Suzy?

Nik limitou-se a abanar a mão negativamente.

Eva agradeceu. Ia voltando, quando Nik gritou:

— Doutora!

— O que é?

— Lembrei-me de algo que talvez possa ajudar. Mas vai ter de vir aqui perto. Não posso berrar esse tipo de coisa. Não nesta vila.

Eva sabia que Kurt tinha passado a noite no V11, de onde raramente saía. Se alguém pudesse ter visto algo, seria Nik. Aproximou-se até a margem do riacho. Nik fazia questão de não esconder suas partes baixas.

— Vamos, fale de uma vez.

— Se quer encontrar aquela garota — disse ele, como se contasse um segredo — procure na cama de algum chinês que tenha o pau maior do que o dedo mindinho! — E completou, caindo na gargalhada, pulando e batendo na água com os braços: — Se é que isso existe, doutora! Se é que isso existe!

• VI •

Na noite em que desembarcou em São Paulo, Alec já tinha decidido dormir em um hotel. Impossível não levar a sério a ameaça do sujeito no aeroporto. As consultas da semana foram suspensas. Passou a dirigir prestando atenção ao carro de trás, procurando identificar pedestres suspeitos. Os semáforos pareciam demorar mais do que o habitual para mudarem do vermelho para o verde.

Necessitava planejar os próximos passos, mas tinha dúvidas sobre o que fazer. Entregar o dispositivo para a polícia não ajudaria muito. Não acreditava que fizessem alguma análise técnica do aparelho que resultasse em prova de crime. E se encontrassem algo, quem seria o criminoso? Uma seita de malucos pretendendo controlar o mundo ao influenciar os sonhos das pessoas? Diriam que o doutor psiquiatra estaria urgentemente precisando dos serviços de um de seus colegas.

Tinha decidido que era hora de experimentar, mesmo com o aviso de Eva para *não usar de forma alguma o maldito aparelho*. Talvez, como psiquiatra, pudesse identificar a ameaça que se escondia naquele equipamento. Ameaça que supostamente o atacaria em seu sonho.

Ligou a filmadora e a posicionou para gravar seu sono. Deixou o caderno de anotações sobre o criado-mudo.

Não se esqueceu do outro conselho de Eva. Esse iria seguir à risca: *uma boa maneira de se lembrar de um assunto específico enquanto se está no meio de um sonho lúcido é preparar qualquer estímulo externo para que ocorra durante o sonho.*

Gravou várias vezes a mesma frase no iPhone. Ajustou-o para despertar e reproduzir a gravação dali a trinta minutos.

Ajustou o dispositivo sobre os olhos.

Dormiu e sonhou:

Eva grávida.

Usava camisola translúcida, que filtrava apenas levemente as curvas de sua carne jovem, de virgindade roubada.

Sentiu o sangue inflamar seu sexo.

Mas não queria Eva grávida! Detestava aquela barriga! Podia arrancá-la com as mãos! Aquela maldita barriga prenhe, que acabara com sua vida!

Instantaneamente, o caroço no abdome de Eva desapareceu. Nunca antes tinha vivido nada igual. Teve medo de acordar, tamanha a excitação. Ali podia fazer tudo, ter tudo, experimentar tudo, centenas, milhares de vezes.

Desejou que a camisola evaporasse, e o tecido evolou-se numa tênue nuvem esfumaçada. Sua Eva amada, nua.

Abraçou-a, os corpos se roçando, procurando intimidade, encontrando umidade.

Amava-a, e acreditava que esse amor tornasse legítimo o ato de possuí-la em sonho. Durante todo o tempo em que namoraram, nunca pôde ir mais longe do que acariciar-lhe os seios. Penetrá-la era apenas delírio, satisfação solitária da imaginação. Podia ver o brilho intenso, quase palpável, irradiando dos olhos dela. Eva também concordava em ser sua. Enfim, eles teriam o que lhes fora negado por tanto tempo.

Beijou-a. A saudade daquele gosto, da saliva, da língua, fizeram com que comprimisse a boca de Eva como se pudesse em apenas um instante sugar todo o passado de privações.

Mas, no sonho havia algo que parecia não pertencer à sua vontade. Um som cadenciado, um mantra, vindo de longe. De tão longe...

De outro mundo.

Agora lembrava-se! Tinha gravado a mensagem e regulado o iPhone para despertar. Rodar a gravação enquanto dormia. Os sons que ouvia dentro de seu sonho vinham do aparelho sobre o criado mudo!

Aos poucos, a frase foi se avivando em sua memória:

Cuidado! Lembre-se de Anna! Lembre-se de Hélios! E lembre-se do que Eva lhe disse! Cuidado ou você pode morrer!

Afastou-se de Eva. Lutou contra o corpo inundado por hormônios lhe exigindo que fosse até o fim, precisava daquele momento, queria aquele sexo. Mas tinha certeza de que, se a possuísse, estaria condenado àquela experiência. Soube, naquele momento, que ceder ao seu desejo mais violento seria o mesmo que implantar um vírus em sua vontade. Um vírus para o qual talvez não houvesse antídoto.

Foi a voz de Eva que ouviu, vinda de algum lugar do sonho:

Alterar as cenas de um sonho lúcido para satisfazer seus desejos é válido quando se procura diversão. Quando o objetivo é crescimento psicológico, deve-se lidar com as imagens oníricas tais quais elas aparecem, e usar conscientemente a vontade para viver a situação.

Aquela fora uma das conversas que tivera com Eva quando discutiam as aplicações dos sonhos lúcidos. Não estava ali para diversão. Deveria deixar as coisas como surgiram de início.

A barriga de Eva tornou-se grávida novamente. A camisola, como nevoeiro que se assenta com delicadeza sobre o lago sereno, desceu e cobriu o corpo nu.

Barriga odiosa! Barreira orgânica que se interpusera de forma determinante entre eles!

Mas não apenas a camisola era translúcida. Também a barriga deixava transparecer, como se fosse de renda, o feto em seu interior.

Aproximou-se. Parou e virou o rosto para o outro lado. Tinha medo do que poderia ver dentro do ventre de Eva.

É necessário lidar com as imagens oníricas tais quais elas aparecem... Usar conscientemente a vontade e viver a situação...

Agachou-se em frente à Eva. Pousou as mãos sobre a barriga grávida e examinou-a com atenção.

Lá dentro, uma criança chorava. Reconheceu Joachim. O menino estendia-lhe os braços enquanto, atrás dele, outra criança tentava enforcá-lo com o cordão umbilical. E nos dedos infantis do pequeno assassino, Alec identificou o seu anel de formatura.

• VII •

EVA DIGITOU A SENHA e aproximou a íris do leitor biométrico. Uma voz metálica saudou-a e a porta para o elevador do *bunker* abriu. A descida até o primeiro nível sempre lhe parecia longa demais. Iria se lembrar de perguntar a quantos metros da superfície estavam as construções.

O V11 continuava com sua movimentação frenética, mesmo aos finais de semana. Eva lembrou-se dos formigueiros que cavava com Anna, quando eram crianças. A mãe dizia que aquilo não era coisa para meninas, mas elas não se importavam. Costumavam arrancar torrões de terra para observar as formigas entrarem e saírem dos minúsculos túneis, desorientadas pela claridade. Depois, enrolavam um pedaço de plástico num graveto, punham fogo e atacavam o formigueiro com o material derretido, que pingava da ponta da vara. Adoravam ver a gota mortífera cair, zumbindo, sobre as indefesas operárias como meteoros em chamas. Nunca conseguiram capturar a rainha. Tudo sem a mãe ver, ou seriam castigadas, *judiar das criaturinhas de Deus era pecado grave*.

Caminhando pelos corredores do V11, Eva imaginava uma imensa vara balançando lá fora, procurando cabeças para acertar com a borracha fervendo, que pingava cozinhando os cabelos, a pele, o crânio, tostando e tostando, o cérebro, e mais fundo, até derreter os sonhos. Sem nunca conseguir capturar a rainha...

— Eva? Você ouviu o que eu disse?

— Lee? Me desculpe. Estava longe...

— O que você está fazendo rodando por aqui? Não devia estar aproveitando o sol?

— Suzy não está em Kumo. Acho que não dormiu no chalé. A mochila não está lá. E nem sinal dela por aqui.

— Não existem muitos lugares para se ir, além da vila.

— Isso já percebi. Percebi também que não tem ninguém muito preocupado com o fato de uma pessoa ter desaparecido.

— Já falou com os outros?

— Falei com Guus. Ele não está em condições nem de encontrar o próprio umbigo com uma lupa. Nik está no riacho. Aquele imbecil apenas gritou para eu procurar Suzy na cama de algum oriental... Bem, de algum cara.

Eva notou que Lee vestia o jaleco de trabalho.

— E você, Lee? Está fazendo hora extra? Não deveria estar aproveitando o sol?

— Problemas com a modelagem de dados — respondeu Lee, coçando atrás da orelha. — Algum espúrio de corrente provocado pela variação de tensão dos geradores do *bunker* causou a perda de sincronismo dos processadores. Nem esperaram terminar a minha folga. Com essa pressão para concluir o projeto, acredito que, daqui a pouco, cortarão os nossos finais de semana ao ar livre...

— Não entendi nada do que disse — cortou Eva, achando a explicação longa demais. — Conseguiu resolver?

— Tudo certo. Se não tiver mais surpresas, podemos aproveitar o dia.

— Ainda não. Preciso encontrar Suzy.

— Ela não está aqui, Eva. Quem sabe não tenha saído para dar um passeio?

Se Suzy não estivesse ali, era porque teria tentado fugir. De certa forma, Eva não acreditava que pudesse encontrá-la no V11. Não *naquele* andar.

— Ainda não procurei lá embaixo — cochichou ao ouvido de Lee.

— Nem pensar — replicou ele. — Não temos chance de chegar nem perto do elevador para o segundo piso. Além do mais, o que ela estaria fazendo lá? Suzy tem tanta permissão para descer quanto a gente.

— Eu sei. Estava brincando! — disse Eva, sem muita convicção. — Será que, se pedirmos permissão para descer, conseguimos um passe?

— Com que argumento, Eva?

— Conhecer o resto das instalações. Só fui até a sala de Adhya.

— Esqueça. E Suzy, com toda certeza, não está lá — disse ele, pegando Eva pelo braço e conduzindo-a para o elevador de saída.

Eva queria falar que sim, havia uma possibilidade. Queria contar o que vira: assassinos matando dois homens a sangue-frio e, por pouco, também uma criança. Queria falar de La Gorda, pedir ajuda para tentar resgatá-la. Mas não disse nada. Só voltou a falar quando o elevador abriu a porta, conduzindo-os para fora dos labirintos subterrâneos do V11, do formigueiro de concreto, em direção ao sol:

— Tem razão, Lee. Bobagem minha achar que Suzy possa ter ido parar lá embaixo.

E, por um instante, olhou para o céu procurando a vara, o plástico em chamas, os inocentes pingos de fogo reservados às cabeças de todas as operárias.

• VIII •

As gotas de chuva pareciam uvas gordas e transparentes caindo do céu e explodindo no chão. O véu de água fazia qualquer tentativa de continuar na estrada um risco grande demais. Os pneus do jipe deslizavam na massa de barro, chegando a pouca distância das bordas dos desfiladeiros que se abriam nas laterais da estrada de Kumo.

Eva, sentada ao lado de Lee e Tule, tentava adivinhar até onde Suzy teria conseguido ir. Desistira de procurar por alguma pista da garota. Aquela chuvarada tinha lavado completamente qualquer indício.

Lee, calado desde que a tempestade os havia atingido, enxugou o suor da testa e sugeriu:

— Logo aí na frente está a pequena vila em que paramos na vinda. É melhor esperarmos esse aguaceiro passar.

— De acordo — anuiu Tule. — É um milagre que o jipe ainda não tenha atolado nem despencado num desses precipícios.

Eva não disse nada. Limitou-se a morder o canto da boca enquanto reavaliava a situação. A conversa que tivera com Lee no dia anterior voltou à sua cabeça:

— Preciso que você me leve a Pequim — havia dito. — Na verdade, preciso ir até lá amanhã mesmo.

— Não podemos sair daqui assim, Eva. Você sabe, temos regras...

— Não me venha com essa de regras! Não estou presa aqui, não! Tem um carro em Kumo e eu quero ir a Pequim. Se não for comigo, eu mesma pego a droga daquele jipe e acho o caminho!

— Deixe ao menos eu ligar para Adhya e...

— Chega, Lee! Não vai ligar para ninguém. Já tentei falar com ela e não consegui. Ninguém aqui sabe o que aconteceu com Suzy. Não vou ficar esperando. Ou é assim ou estou fora. Se a Yume não quiser mais meus serviços, vou embora.

Tinha blefado. Não deixaria a Yume nem o V11 antes de produzir um antídoto que suprimisse o efeito do *DreamGame* e, muito menos, sabendo agora que Joachim estava em algum lugar daquele *bunker*. Mas precisava de ajuda. As coisas não estavam indo bem. Primeiro La Gorda, depois Suzy. Os assassinatos e a pressa em terminar o projeto. E a ajuda talvez pudesse vir do indiano, Sr. Jhothi. Insistiu com Lee, e só conseguiu que ele aceitasse levá-la quando sugeriu que chamassem o velho Tule.

— Tule vai uma vez por mês a Pequim, não? — havia dito. — Ele tem passe livre para ir e vir quando quiser. Ninguém questiona o homem santo. Podemos chamá-lo e usar sua presença como desculpa. Acho que nossos problemas serão menores quando voltarmos.

Tinha convencido Lee. Com Tule fora mais fácil. Conseguiu finalmente sair do V11 em direção a Pequim, somente para ser impedida de continuar por causa da tempestade.

O jipe parou em frente à mercearia. As poucas construções da aldeia pareciam camufladas por um véu de água. Desceram do carro e correram, molhando-se como se estivessem debaixo de uma cachoeira.

— Nossa! — exclamou Lee, aliviado por estar sobre suas pernas e não depender mais de quatro pneus de borracha escorregando pelas trilhas de Kumo. — É por isso que os pilotos de helicópteros cobram uma fortuna! Essa chuva veio do nada! Imagine você lá em cima agora...

Eva não respondeu ao comentário. Pequim tinha ficado longe demais.

— Vou ao banheiro — disse, afastando-se dos homens e sumindo por trás das caixas empoeiradas.

Abriu a porta com a esperança infantil de encontrar o indiano. *As coisas poderiam começar a dar certo, só para variar...* Não havia ninguém. Procurou por algum bilhete escondido, uma marca na madeira, qualquer coisa que lhe indicasse que Jhothi estivera ali. Não viu nada que pudesse identificar como um sinal.

Voltou para o balcão da mercearia. Os homens conversavam em mandarim com o dono do estabelecimento. Pelas expressões que faziam, Eva percebeu que algo não estava bem. Chegou ao lado de Lee e questionou:

— O que aconteceu?

Lee balançou a cabeça. Seus lábios faziam bico semelhante a um pato:

— Você não vai acreditar. Uma das pontes. A tempestade...

Não foi preciso terminar. Eva sabia que a viagem terminara ali. Imaginou se acaso não estivesse chovendo outra desculpa não surgiria... *O óleo do motor acabando, a peça do eixo quebrada, extraterrestres impedindo a estrada.*

— Desculpe-me, Eva. Vamos ter de voltar.

Eva mordeu o canto da boca. Voltar? Sim, provavelmente não teria outra coisa a fazer. Mas poderia tentar algo antes.

— Tudo bem, Lee. Tudo bem. Só me dê mais uns minutinhos. Meus intestinos quase se dissolveram de tanto chacoalhar. Preciso voltar ao banheiro.

Não teria muito tempo para escrever o bilhete, nem garantias de que o Sr. Jhothi viesse a encontrá-lo e se dispusesse a ajudar. Mas, tampouco, haveria algo mais a fazer. Abriu a bolsa e procurou por um lápis.

Ah não! Que estupidez! Não trouxe lápis nem caneta!

Esvaziou a bolsa. Não encontrou nada que pudesse usar para escrever a mensagem.

Se, ao menos, eu usasse batom! É, mamãe... vaidade não salva ninguém, não é? A falta dela, pelo visto, também não.

Olhou ao redor. Não havia nenhum objeto para marcar o papel.

Pense, Eva!

— Eva? Tudo bem aí? — gritou Lee, do outro lado da porta.

— Não entre aqui, não! Estou quase nua. Essa droga de porta não tem trinco!

— Fique tranquila. Só quero saber se precisa de ajuda.

— Não. Tudo certo. Já vou sair.

Pense, Eva! O que poderia usar como tinta? Poderia ser... ser... Isso! O óbvio! Nojento, mas funciona! Estou menstruada!

Escreveu, usando a unha como pena, tentando apressar as letras, que exigiam mais e mais tinta:

PROCURE DR...

Pena que estou no fim da menstruação. Se eu estivesse no início... Aí, escreveria uma carta inteira ao bendito indiano! Tomara, ao menos, que ele leia...

PROCURE DR ALEC LENZ SÃO PAULO.

Dobrou o bilhete e o enfiou no espaço entre duas tábuas do cercado. Respirou fundo. Era hora de voltar ao V11. A pele arrepiou-se. Voltar ao túmulo de concreto. Pressentiu que, desta vez, só se safaria de lá com o filho, ou teriam de matá-la. E quando o fim da linha chegasse, daria um jeito para que Adhya estivesse com ela.

Capítulo quinze

• I •

A CHAMADA PISCANDO no visor do iPhone iluminou o quarto de Alec. Desde que sonhara com Joachim lhe esticando os braços dentro da barriga de Eva enquanto era enforcado, não tinha conseguido uma noite de sono sem que o pesadelo voltasse. Já havia se passado quase uma semana, e, mesmo não usando mais o *DreamGame*, ainda lutava contra os seus efeitos. Estivera pensando sobre os significados daquele sonho, e não estava gostando nada das conclusões: ele definitivamente responsabilizava o garoto pelo fim do seu relacionamento com Eva, e *quase* o odiava por isso. Talvez fosse o motivo de Joachim sempre se esconder quando o via. De alguma maneira, o menino captava os seus sentimentos.

Pegou o iPhone e verificou o número. Não conhecia o dono daquela chamada. Hesitou, antes de atender.

— Alô! — disse, finalmente.

— É o doutor Alec? — perguntou uma voz chorosa.

— Quem está falando?

— Desculpa o horário, doutor, mas... É Maureen. Lembra de mim? Você me deu um cartão. A secretária do...

— Claro que me lembro, Maureen. O que houve?

A voz de Maureen atingiu-o como um choque elétrico. Levantou-se. Sabia qual seria a resposta. Podia antecipá-la ouvindo o tremor nas palavras vindas do outro lado da linha. A imagem do sujeito no aeroporto veio de imediato à cabeça: *mas antes vou fazer uma visitinha para sua amiga. Vou fazer com ela exatamente o que vocês disseram que fariam na sala do finado reitor. Vou agarrar aquela gostosa e ensinar a vadia a não tentar me enganar...*

Sabia bem o que ouviria do outro lado da linha, e suas pernas vacilaram. Não levara a sério aquela ameaça. Acreditara que o homem não faria qualquer coisa à Maureen, pelo simples fato de ela não estar com o dispositivo. Seria uma ação arriscada, chamaria a atenção da polícia e, no final, ele não teria o que procurava.

Mas será mesmo? Será que ferir Maureen não seria a melhor maneira de o sujeito atingir os seus objetivos? Nenhum homem, ao menos aqueles com saúde mental em plena função, gostaria de saber que uma mulher fora brutalmente violentada por consequência de um ato seu.

— Doutor Alec, você ainda está aí?

— Estou sim, Maureen. O que foi mesmo que disse?

— Aquele cara... — repetiu Maureen, sem conseguir conter o choro. — Ele descobriu onde eu moro e invadiu minha casa. Ele... Ele...

— Ele machucou você, Maureen? Aquele maldito violentou você?

— Ele me bateu. Me jogou no chão. Pulou em cima de mim com uma faca e ficou passando aquilo no meu rosto. Disse que, se você não entregasse aqueles óculos esquisitos, ele ia voltar e me abrir com aquilo... Mas... mas só depois de transar comigo a noite inteira.

Alec respirou, aliviado. Ainda não acontecera o pior. Sentiu-se um idiota pensando que resolveria as coisas desaparecendo por uns dias. Precisava agir rápido, acabar com aquela ameaça invisível que a qualquer momento poderia se materializar à sua frente.

Vou esperar que caia no sono, doutor, para então fazer cosquinhas no seu pé, bem do lado da sua cama, até que abra os olhos, só para eu poder cravar esta linda canetinha em um deles.

— Alec?

— Ainda estou aqui, Maureen. E o que mais ele falou?

— Que vai me ligar amanhã à noite. Disse que é bom eu ter notícias para dar...

Alec sentou-se na cama. Não era blefe. Chegara a hora de voltar para o jogo. Se não tinha ainda o melhor dos planos, precisava improvisar.

— Fique calma, Maureen — disse, após pensar no que depois considerou ser um plano suicida. — Agora escute com muita atenção o que vou lhe dizer.

• II •

— AINDA CHATEADA com a história de Pequim?

Eva encarou Lee, parado à porta de seu quarto. Aquela pergunta tinha trazido de volta toda a raiva que sentira por ter de retornar ao V11. Não havia como saber se a mensagem no banheiro chegaria a Jhothi, se receberia ajuda ou estaria sozinha. Quando falou, a voz saiu como se se dirigisse a uma criança de dez anos.

— Não, querido. Está tudo perfeitamente bem. Ultra, super, perfeitamente bem.

— Desde aquele dia você não fala mais comigo, Eva. Como se eu tivesse culpa da tal ponte...

— Para o inferno com a ponte! — explodiu. — Se não fosse ela, seria outra coisa! O fato é que não tínhamos mesmo como chegarmos a Pequim! Vocês dariam um jeito para que isso não acontecesse!

Os olhos de Lee se transformaram em duas esferas perfeitamente redondas.

— Eva... Como assim *vocês* dariam um jeito? Não acha que eu poderia tramar algo contra você, acha?

Eva andava de um lado para o outro no quarto. Procurou pelos cigarros na bolsa, lembrou-se de que tinha decidido abandoná-los.

— Nem uma droga de cigarro!

— Eva, eu fiz uma pergunta.

Eva parou em frente a Lee. As mãos crispadas e a respiração controlada fizeram com que sua voz saísse tremida:

— Você disse que esteve no Brasil na semana em que Anna morreu, certo?

— Estive, sim. Mas o que isso tem...

— E que voltou para a China apenas dois dias antes de ela cair do edifício, certo?

— Eva, o que você está querendo...

— Eu só quero saber com quem ando, Lee. Só isso. Pode me responder ou não?

— Voltei para a China e, dois dias depois, Anna se sui... Anna morreu.

— Teve um caso com minha irmã?

Lee pousou as mãos no ombro de Eva, que as retirou e tornou a perguntar:

— Teve ou não um caso com Anna?

— Claro que não, Eva. Já contei qual era o meu relacionamento com Anna. Éramos amigos. Só isso.

— Você chegou a ir ao apartamento dela?

— Eva, por que isso agora?

— Chegou ou não?

— Fui, sim. Tinha esperança de conhecer você de alguma forma. Já disse também que sempre acompanhei seu trabalho. Anna tinha me contado que você participava de um congresso. Viena, acho. Ainda assim, quis ir até lá.

— Conheceu Joachim?

— Não. Ele não estava. Escola, foi o que Anna comentou.

Eva voltou a andar pelo quarto, as unhas rasgando a palma das mãos. Já não tinha certeza se deveria ou não falar o que estava entalado na sua garganta. Decidiu seguir em frente:

— Acharam duas taças e uma garrafa de champanhe no quarto de Anna. Havia alguém com ela naquela noite. Alguém de quem ela gostava muito ou com quem estava tendo um caso. Alguém que, muito possivelmente, tinha algo a ver com tudo isto aqui, e que sequestrou meu filho.

— Eva... Está insinuando que esse alguém sou eu? Nem de brincadeira!

Eva não respondeu, apenas continuou encarando Lee.

— Você não acreditou em nada do que eu disse? – As palavras de Lee chocaram-se contra Eva como se encontrassem um rochedo frio. E Eva sabia muito bem se portar daquela maneira.

— Eva! — insistiu Lee.

— Preciso descansar, Lee. Preciso mesmo. Preciso pensar, pensar e pensar de novo. Por favor, me deixe sozinha.

— Eva...

— Por favor.

— Ainda vou provar o meu amor por você, Eva.

Lee saiu e bateu a porta. Eva sentou-se no chão, encostando-se na cama, deitando a cabeça no colchão. Era necessário planejar com bastante exatidão os próximos passos. Não podia dar-se ao luxo de outra experiência perdida como a da viagem para Pequim, nem de um passo errado. Ainda acreditava que o indiano poderia achar o bilhete; afinal, ele não a encontrara no interior da China? Mas confiar em Lee se tornara mais difícil, e não sobravam muitas pessoas com quem pudesse contar. Tule? Bom coração, mas um tanto velho para se aventurar. Nik? Boa opção se quisesse colocar fogo no lugar, mas, antes de incendiar o V11, precisaria encontrar Joachim.

Kurt?

Kurt parecia ser a escolha mais sensata para o que estava planejando, alguém que se mantinha afastado das emoções. A modelagem do seu *antídoto* estava quase pronta. Iria falar com ele. Falar e torcer para que o alemão fosse mais confiável que a maioria dos homens que cruzavam a sua vida.

• III •

O AUDI PAROU EM FRENTE ao Museu do Inconsciente. Alec examinou os arredores antes de entregar as chaves ao manobrista. Já tinha seu plano para fazer o sujeito da cicatriz falar e colocá-lo de frente com a polícia.

— Tia Jane! — saudou assim que viu a senhora de cabelos brancos vindo pelo corredor.

— Meu querido Alec! Você anda sumido.

Eles caminharam de braços dados até a sala da diretoria. Depois de se sentarem e trocarem as pequenas novidades do dia a dia, tia Jane observou:

— Deve estar trabalhando muito, meu filho. Olheiras do tamanho de um ovo estrelado, olhos meio bambos...

Alec pensou se deveria mesmo envolver tia Jane naquilo. Decidiu ir com calma:

— Não é só trabalho.

— Já imaginava. É Eva, certo?

— É ela.

— Ah, Alec! Você é um amor de rapaz. Pena que...

— Pena que terminamos? Foi ela quem desistiu de mim, tia Jane. Não escondo que ainda sou apaixonado por aquela mulher.

Tia Jane balançou levemente a cabeça numa negativa.

— Esconde um pouquinho, né, meu filho. Esconde um pouquinho da própria Eva...

— Você conhece bem sua sobrinha. Se eu não fizer isso, é bem capaz que ela se afaste.

— É capaz, sim, mas não pense que ela não sabe a respeito de seus sentimentos. Eva sempre foi assim. Nunca teve um namorado firme. Mas achei que com você ia ser diferente. Foi o primeiro que ela trouxe aqui para me conhecer. E estava tão feliz naquele dia...

Alec nunca chegara a ter esse tipo de conversa com tia Jane. Ao que se lembrava, nunca tivera esse tipo de conversa com ninguém. E nem era esse o motivo da visita, mas deixou o assunto correr.

— Tia Jane, por que Eva foi sempre assim? Quero dizer, qual o problema dela com caras que se apaixonam de verdade?

— Meu querido, quem sabe quando ela voltar da China, vocês...

— Foi algum problema com um namorado antigo? Uma decepção?

Tia Jane demorou a responder, como se procurasse lembrar algo embaçado pelos vapores do tempo, ou procurasse a melhor maneira de contar algo ruim sobre pessoas que amava.

— O problema foi mais com a mãe dela, penso eu. E não foi só um problema não. Foram vários! Numa dessas ocasiões, acho que Eva tinha uns dez, onze anos, a diretora da escola pegou a menina beijando um coleguinha. Aconteceu tudo muito rápido. A mãe dela foi chamada.

Alec percebeu que tia Jane fazia pequenas pausas. Não eram boas lembranças.

— Quero que entenda — continuou tia Jane — que a mãe de Eva foi uma das criaturas mais bondosas que conheci. Grande coração! Meu irmão não poderia ter se apaixonado por mulher mais caridosa. Ela seria capaz de pedir desculpas a um mendigo se não tivesse alguns trocados para dar. Mas tinha, digamos, um probleminha: era extremamente rígida com assuntos relacionados a sexo, mesmo um simples beijo. Uma das raras pessoas que conheci que realmente professavam uma religião de corpo, alma e atitudes.

Alec a encorajava a prosseguir tirando sons curtos da garganta.

— Bem, a mãe foi chamada e entrou na sala de aula sem ao menos pedir permissão à professora. Tirou a pequena Eva da carteira pela orelha e arrastou a menina para a frente da classe. Começou a falar que o diabo levava para o inferno quem se agarrava pelos cantos, e quem fazia sexo escondido. Eva, por sua vez, sempre teve aquele narizinho arrebitado, e aquilo não é só um capricho da natureza, não. A menina era páreo duro. Respondeu à mãe na frente de todos que se beijo fosse sexo, ela e Anna já teriam dúzias de irmãozinhos...

— Eva sabe mesmo usar as palavras.

— A pobrezinha segurou o choro o quanto pôde — depois, ela mesma me contou — até que a mão pesada da mãe zuniu no seu rosto. Não suportou mais. A dor do tapa, misturada à vergonha, machucaram-na por dentro e por fora. Eva chorou naquele instante e chorou mais ainda nos meses seguintes, cada vez que tinha de ir para a aula.

Jane parou antes de completar:

— E tem a gravidez...

— Tia Jane, Eva comentou com você alguma coisa sobre o pai de Joachim? — disse Alec à queima-roupa. Se tivesse pensado muito não teria coragem de fazer a pergunta.

— Nada, filho. Nadinha de nada. Ela nunca falou sobre isso com ninguém. Nem com a irmã. E as duas eram bem unidas. Mas esqueça disso. Quando Eva voltar para o Brasil, diga a ela que ainda a ama e pronto!

— Mas tia Jane...

— Nada de mas — interrompeu Jane. — Olhe bem para mim, meu filho. Olhe bem para mim. O que me resta a não ser os sonhos? Meus cabelos estão brancos, minha pele quebradiça, meus lábios murchos. Tão murchinhos... Impossíveis de dar o prazer que vem do... como vocês jovens dizem? Amasso... não é o que dizem? O prazer que vem do amasso... Pois o prazer da carne é isso, meu filho: fricção. Fricção de corpos tenros. Como o seu e o de Eva. Vai esperar até que vocês dois murchem para fazer alguma coisa?

Jane levantou-se e foi até o relógio cuco. Acertou os ponteiros e alinhou-o pacientemente com um pequeno risco feito a lápis na parede; manobra necessária para que o pêndulo oscilasse em harmonia com o tempo finito dos vivos.

— Não espere mais, filho. Não espere que murchem, nem suas carnes, nem seus sonhos.

Alec pensou que gostaria muito de passar o resto do dia conversando com Tia Jane sobre Eva, mas não tinha mais tempo. O sujeito da cicatriz esperava para furar seus olhos com uma caneta... Não sem antes fazer algo pior com Maureen.

— Não vou esperar mais — disse Alec. — Você tem razão. Mas, tia Jane, não foi por causa desse assunto que vim até aqui.

— Sei disso.

Alec viu os olhos miúdos e azuis brilharem. Jane continuou:

— Veio aqui por causa da história de Eva desconfiar que a Yume possa ser responsável pelos crimes, certo? Estão bancando os detetives, vocês dois. Sabe, filho, depois do que li sobre aquela morte esquisita do reitor Hélios, passei a meditar mais sobre o assunto. Comecei a ficar com medo por vocês.

Alec teve certeza de que tinha procurado a pessoa certa.

— As coisas já foram longe demais, Tia Jane. Não dá para parar agora.

— Entendo. Se é assim, meu querido, me diga em que posso ajudar.

— A senhora é diretora deste museu há quanto tempo?

— Desde antes de você nascer.

— Eu queria saber como funciona o sistema de segurança. Se for como estou pensando, a senhora acha que pode me conseguir as chaves? Vou precisar vir aqui hoje à noite.

— Deve ter um bom motivo para me pedir isso.

— Um ótimo motivo. Que tal pegar o assassino do reitor Hélios e de Anna e, provavelmente, o safado que levou Joachim?

• IV •

TULE AGUARDAVA em pé na porta, esperando o convite de Eva para entrar.

— Sinto incomodá-la, filha, mas percebi que desde que tivemos de retornar a Kumo depois daquela viagem horrível, você tem andado mal-humorada. Há algo em que possa ajudar?

Eva esticou a mão para o yogue e o conduziu até uma cadeira, fechando a porta atrás de si.

— Agradeço a preocupação, Tule. Está tudo bem. Só um pouco frustrada por não ter conseguido chegar a Pequim.

— Lee me disse que um amigo seu do Brasil estava aqui na China, e que tinham programado se encontrarem em Pequim... Uma pena! Amizades não deveriam depender de pontes que não conseguem suportar tempestades.

— Aquela droga de ponte! Foi muita coincidência ela ter caído justo quando resolvi ir para a capital.

Eva sentou-se na cama e continuou, incentivada pelo silêncio de Tule que balançava a cabeça como que afirmando sua consternação:

— Sabe, Tule, é muito difícil estar tão longe de casa, no meio de pessoas estranhas, sem ter alguém para abrir o coração. Às vezes, é bom poder simplesmente sentar e desabafar.

— Conheço bem essa sensação, filha. Apesar de estar na China há quase meio século, sou tibetano. Os dois povos não morrem muito de amores um pelo outro. Preciso estar sempre alerta, escolhendo as palavras, e, tão importante quanto, escolher as pessoas com quem falo.

Eva aproximou-se de Tule e perguntou, ajeitando os cabelos atrás da orelha:

— O que acha de Lee?

Tule desviou o olhar antes de responder.

— Conheço o rapaz há muito pouco tempo. Diria que é um profissional responsável e competente.

— Estou falando do caráter.

Tule ainda manteve os olhos abaixados.

— É difícil falar sobre o caráter das pessoas, filha. Nesta nossa época, quase ninguém se abre de fato. Todos nós guardamos um par de assuntos interessantes no bolso da frente, três ou quatro piadas no bolso de trás, meia dúzia de nomes de personalidades no bolso do paletó e, assim, saímos todos os dias para os nossos relacionamentos: com os bolsos cheios de mesmice e lixo. São bolsos rasos, como os relacionamentos que pretendemos construir com eles. Difícil julgar alguém com esse tipo de material, não acha?

Eva levantou-se e caminhou pelo quarto.

— Engraçado... — disse, depois de algum tempo em silêncio — normalmente não é fácil identificar o caráter das pessoas, mas aqui no V11... Parece ainda mais difícil...

— Sei o que está sentindo, filha. Nós costumamos viver fantasias complexas, criadas pelos inúmeros personagens que interpretamos e, quase sempre, não as distinguimos da simplicidade de que se constituem nossas verdades. Com isso, arranjamos muito sofrimento. Mas penso que tem razão quando fala das características do V11. Aqui nunca temos dia nem noite, nem brisa, nem calor. Aqui tudo parece irreal. Nada parece o que realmente é.

— Também acha isso?

— Sim. Mas preciso do dinheiro que me pagam. Há muita gente que depende dele.

— Entendo.

— Agora vou-me embora. Deixarei você descansar. Quanto a Lee, recorra a seus sonhos para responder às suas perguntas. Nas práticas yogues, quando o assunto é desmascarar uma mentira, costumamos atravessar um espelho no sonho.

Tule saiu deixando Eva com os seus pensamentos. Ele não dissera de forma direta que não confiava em Lee, mas fora incapaz de olhar nos seus olhos ao responder à pergunta.

Trocou-se e foi para a cama, acompanhada por uma incômoda sensação provocada pelas palavras de Tule.

Aqui tudo parece irreal. Nada parece o que realmente é.

• V •

O 375 MAGNUM PRODUZIA um calombo na jaqueta de Alec. A cada minuto, enfiava a mão no bolso para tocar a arma e ter certeza de que não a tinha esquecido. Agia como seus clientes com transtorno obsessivo-compulsivo. Desde que havia se metido naquilo, já se identificara com quase todos os comportamentos absurdos que costumava tratar no consultório. Conferiu o relógio. Alguma coisa não tinha saído como planejado. O sujeito da cicatriz já deveria estar no museu.

Parou em frente à tela pintada por um dos pacientes de Jung. A gravura mostrava o apanhador de sonhos e, agarrada nas suas redes, uma boca parecia gritar tentando acordar de um pesadelo.

A voz em suas costas fez com que os pelos da nuca ganhassem vida e se esticassem:

— O cara que pintou esse troço devia estar mais doido que o doutor aí.

Alec virou-se e encarou o homem parado na soleira da porta. A mão direita atrás do corpo parecia esconder uma arma, enquanto a outra coçava a cicatriz.

— Mais doido que eu? — perguntou Alec, controlando o impulso de verificar mais uma vez o 375 Magnum no bolso.

— E não? O doutor podia apenas deixar o nosso *equipamentozinho* em qualquer banco de praça, que eu pegaria. Para que se arriscar num encontro?

— Tenho meus motivos. Está atrasado. Pensei que não viesse.

— Sou um cara precavido. Fui conferir se o sistema de segurança foi mesmo desligado.

Alec controlava a voz. *Tinha* que parecer calmo, mas sentia o coração escalar sua garganta, pronto para lhe estourar os dentes e pular da boca.

— Então, viu que eu cumpri com o acordo. Todos os alarmes desligados.

— O doutor não vai ficar chateado se não acreditei na sua palavra, certo? Nossos encontros até agora não foram exemplos de sinceridade. Mas, me diga, que motivo é esse para arriscar a pele num encontro?

— Quero ter certeza de que, depois que lhe entregar o aparelho, eu e minha amiga nunca mais teremos a surpresa desagradável de acordar de madrugada com você fazendo cosquinhas no nosso pé. Nada me garante que, depois de encerrada a transação, você vai desaparecer. Por isso, estou aqui.

Alec não gostou do riso alto que ecoou pela sala. O homem parou de rir e perguntou:

— E aí teve a ideia de marcar este encontro para me fazer prometer que sumiria?

Alec ficou em silêncio.

— Eu prometo, doutor! Pela alma de minha mãezinha. — O homem tornou a gargalhar. — Eu prometo! Agora, pode me dar a merda daquele *negócio*.

Alec teve que segurar novamente o impulso de levar a mão ao bolso e agarrar a coronha da arma. Da próxima vez, duvidava que conseguisse.

— Já vou dar o que quer. Mas você também não vai ficar chateado se eu não acreditar na sua palavra, certo?

— Não existe outra garantia, doutor. Vai ter de ficar com ela.

Naquele momento, Alec esperava que o sistema de segurança já tivesse sido religado, com exceção dos alarmes sonoros. Calculava que Maureen a esta altura já tivesse saído do esconderijo, reativado os alarmes e saído o mais rápido possível do museu. As câmeras deveriam estar filmando. O pequeno gravador no seu bolso garantia a Alec que a conversa ficaria registrada. E o mais importante: Jane havia dito que, assim que os sensores de movimento fossem acionados, a polícia estaria no local em quinze minutos. Era o tempo que tinha para arrancar uma confissão do sujeito. Qualquer frase que o vinculasse à morte de Anna ou de Hélios.

Chegara a hora do blefe. Alec tomou fôlego e desafiou:

— Acho que não. Só sua palavra não me deixaria dormir tranquilo. Mas tem outra coisa que pode garantir o nosso acordo.

— Outra coisa?

— Um vídeo.

— O que está dizendo?

— Estou dizendo que sei o motivo do seu interesse por aquele *aparelhozinho*. Foi aquilo que provocou a morte do reitor Hélios.

— O doutor também é detetive?

— Uma mania de infância. Mas diga, estou certo, não estou?

— Não sei do que está falando. Aquilo foi emprestado para o velho, que fez a grosseria de morrer sem devolver. Só isso.

— E para que serve?

— Não sei. Isso não é problema meu.

— Não é o que o vídeo mostra.

— Que droga de vídeo é esse?

— Você foi filmado no dia em que Hélios levou o tiro e caiu nos trilhos. Você estava lá para garantir, caso não aparecesse nenhum policial, que o reitor iria dali direto para o túmulo. Você mesmo iria atirar em Hélios para *salvar* a mulher. O herói anônimo do metrô... Mas nem foi preciso, certo? O policial apareceu e resolveu tudo. Mas você estava lá também para recuperar o aparelho. Não iria arriscar que Hélios morresse com o *negócio* no bolso e a policia o encontrasse, não é mesmo? Um amigo no metrô me deixou fazer cópia dos vídeos.

Alec percebeu, pelo leve movimento da cicatriz do homem, que o blefe estava dando resultado. Tinha pensado muito na possibilidade daquela cena ter realmente acontecido. Chegara à conclusão de que a probabilidade era bem grande. O risco valia a pena.

O homem pensou por alguns segundos e desafiou:

— E daí? O que há de mal em se esperar um trem?

— Mal nenhum, se não fosse muita coincidência você também ter sido filmado no escritório do reitor no dia seguinte, fuçando nas coisas dele.

— Não tinha câmeras naquela sala.

— Tinha, sim. A secretária me disse que a Universidade estava sofrendo com vandalismo de alguns estudantes. O reitor tinha instalado câmeras ocultas para pegar a garotada.

— Bobagem.

— Vou lhe entregar o aparelho e, com ele, a cópia dos dois vídeos. Verá se é bobagem ou não. Com isso, espero nunca mais cruzar com sua cara de novo, ou as provas vão parar na polícia.

O homem tornou a rir. Alec sentiu os pelos do seu corpo ficarem duros como agulhas.

— E daí se me filmaram? Se o policial não tivesse acertado aquele panaca, eu mesmo faria o idiota voar da plataforma. Ainda tive de me arriscar para tentar achar o aparelho, mas o desgraçado tinha que ter deixado a coisa no escritório. Só consegui sujar as mãos no sangue daquele merda. Vou dizer uma coisa para o doutor: com vídeo ou sem vídeo, o que você vai ter, no final, será a minha palavra de que não voltarei para acabar com a sua raça.

— Se a polícia tiver cópia...

— O doutor acha mesmo que eles vão bater na minha porta e eu estarei lá esperando? Aliás, que porta? O mundo é grande, e eu não moro em lugar nenhum. Agora, chega! — gritou o homem. — E antes que essa sua mania de ser detetive cause algum problema, me dê logo a droga daquele negócio!

Alec tinha gravado aquela confissão. Pelos seus cálculos, a polícia estaria lá fora em alguns minutos. Só precisava segurar aquele sujeito ali até que a ajuda chegasse. Enfiou a mão no bolso da jaqueta e puxou a arma.

— Fique parado aí ou abro uma cicatriz bem maior na outra narina!

A reação do homem foi inesperada. Se antes a gargalhada fora incômoda, agora era totalmente despropositada.

— Será que o doutor consegue me acertar nessa distância? Duvido muito! Pelo jeito que segura o revólver, acho que nunca atirou.

— Se fosse você, não pagaria para ver.

— E vai fazer o quê? Vai vir até aqui para me amarrar?

— A polícia deve estar lá fora. O sistema de alarme foi religado.

— Foi mesmo, é?

Alec não gostou daquela pergunta. O homem continuou:

— Ah! Quanta falta de educação! Me esqueci de chamar uma velha amiga para nossa conversinha.

O homem saiu debaixo da porta. A mão direita, até então escondida atrás das suas costas, puxou uma corda. Antes que Alec pudesse reagir, Maureen, com os punhos amarrados e segurando uma granada com a boca, estava entre ele e o assassino.

• VI •

"Magnata do entretenimento doa todas as suas ações e decide abraçar caminho espiritual"

A nota no site da Reuters era algo que Eva esperaria ver numa manchete antiga, estampada nos jornais durante a revolução hippie, com gurus da contracultura gritando, depois de uma dose de LSD, que o capitalismo é uma ilusão. Aquilo não era um acontecimento sobre o qual se imaginaria ler no século 21.

Eva clicou no link para ler os detalhes da notícia:

"Igneas Troll, chairman e fundador das Indústrias Troll, surpreendeu todo o conselho da empresa ao anunciar numa coletiva de imprensa que venderá todas as suas ações e pedirá dispensa do cargo. A decisão é irrevogá-

vel. O motivo seria uma suposta busca espiritual. A consequência imediata foi a queda do valor das ações da Troll. Já se especula a compra da companhia por sua única rival: a poderosa chinesa Yume."

Eva desligou o computador. De alguma maneira, o chairman da Troll tivera contato com um protótipo do *DreamGame*. Não teria sido difícil fazê-lo experimentar um pouco daquele veneno se o dispositivo, conseguido como resultado de uma falsa operação de espionagem industrial, fosse lhe apresentado como a *ideia de um bilhão de dólares*.

Fácil se estrepar quando se corre atrás de sonhos de riqueza, Mr. Troll. Espero que o meu antídoto proteja sonhadores imprudentes como você. Se antes considerávamos a Loucura Coletiva um vírus, agora chegou a vez do contágio íntimo e solitário pelo sonho.

• VII •

MAUREEN FOI PUXADA pelo homem com tanta violência que, mesmo segurando a granada com a boca, conseguiu emitir um grunhido de dor.

— Abaixe a arma, doutor, ou a vadia morre agora! — gritou Ivan, sacando um punhal e encostando a ponta no pescoço de Maureen. — Nem preciso dizer que não tem alarme nenhum. E pode esquecer a cavalaria.

A coisa toda tinha dado errado. Alec subestimara o oponente. O sistema de segurança continuava desligado. A polícia não estava lá fora.

Havia ainda uma última chance de escapar daquela armadilha.

— Calma. — disse, sem abaixar a mira. — Ainda não tem o aparelho. Vamos tentar achar uma saída para isso.

— Acabou, doutor. Ou me entrega a porcaria daquele fazedor de malucos exatamente agora, ou os dois já eram. Furo o pescocinho dela e, antes que me acerte com esse canhão, já vou ter enterrado o punhal no seu peito.

Alec não tinha dúvidas de que, se entregasse o *DreamGame*, ele e Maureen seriam mortos. E se recusasse, o sujeito cumpriria a promessa.

— Como é que vai ser? Quer um incentivo? No *três* a moça morre, no *quatro* é a sua vez.

Tinha de pensar rápido, mas o raciocínio falhava.

— Um.

Arriscaria o tiro? Impossível. O filho da mãe tinha razão, mal sabia segurar a arma.

— Dois.

Ganharia mais alguns segundos entregando o *DreamGame* e rezaria por um milagre?

— Três.

Antes que Alec pudesse gritar, decidido a entregar o aparelho, uma voz atrás de Ivan ordenou, num sotaque estrangeiro:

— Jogue o punhal no chão! Se tentar nem que seja piscar, eu explodo a sua cabeça!

Alec viu o cano de um revólver na nuca de seu oponente.

— Não vou falar de novo — repetiu o desconhecido.

O assassino atirou a lâmina no chão e soltou Maureen. De trás dele, o senhor de pele escura e feições indianas surgiu, segurando uma pistola.

— Essa foi por pouco, doutor Alec! — disse, com um acento carregado. — Nem faz ideia de quanto passou perto da morte. Acho que compensei o transtorno lá do cemitério. Agora venha até aqui e me ajude a amarrar este senhor.

Alec ajudou Maureen a se soltar. Não era *expert* em armas, mas viu que a granada era falsa. Usou a corda para prender o homem. Conferiu as amarras, e só então dirigiu-se ao indiano:

— Obrigado, senhor...

— Jhothi.

— Acho que brinquei com o cara errado... Mas o senhor não fica atrás. As duas vezes em que nos encontramos, quase morri.

— Intencionava salvar a sua vida e da sua amiga.

— Eva.

— Foi ela quem me avisou para procurá-lo.

— Como me encontrou? Ninguém sabia onde eu estava?

Jhothi virou a cabeça para trás e gritou:

— Pode vir, menino! Não tem mais perigo.

Zed entrou na sala, com a cabeleira vermelha, sem conseguir esconder o sorriso de satisfação.

— Oi, *chefe*! Foi difícil encontrar o senhor!

— Zed?

— Não achou que ia me enganar com aquele papo de tirar férias, né? Desde que conheço você, nunca vi faltar numa consulta. E a história dos *Nove Desconhecidos*... Nem pelo cacete que era só coincidência. Eu é que não ia ficar fora dessa.

— Mas como me achou aqui, Zed? E como o senhor Jhothi encontrou você?

— Vou contar, vou contar. Mas, *chefe*, da próxima vez que eu deitar naquele seu divã e você vier com papo de que sociedades secretas não existem, vou pedir pro papai suspender o cheque.

• VIII •

ADHYA CAMINHOU até o outro lado da mesa, parou atrás da cadeira e enlaçou o pescoço de Kurt.

— Isso é um sim? — perguntou Kurt, girando a cabeça para cima e encarando Adhya. — Então, acha que tem lugar na diretoria da Yume para um cara como eu?

— Você é ambicioso demais. Quer um lugar na diretoria da empresa ou um lugar na minha cama? — provocou, sussurrando no ouvido de Kurt, que se levantou e agarrou-a pela cintura.

-Uma coisa sem a outra parece que não combina. Você e a Yume são o grande prêmio!

— Essas duas coisas têm preço alto, querido. Alto mesmo.

Kurt tirou um pendrive do bolso e balançou-o em frente ao rosto de Adhya.

— Aqui tem parte do pagamento.

Adhya desvencilhou-se de Kurt. Seus lábios se afinaram numa linha quase reta. Voltara ao V11 com a missão de terminar o projeto e, quando falava em *preço alto*, era em sua vida que pensava.

— O que é isso?

— O veneno de Eva.

Adhya levou a mão para pegar o dispositivo. Kurt escondeu-o atrás das costas.

— Não vai se esquecer desse pequeno favor, certo? Se prometer o primeiro pagamento para hoje à noite, o que está aqui dentro será seu.

Adhya voltou a sorrir.

— Querido, ninguém mais que eu gostaria de tirar estas roupas e passar a noite experimentando o *jeito* alemão... Mas vamos ter que acalmar nosso apetite. E confesso que já venho fazendo isso há tempos, *meu* Kurt. Duas ou três noites e entrego os relatórios, minha carreira depende deles, e tenho certeza de que você entende. Depois, independentemente do que tenha aí dentro desse pendrive, vou lhe dar algo do qual nunca vai se esquecer.

— Claro que entendo. E não vai se decepcionar — disse Kurt, entregando o pendrive à Adhya. — Um modelo de ondas cerebrais, é o que tem aí dentro. Se implantado nos *DreamGames*, vai fazer com que uma espécie de anjo da guarda proteja os jogadores. Eva está louca. Ela me procurou para pedir ajuda. Acredita que esses jogos contêm um tipo de lavagem cerebral e está disposta a arruinar o projeto.

— Arruinar o projeto... — repetiu Adhya, enquanto batia com o pendrive no nó do dedo.

Kurt voltou a enlaçar a cintura de Adhya.

— Eva quer que eu desenvolva o software que permita a implantação do modelo que desenvolveu nos *DreamGames*. Acho que a *doutora Sonhos Lúcidos* não faz ideia de quantos milhões de dólares estão envolvidos neste negócio.

— Pode ter certeza que não, Kurt querido. Pode ter certeza que não. Fez muito bem em vir falar comigo. A Yume acaba de ganhar um primoroso executivo.

— E você ganhou um homem de verdade.

— Isso nós vamos ver daqui a duas noites, amor — sorriu Adhya. — Agora, preciso verificar este tal veneno. Um anjo... Um *avatar da guarda*...

Tão logo Kurt saiu, o sorriso de Adhya se apagou. A Yume decidira pelo início da comercialização dos programas mais simples. Precisava terminar a versão final em poucos dias. Eva deveria ter descoberto algo importante. Se dentro daquele pendrive estivesse a localização da zona Libet, ela iria descobrir. Dois ou três dias para decodificar o modelo e daria o que os Assuras tanto queriam. Poderia voltar a dormir sem o peso da espada sobre sua cabeça. E depois, chegaria o momento de se livrar de Eva. As habilidades de Joachim seriam suficientes para completar a última fase do projeto. Os riscos não mais compensavam os benefícios. Faria isso. Se livraria de todos eles.

Kurt, afinal, teria a noite dos seus sonhos.

• IX •

— Beba! — ofereceu Alec, preocupado com Maureen. — Beba essa água e já vai melhorar.

Maureen não disse nada. As contrações involuntárias dos músculos faziam com que seus dentes se chocassem uns contra os outros, tornando ainda mais inquietante a face lívida e as pupilas dilatadas.

— O susto foi demais para ela — disse Alec, depois de se certificar que Maureen não entraria em choque. — A polícia está demorando... — constatou, virando-se para Jhothi.

O indiano vigiava Ivan com a arma.

— Não chamamos a polícia. A senhora Jane vai fazer isso. Apelei para a confiança da boa mulher, que atendeu depois de muito protesto. Eu preciso de alguns minutos antes de trazer as autoridades aqui.

Alec tomou ele mesmo um copo de água. Se pudesse ver o próprio rosto no espelho, não se acharia em estado muito melhor que Maureen. Encheu novamente o copo e perguntou:

— Deve ter um bom motivo para isso, não? Desconfio que sei qual é.

— O aparelho — antecipou Jhothi. — Não podemos entregá-lo à polícia. Eles não saberão o que fazer com ele.

— É verdade, *chefe* — concordou Zed, que também vigiava Ivan segurando uma bengala, parte do acervo do museu. — O *seu* Jhothi e a organização dele vão dar um jeito nesse negócio.

— Depois que isso terminar — disse Alec — quero ter uma boa conversa com você, Zed. — E voltando-se para o indiano, perguntou:

— Que organização é essa, senhor Jhothi? E por que as autoridades não vão saber lidar com o aparelho?

— Trabalho para o serviço secreto da Índia. Estamos há alguns anos investigando a Yume. Recebemos informações de que atividades recentes do grupo representariam risco para as nossas fronteiras. Só agora viemos saber que a questão era de segurança global. Meus líderes não precisarão de muita explicação para agir depois de se convencerem de que o aparelho faz parte desse complô. E tempo, neste caso, é essencial. Sabemos como desestruturar rapidamente o plano da Yume.

— Conta outra, *seu* Jhothi! — Zed interrompeu. — Serviço secreto que nada. Eles nem devem estar sabendo disso. Trabalha é para os *Nove Desconhecidos*, né? Fala a verdade!

Alec pediu a Zed que ficasse em silêncio levando o indicador aos lábios.

— Já ouviu falar nos *Nove Desconhecidos*, senhor Jhothi? — perguntou.

— Nunca. Não sei do que se trata.

— Pode confiar na gente, *seu* Jhothi — tornou a interferir Zed.

— O tempo está correndo — alertou o indiano. — Daqui a pouco a polícia estará aqui. Tome logo a sua decisão, senhor Alec. Não está acreditando agora em histórias conspiratórias, está? Ainda há muita gente em perigo. Sua amiga é uma delas.

Alec não precisava simplesmente acreditar, era exatamente uma história conspiratória o que estava vivendo. Intuía que Jhothi tinha razão. O tempo tinha se tornado um elemento essencial.

— Está certo — decidiu. — Vou lhe entregar o aparelho. Mas com uma condição.

— E qual é?

— Vamos amanhã mesmo para a China. Quero acompanhar o desenrolar dessa confusão. Vamos até lá e tirar Eva das mãos da Yume.

Alec percebeu que sua proposta não tinha agradado o indiano. Mas era isso ou nada.

— Encontre-se comigo no aeroporto para o primeiro voo. E não esqueça o aparelho — disse Jhothi. Entregou o revólver a Alec e desapareceu.

Maureen tinha se recuperado, mas permanecia calada. Alec pediu a Zed que levasse mais água para a garota.

— Agora me conte, Zed. Como me encontrou aqui.

Zed encheu o peito. Era o momento que esperava.

— Fiquei de olho no seu consultório, *chefe*. Chegava da aula e ia para lá. Eu e o meu *tablet*. Depois daquela história dos *Nove Desconhecidos*, as coisas que aconteceram com a *dona* Eva, o tiro que levou lá no cemitério... Ninguém ia me dizer que não *tava* acontecendo nada... *Tava* na cara que você tinha se metido em alguma encrenca. Até que vi o *seu* Jhothi. Ele foi pedir informação para a sua secretária. Entrei junto.

— E então o levou até a tia Jane — interrompeu Alec. — Foi perigoso, Zed. Poderia ter sido outro homem, um bandido que estivesse procurando por mim no consultório.

Zed deu um sorriso misterioso.

— Sabe, chefe. Eu é que não ia ficar discutindo aqui com o *seu* Jhothi. Ainda mais na frente desse merda aí... — disse apontando com a bengala para Ivan.

— Olha o palavrão, Zed.

— Desculpa, *chefe*. Mas só resolvi que o *agente secreto do governo indiano* aqui podia ajudar você e *dona* Eva depois que vi a tatuagem no braço dele. Um montão de letras esquisitas. Perguntei o que significava aquilo e sabe o que o *seu* Jhothi disse?

— Não faço a mínima ideia, Zed.

— Ashoka. Lembra? O *seu* Eliphas contou. O tal imperador que criou os *Nove Desconhecidos*.

O som das sirenes se misturaram às luzes vermelhas e amarelas dos carros de polícia, que entravam pelas janelas e refletiam nos quadros e peças do museu. Pouco depois a tia Jane entrou na sala, com a expressão no rosto que declarava sua intenção: se todos ali fossem um pouco mais jovens, ela não hesitaria em usar das boas e velhas chineladas.

Capítulo dezesseis

• I •

Eva releleu novamente a notícia no site da Reuters:

"Incrível jogo das indústrias Yume chegará ao mercado em trinta dias. Sonhos são o palco para qualquer aventura!"

Abaixo do título, a matéria informava que pedidos e reservas para o lançamento do *DreamGame* tinham passado dos 10 milhões só no primeiro dia. Por enquanto, apenas a América do Norte e a Europa receberiam as unidades, por limitações de produção, já que nem a Yume, segundo sua assessoria de imprensa, esperava números tão expressivos de vendas.

O resto da notícia trazia as fantásticas possibilidades de se permanecer lúcido enquanto se está sonhando, e participar de guerras interplanetárias, combates vikings, corridas enlouquecidas, como se estivesse, de fato, vivenciando com o seu corpo real. Era o fim da tecnologia 3D para os games. Quem se contentaria em brincar com bonecos virtuais quando poderia realmente viver a aventura?

A Yume prometia equipar mais fábricas da empresa para produzir os *DreamGames*, desenvolvidos sob completo sigilo. A projeção era que, em 12 meses, mais de um bilhão de unidades estivessem no mercado.

Adhya não tinha comentado nada sobre o lançamento. Mesmo tendo ouvido a conversa na noite do duplo assassinato, Eva não julgava que pudessem lançar o *DreamGame* sem a certeza de que o dispositivo não falharia. Aquilo mudava as coisas. Mudava para pior.

Talvez a Yume tivesse encontrado a maneira de produzir estímulos condicionantes eficazes, que fariam a mãe lançar-se contra o próprio filho. Ou talvez alguma outra coisa tivesse acontecido que obrigasse a antecipação do lançamento. Mas, o quê?

Tinham de terminar o antídoto. Mais um dia. E então, mesmo se o software não estivesse pronto, daria um jeito de voltar ao segundo piso. Encontrar Joachim e sair dali seria a sua prioridade.

Eva interfonou para a sala de modelagem matemática. Iria falar com Kurt agora mesmo. Ele vinha colocando uma série de problemas para desenvolver o software, e o tempo tinha terminado. Mas antes que Kurt pudesse atendê-la, o aviso convocando para uma reunião extraordinária com Adhya soou através do sistema de som do laboratório.

• II •

Com as cadeiras de La Gorda e Suzy vazias, a mesa oval da sala de reuniões parecia uma boca desdentada. Sorriso banguela e zombador, comparou Eva. E ela sabia que todos os outros dentes seriam, um a um, dolorosamente arrancados.

— Alguém foi informado sobre o motivo desta reunião extraordinária? — perguntou Guus. — São quase onze horas da noite e ainda não chapei o meu *digestivo* noturno.

— Parece que Adhya tem um comunicado importante — respondeu Eva.

— Meu contrato não cobre horas extras. Sabe do que se trata?

— Sei tanto quanto vocês.

— O mistério vai acabar — cortou Nik, fazendo um sinal com a cabeça em direção à entrada.

Adhya tinha chegado e dava instruções para o segurança parado à porta. Outro homem esperava ao lado, segurando uma caixa e garrafas de champanhe.

— Aqui está minha equipe campeã! — saudou Adhya, ocupando o lugar à cabeceira da mesa.

O lugar do canino — pensou Eva.

— Hoje, vamos brindar ao fim da última etapa do nosso projeto!

— Não sabia que a gente tinha progredido tanto — cochichou Guus para Eva.

— Depois de anos de pesquisa e desenvolvimento — continuou Adhya — e depois do sucesso do lançamento do modelo Beta, mais uma ou duas semanas já teremos condições de apresentar ao conselho a versão definitiva do *DreamGame*.

— Não é um pouco precipitado? — interrompeu Eva. — Ainda há lacunas importantes na manutenção da lucidez no sonho. A sensação de realidade do jogador poderá ficar comprometida se não garantirmos que ele estará sonhando consciente em todo o jogo.

— Não disse que vamos começar a vender o *DreamGame* amanhã. Mas pela evolução que percebemos no projeto, tenho certeza, em um mês estaremos prontos para lançar o jogo em sua versão final. Além disso, os resultados que conseguimos são bastante animadores. Eu mesma joguei o onirogame noite passada. Posso garantir a vocês que ninguém neste planeta sentiu ou viveu algo semelhante! Será o produto do século! Vamos faturar milhões. Todos aqui terão um bônus milionário. Verão o quanto a Yume é agradecida aos seus colaboradores.

— Experimentou o jogo?

— Claro, Eva! E quer saber? Trouxe aqui alguns protótipos para vocês! A experiência me ensinou que a melhor maneira de avançar com o desenvolvimento de qualquer produto é utilizando-o. A partir de hoje, quero que usem o *DreamGame*. Usem e registrem tudo. Poderão se divertir nos jogos, mas gostaria que pensassem nessa experiência como um teste de mercado.

Eva mordeu o canto da boca. Aquele discurso lhe pareceu suspeito. Acompanhou o champanhe ser estourado, a caixa ser aberta. Brindaram.

Adhya distribuiu os aparelhos. A desconfiança aumentou quando viu que todos ganharam seu *DreamGame*, menos Lee.

Talvez Kurt já tivesse inserido o antídoto no software do jogo. Olhou para ele e levantou discretamente as sobrancelhas. Kurt retribuiu com uma piscadela.

Se o programa já estivesse infectado, seria uma boa hora para testar a teoria com a qual tinha elaborado o antídoto. Sabia dos riscos, mas talvez não houvesse outra chance de corrigir eventuais falhas. Era a primeira vez que segurava o aparelho em suas mãos. Difícil imaginar a tecnologia contida naquele visor. Tecnologia que a faria acordar em seus sonhos, apresentaria um jogo e suas fases e lhe permitiria divertir-se como se estivesse num computador, ou melhor, num parque de diversões de verdade. Tudo isso enquanto implantariam na mente do jogador impulsos subliminares de suicídio, de destruição da identidade pessoal, de imposição de crenças, comportamentos, gostos.

Não havia alternativas, teria de usar o dispositivo. Naquela noite entraria no mundo onírico, conheceria os mecanismos do jogo, testaria seu veneno. E contaria com a sorte. Sobretudo, contaria com *Isto*.

• III •

Eva tomou um banho demorado e deitou-se com os cabelos encharcados. Gostava da sensação do molhado na nuca. Repassou a conversa de Adhya.

Se a Yume iria lançar a versão final dos jogos, ou os avanços na tecnologia tinham sido ocultados, ou algo tinha dado errado.

O que está acontecendo? Acho que não vão lançar nada, não. E se Adhya quer que usemos os DreamGames, deve estar pensando em se livrar de todos. Alguma coisa deu errada.

Ajustou o aparelho ao rosto e o ligou, pronta para verificar se o antídoto funcionaria. Na manhã seguinte, contaria tudo o que sabia para o resto da equipe. Não havia mais tempo para ponderar sobre quem seria amigo ou inimigo. Se Adhya queria eliminá-los, precisaria de todos eles para conseguir encontrar seu filho e sair dali.

Capítulo dezessete

• I •

Vinte e um anos e ainda virgem!

Desço as escadas repetindo a frase como um mantra, uma ladainha que me empurra degraus abaixo. O coração acelerado e a respiração curta traz sensações desconfortáveis ao peito. Se não me controlar, sinto que posso acordar.

Vinte e um anos e tão virgem quanto um feto!

Antes de descer as escadas, pintei-me com batom vermelho. Conferi o resultado em frente ao espelho, gostei. A cera aveludada destacou não só o contorno da boca, mas, sobretudo, os pequenos sulcos dos lábios, salientados pelo volume e pela cor. A face está levemente maquiada, como se nela fossem usados cosméticos de brinquedo, especiais para peles de criança. Os braços e as pernas nus deixam escapar o perfume do banho.

Vinte e um anos, quase com o diploma nas mãos, e ainda virgem!

O vestido também é vermelho. Foi comprado às escondidas. Mas não um vermelho vivo. Quase rosa. Vermelho tímido, revelando a inexperiência da minha sexualidade. Desço os degraus. Puxo a saia mais para baixo, tento cobrir um pouco das pernas. Estico o tecido, que volta sempre ao seu lugar, encolhe, cumprindo a função de expor a pele.

Vinte e um anos... A senhora vai me desculpar, mamãe!

Tive alguns namorados. Se precisasse confessar qual a característica comum a todos eles, diria ser a vontade de transar. O romance terminava poucas semanas depois da minha primeira recusa. Eu não *podia* ter a minha primeira noite com qualquer um! Esperava pelo grande amor. Ou talvez preferisse me enganar com essas miragens de príncipes encantados a ter de aceitar que foi mamãe, com seu discurso de pecados e inferno, que conseguira fechar minhas pernas, até então.

Ah! *Até então*! Agora, havia Alec. Se me perguntassem qual a diferença de Alec para os outros, acho que teria dificuldade em responder. Como explicar que Alec me parece mais... mais... *sólido*? Mamãe ficaria horrorizada com essa definição, mas não há nenhuma conotação sexual. *Completo*, ela poderia tentar me corrigir, e não seria a palavra correta. *Sólido*, assim é como percebo Alec.

Vai ser com ele que vou ter a minha primeira noite, querendo você ou não, mamãe! Além do que, perto dele, simplesmente não consigo resistir.

Os minutos aceleravam enquanto eu ainda aguardava no meu quarto a coragem para descer as escadas. Com meus pais na sala de TV, teria de passar por eles antes de cruzar a porta e ir me encontrar com Alec. Havia a porta da cozinha, claro, mas me esquivar por ela seria como se estivesse cometendo algum crime. Uma atitude que mancharia esta noite. E esta noite não deve ser *manchada* de maneira nenhuma! É a minha noite! Sairei pela porta da frente! Desta vez, mamãe não me fará trocar de roupa. Não vai adiantar tirar uma foto com a antiga Polaroide, nem repetir o discurso sobre mulheres e prostitutas. Não vai conseguir fazer me sentir ridícula. Não desta vez...

Como papai e mamãe continuam guardando a saída da casa, procuro coragem para encarar os velhos, desço as escadas, e aqui estou eu, bem na frente deles.

Anna também está na sala. É a primeira a comentar:

— Uau, irmãzinha! Que produção! Você está demais!

Olho para mamãe. Ela olha para minhas pernas. Não tenho nem tempo de agradecer ao elogio de Anna.

— Onde pretende ir vestida assim, menina? Pintada como um palhaço!

Inspiro bem fundo. Não quero entrar nesse tipo de discussão.

— Vou encontrar com Alec, mamãe.

— Alec... Alec... Ah! Seu *novo* namoradinho, certo?

— É sim — respondo, querendo acrescentar que não tive tantos *namoradinhos* assim.

— E será que o senhor Alec vai gostar de uma esposa que se veste deixando metade do corpo de fora? É assim que ele irá apresentar a futura mãe dos seus filhos aos amigos, e aos próprios pais?

— Mamãe! Estamos só namorando! Ainda não sou esposa de Alec!

— Se não pensa em casar, por que perde tempo com ele? Já lhe ensinei sobre desejos e...

— Helena, por favor — interrompe papai. — Eva vai só encontrar com o rapaz... Como nós fizemos um dia, lembra-se?

Não entendo por que as palavras de papai despertam tanta fúria em mamãe. Ela se levanta da poltrona, os lábios se retorcem, um dos olhos cai, puxado pela pressão dos músculos da face.

— Não pedi a sua opinião, Hermes! Não saí para me encontrar com você vestida assim! Muito menos pintada como uma prostituta. Não há motivos para uma mulher se apresentar dessa maneira se não quiser despertar o apetite sexual de um homem! É isso que quer, Eva? É?

Tento manter a calma. As pernas tremem. Tenho medo de que minha voz vacile. Não estou fazendo nada de errado. Não vou deixar que mamãe me obrigue a aceitar isso.

— Só quero sair com o meu namorado, mamãe.

— Pois, então, saia vestida como uma mulher decente.

— Não vou me trocar, mamãe. Não me acho uma prostituta só porque pintei os lábios. Pelo contrário, me sinto bem.

— Sente-se bem? Não me interessa como se sente! Não vai sair daqui desse jeito.

Anna tenta ajudar. Eu ainda não tinha notado, mas minha irmã se contorce na poltrona. Quer entrar no meio da discussão, mostrar à mãe que aquilo tudo é um despropósito. Uma discussão de família do século passado. Anna quer gritar para que mamãe pare, que não vê o mínimo sentido naquela conversa. Anna quer falar com todas as palavras, para que todos ali escutem, que ela mesma já tinha transado algumas vezes. E gostara muito.

Mas disse bem menos do que gostaria:

— Deixe Eva sair como bem entender, mamãe! Para as garotas da nossa idade, Eva parece uma beata mesmo vestida assim! A senhora deveria estar preocupada se estamos usando preservativos, não com o tamanho das nossas saias!

A intenção de minha irmã foi das melhores, mas o resultado não poderia ter sido pior. Mamãe vira-se para ela e grita:

— Preservativos?

Essa é uma das palavras que pairam sobre a cabeça de mamãe como nuvens que carregam tempestades. Anna arranjou sua cota de confusão. Assim que minha própria briga terminasse, seria a vez dela. Até lá, os ataques seriam para mim:

— Você está usando essa coisa, Eva?

Fico muda.

— Fiz uma pergunta, menina! Me dê aqui sua bolsa.

Recuo.

— Não pode fazer isso! — berro, mas sem resultado. Mamãe avança com as mãos estendidas.

— Você não vai me dizer o que posso ou não posso fazer na minha própria casa, garota. Me dê a bolsa!

Recuso. Ela insiste:

— Me passe logo isso! Vou pedir pela última vez, ou...

Dou um passo à frente.

— Ou o que, mamãe?

E Helena Abelar faz o inesperado. Arranca minha bolsa e a abre. Sabe onde procurar. Tira de lá uma cartela de preservativos.

Papai tenta intervir, mas é tarde. Anna está chorando.

— Então é isso! Não adiantou uma vida de dedicação, ensinando o certo e o errado. Minha filha está fazendo sexo com o namorado!

— Sua filha tem vinte e um anos! — grito.

— E há quantos anos você já perdeu a virgindade? Há quantos anos está me enganando?

— Me devolve a bolsa!

Ela abre um dos preservativos e o desenrola, pegando-o pelas pontas com as unhas.

— Olhe isto, Eva! Olhe isto! Vale a pena? Vale a pena jogar tudo fora por esta coisa nojenta?

— A senhora é doente!

O estalo seco faz sumir todos os outros sons. Helena Abelar me esbofeteia.

O rosto, ardido pelo tapa, busca nas lágrimas o refresco impossível. Viro as costas e saio para a rua.

Ando sob chuva fina. Não me importo se a maquiagem me escorre pela face. Mesmo que me lave inteira, toda a pintura do rosto desapareça, sempre me sentirei com o sorriso manchado de um palhaço. Meu sorriso, vítima de um palco de tragédias, morreu, camuflado pelas tintas da comédia.

As lembranças do resto da noite vêm aos pedaços, um filme mal editado, com cortes e cenas tremidas, que impedem a compreensão total dos acontecimentos.

Mas estou sonhando. Aqui, consigo me lembrar de tudo. Recapturo detalhes.

Lembro-me do *DreamGame*. Adhya preparou um dispositivo especial para mim. Não é um jogo, mas algo que traz à tona o momento mais difícil da minha vida.

Estou sonhando, pela primeira vez, com aquela maldita noite.

Continuo andando. Entro no bar. A bofetada e as palavras de Helena seguem-me como sombras guarda-costas.

Tomo um copo de vodca. O primeiro da rodada. O primeiro da minha vida.

Tudo acontece exatamente como naquela noite.

Tomo o segundo, o terceiro.

Então, chega o canalha do Leo Vargas, o gostosão da faculdade, o cara que já havia me cantado, o cara que levou um dos raríssimos foras da sua vida. O imundo nunca aceitou minha recusa, nem a gozação dos colegas. O babaca muito menos aceitou se ver preterido por um *nerd* como Alec.

Deste momento em diante, não me lembrava de mais nada. Mas agora, aqui, resgatada do lugar mais profundo de meu inconsciente, vejo a pílula, branca como um osso, que o desgraçado do Leo colocou no meu copo. A pílula. Posso até ver as iniciais GHB boiando na bebida. GHB, a droga do estupro. Sinto os músculos derreterem, a visão mofar e as palavras se afogarem. Saio do bar com a cabeça girando. Apago no caminho de volta.

Apenas retorno à consciência quando o carro de Leo para em frente a minha casa. Desço cambaleando. Vejo o cafajeste rindo pela janela aberta. Deito na cama com a cabeça ainda girando. O cheiro azedo no corpo me faz ir até o banheiro e ligar o chuveiro, mesmo mal conseguindo ficar de pé.

Deixo a água lavar a gosma branca que sai de dentro de meu íntimo, e escorre por minhas pernas. Minha intimidade violada, não mais virgem, que sangra e dói.

A tudo isso revivo por este maldito aparelho sonhador.

Mas continuo. Preciso continuar.

Tenho a sensação de que as coisas vão se resolver. Não posso sair deste sonho. Não agora.

O tempo se dobra. Dois meses depois, leio o resultado do exame de gravidez. Sinto a mesma vertigem daquela noite terrível que começou numa longa escadaria.

Desespero-me. Procuro o médico. Não posso ter o filho de um porco como o Leo, ainda mais do jeito que aconteceu... Não posso deixar que Alec saiba. Ele nunca me perdoaria...

Vou abortar.

Os remédios estão ao lado, no criado-mudo. Sento na cama, só de calcinha. Abro a tampa do frasco e jogo quatro comprimidos na mão. O médico tinha dito apenas um, mas não posso arriscar.

Encho o copo com água. Bebo um gole para molhar a garganta, facilitar o caminho das pílulas.

Com o segundo gole tomarei todas as quatro pílulas de uma só vez.

Olho dentro do copo.

Nadando na água, vejo uma minúscula serpente.

Isto sorri para mim.

• I •

GUUS COLOCOU o *DreamGame*, dormiu e sonhou.

E em seu sonho Guus jogou.

Havia uma trilha sinuosa, flanqueada ora por arbustos gigantescos, ora por arvorezinhas bonsais. Ou talvez — e isso passou rapidamente pela cabeça de Guus — fosse seu corpo, que ora crescia, ora encolhia. Tudo era vívido, com volume, flagrante.

Perseguia o coelho branco, que corria pelas fases do jogo:

Passou pela casa do chapeleiro tomando chá — *ponto para o jogador que conseguir beber mais xícaras do que o chapeleiro! Mas, cuidado! O chá é alucinógeno! Pode iludir, deixar o jogador preso para sempre no labirinto dos seus delírios.* Guus tomou mais chá do que o chapeleiro. *Ponto para Guus!*

Na segunda fase, encontrou o gato, que desaparecia e aparecia como miragem — *ponto para o jogador que capturar o sorriso esfumaçado do bicho e fumá-lo! Mas, cuidado! O sorriso pode se solidificar dentro de sua cabeça!* Guus agarrou o sorriso e o aspirou. *Ponto para Guus!*

A terceira fase! O jogo de *croquet* com a rainha de Copas — *ponto para o jogador que acertar mais ouriços com seu flamingo! Mas, cuidado! Se errar, a rainha vai querer sua cabeça, com sorriso, chá e tudo!* Guus pegou o flamingo e acertou a rainha! *Ponto para Guus!*

E a última fase!

A lagarta fumando narguilé, sobre um cogumelo.

Aquilo não era a mesma coisa que ler. Nem era a mesma coisa que assistir ou jogar a história. Aquilo era viver *Alice no País das Maravilhas*. Guus estava eufórico! Pulava e dançava, quando a lagarta falou:

— Agora você deve competir comigo, Guus! Vence quem terminar primeiro o narguilé. Mas, cuidado! Aqui dentro tem de tudo. Tudo mesmo! Tem *Amanita Muscari*, tem *peyote*, *divinorum*, heroína, LSD, e coisinhas e tais.

O cachimbo era diferente. Não se colocava a piteira na boca, espetava-a no braço. Estranho fumar pelas veias. Uma sensação inédita, estupenda! Podia sentir a ponta da agulha perfurando a carne, todo o seu conteúdo correndo-lhe pelo corpo, sua consciência girando numa espiral. Guus prometeu a si mesmo nunca mais se drogar de outra maneira! Só fumaria pelas suas veias. E girou. E girou.

E o narguilé acabou-se.

E Guus, em sua cama, dormiu com a seringa pendendo do braço.

• III •

QUASE ATIRO o copo para longe. A visão da minúscula serpente boiando na água me traz náuseas.

— Por que está aí dentro?

— Para salvar a sua vida! — sibila *Isto*.

Mal consigo escutar aquelas palavras, que me parecem tão miúdas quanto a própria serpente.

— Se quer salvar a minha vida, saia daí. Tenho de tomar as pílulas, completar o ciclo. Sinto que estou perto da redenção. Preciso muito desse perdão. Procuro por ele desde o dia em que tentei matar meu filho.

— Como sabe que essas pílulas libertarão você?

— Sei. Apenas sei!

— Isso é pulsão, Eva. Um impulso energético. Está implantado no seu inconsciente, obrigando-a a agir.

Os sons produzidos pela serpente parecem sumir. Tento encostar meus ouvidos na boca do copo para entender o que diz.

— Fale mais alto. Quase não posso ouvi-la.

— É por causa dessa pulsão. Está competindo comigo. Ocupamos o mesmo lugar. Por isso estou tão minúscula. Por isso, quase não pode me escutar.

Vejo que a serpente está ainda menor, e quanto maior minha vontade de engolir as pílulas, mais ela diminui.

A revelação me atinge como a bofetada de mamãe. Mas não me machuca.

Isto é ID em latim!

Isto é meu ID!

Faz todo o sentido! Como não pude atinar com o significado de *Isto* antes? Como não pude perceber desde o meu primeiro sonho que conversava com meu ID?

— Você própria bloqueou essa constatação para não deixar morrer o símbolo! — sussurrou a serpente. — Sou o seu ID, mulher! Sou a sua libido, seus instintos, seus desejos mais inconscientes, seus impulsos orgânicos. Sou a personificação dos seus prazeres. Agora você sabe!

Olho para as pílulas, para minha redenção, para uma liberdade há muito esperada. Então, olho para *Isto*, meu ID, quase desaparecendo no copo.

— Se não devo tomar as pílulas, o que tenho de fazer?

A ordem da serpente chega aos meus ouvidos como um fiapo de som:

— Beba todo esse copo! Engula-me! Tome o seu ID! Reintegre a sua psique!

• IV •

NIK COLOCOU o *DreamGame*, dormiu e sonhou.

E no seu sonho, Nik jogou.

Havia dezenas de galpões enfileirados, todos construídos de madeira, enegrecidos por fuligens cuspidas pela chaminé gigantesca no centro do campo de concentração. Talvez — e isso passou rapidamente pela cabeça de Nik — aquele lugar fosse parecido demais com um que visitara na Polônia. Auschwitz! O lugar onde seus avós foram mortos. O campo de onde seu pai escapara para ser adotado pelos Mason, na América.

A chaminé apontava para o céu como um dedo acusador. Além da fumaça, cuspia corpos apodrecidos que caíam na terra para, em seguida, se levantarem e avançarem contra Nik. Corpos com uniformes alemães! Tudo era real demais, com volume, flagrante.

Nik corria pelas ruelas do campo, passando pelas fases do jogo:

Um alojamento cheio de zumbis — *ponto para o jogador que eliminar o maior número daquelas pragas! Mas, cuidado! Os corpos se dividem e se multiplicam!* Nik descarregou sua Browning M1918 nos cadáveres e, mesmo depois de derrubar todos, continuou a atirar até transformá-los numa pasta negra. *Ponto para Nik!*

A segunda fase! Avançar até a câmara de execução para salvar condenados judeus. O lugar estava tomado por mais zumbis — *ponto para o jogador que eliminar mais daquelas pragas! Mas, cuidado! Os corpos se dividem e se multiplicam!* Nik mirou a Browning M1918 e atirou, até a mesma pasta negra escorrer pelo assoalho da câmera. *Ponto para Nik.*

E a última fase!

A chaminé! O grande prêmio está lá dentro!

Aquilo era mesmo real. Não era como assistir a vídeos sobre a guerra! Era voltar à época do exército, dos comandos, dos combates. Só que melhor. Ali não se podia morrer. Ao menos, não de verdade!

Nik correu para a chaminé. Viu um gigante guardando a entrada. E o gigante berrou:

— Agora, você deve competir comigo, Nik! Vence quem matar o outro. Mas, cuidado. Se falhamos em acabar com sua raça uma vez, não vamos errar mais!

Nik conhecia aquele homem com o uniforme nazista. Mesmo deformado como zumbi, não havia dúvidas: era Kurt. Procurou pela munição. Tinha acabado. Apertou o cabo do punhal e atacou. Iria acabar com aquele maldito, enterrar a sua lâmina nele!

E Kurt revidou.

E os punhais trocaram de corpo.

• V •

Em uma das mãos, tenho as pílulas, a libertação de uma culpa que tritura minha consciência e me deixa com os olhos pantanosos quando encaro meu filho. Na outra, tenho ID, a integração do meu aparelho psíquico, o que é o mesmo que dizer: a aceitação e a sublimação da horrível culpa.

Já não posso mais ouvir a serpente. Ela é apenas um fio boiando no copo. Em contrapartida, as quatro pílulas brilham em minhas mãos. Já não têm mais a brancura porosa dos ossos mortos, irradiam luz, como pequenas estrelas.

Não sei qual delas tomar.

Mas, espere! Por que escolher? Tenho só uma alternativa? Droga! Não preciso continuar a agir como se mamãe ainda estivesse me apontando o céu ou o inferno. Por que não ficar com a serpente e as pílulas?

Levo o copo aos lábios e engulo a serpente.

Preparo-me para jogar as pílulas na boca. Escuto a voz que vem do fundo da minha garganta:

— Acorde...

— Acorde...

• VI •

Kurt colocou o *DreamGame*, dormiu e sonhou.

E no seu sonho, Kurt jogou.

Havia dezenas de galpões enfileirados pintados com sangue e, no meio deles, o gigantesco templo. Talvez — e isso passou rapidamente pela cabeça de Kurt — aquele lugar fosse parecido demais com o Reichstag, só que muito maior. Seriam necessários milhares e milhares de litros de *tinta* para pintar uma construção daquelas, milhares e milhares de *doadores*.

Tudo era tão... *palpável*. Tudo tinha volume, flagrante.

Kurt corria pelos galpões, passando as fases do jogo:

Uma fileira de doadores esperando o fuzilamento com vendas nos olhos — *ponto para o jogador que conseguir pintar completamente o galpão com o sangue dos fuzilados! Mas, cuidado! Não deixe que lhe arranhem. Não deixe seu sangue se misturar com os deles.* Kurt apertou o gatilho da sua MG34, a tinta vermelha se espalhou e escorreu pela parede. *Ponto para Kurt!*

A segunda fase! Mais galpões, e dezenas de pintores usando tórax como baldes — *ponto para o jogador que abrir mais tórax! Mas, cuidado! Os pincéis se transformam em punhais e podem feri-lo! Não deixe seu sangue se misturar ao deles.* Kurt desembainhou a faca, rasgou peito atrás de peito, e o galpão se tingiu completamente de vermelho. *Ponto para Kurt!*

E a última fase!

O templo! O parlamento! Tingir aquelas paredes com sangue de todas as raças do mundo, esse é o grande prêmio!

Quanto realismo! Aquele jogo mexia mesmo com os nervos. Aquilo era usar o bigode de Hitler! Era vestir em si mesmo uma camisa de força!

Kurt viu um gigante no caminho para o templo. Conhecia aquele homem com o uniforme do exército americano. Poderia reconhecê-lo em qualquer uniforme. Ele não era americano, nem pertencia a nenhum exército do mundo. Um doador! Mesmo com a face camuflada pelo sangue, não havia dúvidas: era Nik!

Limpou a lâmina do punhal na perna e gritou:

— Agora, você deve competir comigo, Nik! Vence quem matar o outro. Se falhamos em pintar o mundo inteiro com o sangue da sua raça, agora, vamos acabar o serviço!

Kurt apertou o cabo do punhal e atacou. Iria acabar com aquele maldito!

E Nik revidou.

E os punhais trocaram de corpo.

• VII •

"O QUE ACONTECERIA se você dormisse,
e em seu sono você sonhasse,
e em seu sonho você fosse ao paraíso
e lá colhesse uma flor,
uma estranha e bela flor.
E se quando você acordasse,
você tivesse a flor em suas mãos?
Ah! E então?"

Desperto com dificuldade.

O poema de S. T. Coleridge repete-se em meus ouvidos.

Olho para as minhas mãos e vejo as pílulas. Ainda estou sonhando? Foi um falso despertar?

As imagens do quarto no V11 se sobrepõem às paredes conhecidas do meu quarto no Brasil. Minha estante de livros, meu quadro, minhas fotografias desvanecem. Fixam-se nas minhas retinas as formas de concreto e mobílias do *bunker*. Estou sentada na cama, seminua.

Mas as pílulas continuam em minhas mãos.

"... E se quando você acordasse,
tivesse a flor em suas mãos?
Ah! E então?"

• VIII •

AS LÂMPADAS de mercúrio foram acesas. A luz forte, de radiação sanguínea, fez com que La Gorda e Suzy acordassem com a sensação de estarem presas num pesadelo ininterrupto.

— Levantem-se! — ordenou Adhya, andando pelo corredor, seguida por dois guardas. Pepe vinha logo atrás, como que puxado por uma coleira invisível. — Não tenho tempo para brincar! Hoje não vai ter moeda, nem cara ou coroa.

La Gorda tinha passado por aquela situação algumas vezes, e em todas elas, ao ver Pepe em frente à sua cela empunhando a longa espada, pensava ser a última. Ao final da sessão, suspirava aliviada depois que o guarda jogava a moeda, anunciava o resultado do jogo, e o menino era levado embora. Porém, a presença de Adhya e o tom seco da sua voz não deixavam dúvidas de que chegara a hora. Teria que enfrentar o horror de lutar contra o seu protegido.

— Olhem só a obra de arte que vocês me ajudaram a criar — continuou Adhya, apontando para Pepe. — Graças aos seus esforços, e à teoria da doutora Eva, temos aqui um menino com elementos condicionantes implantados numa região do cérebro que desconhece o livre-arbítrio. Nosso pequeno assassino não hesitaria em enterrar essa espada na barriga da própria mãe!

— Se eu tivesse uma mãe vadia como você, não iria precisar de elemento condicionante nenhum para cortar sua garganta — devolveu Suzy, que permanecia deitada no seu catre.

Adhya pegou o cartão magnético de um dos guardas e aproximou-se da cela de Suzy. Passou o cartão pelo leitor. A porta se abriu com um estalo.

— Quem sabe você não tenha a chance? — disse, jogando Pepe dentro da cela, fechando-a em seguida. — É só tomar a espada do menino e tentar me acertar.

Suzy se levantou num pulo e ficou de costas para a parede. La Gorda podia perceber a dor no rosto da garota, causada pelos maus tratos e pelo ferimento na perna que, sem os devidos cuidados, piorava a cada dia.

A ordem de Adhya foi clara e direta:

— Mate-a, Pepe!

O menino ergueu a espada e avançou. O primeiro golpe veio por cima, atingindo a parede onde, um instante antes, estivera a cabeça de Suzy. A próxima investida foi uma manobra lateral. A perna machucada de Suzy não permitiu que pulasse para trás com impulso necessário para se livrar da lâmina. O corte rasgou a blusa e os seios. Pepe não era um espadachim, o que fazia com que seus ataques fossem descoordenados. Se tivesse tentado novo golpe transversal, aproveitando o impulso da arma, teria ferido Suzy mortalmente, pois ela ainda não havia recuperado por completo o equilíbrio. Em vez disso, Pepe atacou com uma estocada de frente. O movimento desajeitado permitiu a Suzy pular para o lado e agarrar o cobertor sobre a cama, com o qual atingiu a espada, enrolando-a e deixando-a sem utilidade por alguns segundos. Foi tempo suficiente para pular sobre Pepe e lhe tomar a arma.

— Uma gata selvagem! — aplaudiu Adhya. — Em outra ocasião, teria prazer em experimentar suas garras, querida, mas hoje o tempo é curto. Já que tomou a espada do imprestavelzinho, mate o garoto!

Suzy não respondeu. Apenas olhou para La Gorda e sorriu.

— Mate o garoto ou eu acerto você! — ameaçou Adhya, tirando a arma de um dos guardas e apontando-a para Suzy.

La Gorda observava o sorriso de Suzy. Sabia o que aquela expressão significava. Suzy não tinha dúvidas que, fizesse o que fizesse, sua hora havia chegado. Seria morta de qualquer maneira. Ela tentaria, ao menos, machucar Adhya um pouco.

Suzy ergueu a arma e, em vez de descê-la sobre a cabeça de Pepe, atirou-a em direção a Adhya. A espada girou, cortando o ar e, se não tivesse sido desviada pelas grades da cela, teria acertado o alvo.

O tiro de Adhya não sofreu nenhum desvio. Atingiu o peito de Suzy, que cambaleou até o catre e caiu, sentada.

La Gorda pôde ver os olhos se apagando, o sorriso caindo dos lábios da moça.

— Sua vez, índia! — disse Adhya, recuperando a espada e a entregando a Pepe. — Se serve de consolo, você será a última a morrer. Uma hora dessas, seus companheiros e sua amiguinha Eva já devem ter tido o derradeiro sonho de suas vidas.

O guarda empurrou Pepe para dentro da cela de La Gorda. Ao comando de Adhya, o menino atacou. Os golpes saíam desajeitados, mas eram todos perigosos. La Gorda estava em melhores condições que Suzy, mas temia machucar seu protegido. Recebeu o primeiro corte nas mãos, depois no rosto, no braço, na barriga. A cada novo golpe, La Gorda sentia a resistência se esvair. Sabia que iria morrer, mas se preocupava apenas com Pepe. O que seria feito dele depois que aquilo tudo acabasse? Lembrou-se da promessa feita ao seu povo, que cuidaria do pequeno xamã. Tinha falhado. Sentiu uma onda de desespero subir por seu corpo, o que foi suficiente para desconcentrá-la: seus pés se trançaram e não teve como evitar a queda. Pepe parou em sua frente, pronto para desferir o golpe final.

— Pare! — ordenou Adhya.

Os guardas tiraram Pepe da cela, e Adhya prosseguiu:

— Vai ficar aí, índia. Vai ficar aí olhando para o cadáver de sua amiga, sabendo que os outros estão mortos lá em cima, e que ninguém virá ajudá-la. Daqui a pouco este lugar vai virar um inferno. Se você não morrer na explosão, acabará sendo enterrada viva. Terá bons momentos logo, logo. Tomara que aproveite!

Adhya saiu, deixando La Gorda com seus ferimentos. A palavra explosão latejava em seus ouvidos tão forte quanto os cortes pelo corpo. Por que explodir o lugar? Seria mais um dos blefes de Adhya, para impor um terror psicológico, antes de retornar no dia seguinte com Pepe e acabar de vez com aquela situação? Não tinha como ter resposta àquelas perguntas. La Gorda poderia apenas aguardar e torcer para que, de alguma maneira, Eva tivesse conseguido avisar alguém do que se passava ali dentro.

Capítulo dezoito

• I •

Eva segurou o vômito. Esfregou o estômago, esforçou-se para firmar a visão. Sentia-se estuprada em vida e em sonho. Jogou as pílulas na cama.

De onde saiu isso?

Viu o pequeno frasco sobre a mesinha. Não havia nenhum rótulo que pudesse identificar a substância. Nem precisaria: era veneno, tinha certeza.

Levantou-se e lavou o rosto, a água caindo das mãos trêmulas e ensopando a camiseta.

Kurt não tinha inserido o antídoto no software. O canalha mentira descaradamente, e o primeiro diagnóstico que fizera de seu caráter piscava agora em frente aos olhos molhados como um painel de neon emitindo um aviso tardio: "*KURT: Kurt Heil. Não passa de um manipulador, jogador, deturpador de ideias, um tremendo oportunista. Se descrevesse alguém capaz de fazer um pacto com o diabo seria você!*"

Por conta disso, era muito provável que cada um dos membros da equipe estivesse em apuros naquele exato momento. Ela mesma só se safara por causa da serpente, seu ID, e pela experiência de anos na condução de sonhos lúcidos. Mas aquele sonho fora diferente dos outros, disso não tinha dúvidas. Não somente pelo implante direto de imagens. Tinha algo mais. O fato de a serpente aparecer minúscula simbolizava que o implante quase tinha conseguido suprimir seu ID. Se a Yume ainda não conseguira acessar regiões anteriores à vontade consciente, encontrar o local onde a teoria *de Benjamin Libet* seria aplicada, estava bem perto.

Mas ela descobrira. A Pineal. A glândula chamada de "o terceiro olho" seria o melhor lugar para inocular seu veneno através do *DreamGame*. Mas a Yume também sabia de Libet e estava perto de implantar elementos condicionantes antes da vontade consciente.

Os outros...

Pulou da cama, apoiando-se nos móveis e paredes. Saiu para o corredor escuro. Fez o percurso até a ala masculina. Dois quartos tinham as portas abertas e a luz que vinha de dentro deles se espalhava pelo corredor como um holofote que iluminava a cena final de um drama. E sob os holofotes, Eva viu Kurt atacando Nik com uma faca.

• II •

NIK PREPAROU-SE para a luta. O gigante iria atacá-lo com um golpe clássico, fácil de aparar. O inimigo não sabia usar a faca, não era *profissional*. Acabar com aquele monstro seria moleza.

Mesmo em transe, Nik defendeu-se com o braço da investida de Kurt. A lâmina perfurou a carne, arrancando-o do estado de torpor e, antes que pudesse se dar conta, o punhal que também trazia nas mãos estava enterrado até o cabo no estômago de Kurt.

Eva gritou.

Os olhos de Kurt desligaram-se das paredes ensanguentadas de seu sonho e encararam a mancha vermelha crescendo sob a sua camisa. Olhou para os lados, não havia mais parlamento, nem galpões, nem doadores com o tórax aberto. Apenas o frio corredor do V11 sendo tingido com seu próprio sangue. Caiu de joelhos e tombou de lado.

Eva correu até ele e segurou-o pela cabeça.

— O que vocês fizeram?

— Um sonho... — explicou Nik, abaixando-se ao lado de Kurt. — Até agora, eu estava num sonho. Jogava uma partida tão real... Nem percebi que caminhava como sonâmbulo. Merda! Por que me atacou, alemão?

Kurt não respondeu. A boca moveu-se, mas não emitiu nenhum som.

— O veneno, Kurt — disse Eva. — Você não inseriu o veneno no programa. Por quê?

Os olhos de Kurt pareciam ter voltado novamente para dentro de seus sonhos.

— Vamos chamar alguém — propôs Nik, levantando-se.

— Não adianta — contestou Eva. — Ele está morto. E isso faz de você um assassino.

Nik passou os dedos pelo cabelo. Gotas de sangue lhe escorriam do braço ferido e pingavam no seu rosto.

— Me ajude aqui, Nik. Vamos levar Kurt para o quarto dele. Depois decidimos o que fazer.

Nik não argumentou. Agarrou Kurt pelas costas e, com Eva segurando pelos pés, levaram o cadáver para o quarto.

— E agora, doutora? — perguntou Nik, depois de deixarem o corpo sobre a cama. — Vai me entregar?

Se Nik pudesse ler os pensamentos de Eva, saberia que a última coisa que pretendia era entregá-lo. Leria que Adhya tentara matá-los a todos, e quando soubesse que tinha falhado, talvez não tornasse a usar métodos tão sutis. Que se La Gorda estivesse viva até então, também ela agora corria sério perigo. E que Eva tinha a clara noção de que deveriam agir rápido, mas ainda não fazia ideia de como começar.

— Vou contar uma história, Nik. Vai ter de confiar em mim tanto quanto eu terei de confiar em você. E olhe que passei bastante tempo sem confiar em homens. Como nós dois quase morremos esta noite, acho que estamos no mesmo barco. Vou abrir uma exceção. Mas se me ferrar eu mato você, entendeu?

— Pode apostar, doutora. Sou todo ouvidos.

— Mas, antes, precisamos conferir se o nosso amigo Guus teve a mesma sorte que Kurt.

• III •

UMA ESPUMA viscosa escorria da boca de Guus e tentava, sem sucesso, esconder o sorriso inoportuno, endurecido em seus lábios. Os olhos arregalados congelavam as imagens da sua última viagem lisérgica. A seringa pendurada no braço era sinal de uma morte inconsciente.

— O que, diabos dos infernos, está acontecendo aqui? — vociferou Nik.

— Estamos numa bela de uma enrascada. É isso que está acontecendo — respondeu Eva. — Vou fazer um curativo nesse ferimento e conto o que...

— Esqueça o curativo, doutora — interrompeu Nik. — Dependendo do que me contar, não vamos ter tempo para isso. Podemos falar em português — disse, mudando o idioma e cobrindo o corpo de Guus com um lençol. — Meu sotaque é ruim, mas acho que ainda consigo entender sua língua.

Eva estranhou o fato de Nik poder falar português, mas não tinha disposição para discutir. Narrou de forma rápida tudo o que sabia, desde a morte da irmã e o desaparecimento de Joachim, até o que La Gorda e ela tinham visto e ouvido na sala de Adhya.

Nik ouviu sem interromper.

— Entendeu tudo o que eu disse?

— Claro como água, doutora. Esteve ocupada, hein? Isso é o que chamo de uma boa enrascada. Só que bem pior do que pensa.

— Como as coisas podem ser piores?

— Aprendi seu idioma num treinamento de guerrilha na Amazônia. Meus camaradas só se preocupavam com truques para sobreviver e matar. Eu fazia questão de entender a língua do país. Sempre acreditei que isso, um dia, poderia salvar minha vida. E pode estar acontecendo agora.

— Explique.

— Quando cheguei aqui, notei algo estranho: o lugar era rústico *demais*. Para um complexo científico deste porte, doutora, tudo aparentava ter sido construído na Idade Média.

— Ainda não entendi, Nik.

— Câmeras de vídeo, por exemplo. Se andar pelos corredores, não verá uma câmera sequer.

— Tem razão. Quando eu e La Gorda tivemos nossa aventura noturna, isso me chamou atenção. Não é usual uma construção deste tipo não ter câmeras de segurança.

— Aí é que está! Na verdade, tudo aqui está sendo filmado! Os corredores, laboratório, quartos, banheiro. Tudo!

— Não pode ser.

— Pode, sim. As malditas câmeras estão disfarçadas. Minúsculas e disfarçadas. Agora mesmo, deve ter alguém assistindo à nossa conversa e, espero eu, não entendendo nada do que estamos falando. Duvido muito que exista um maldito operador de vídeo que fale a língua nativa de cada um de nós.

— Se isso for verdade, Adhya sabe de tudo...

— Isso *é* verdade, doutora. E Adhya sabe absolutamente de tudo. Fomos manipulados desde o dia em que metemos o pé neste buraco. Talvez, até bem antes.

— Mas por quê? Não entendo o motivo de ela ter me deixado livre, mesmo sabendo que vi aquilo tudo.

— Quem disse que estamos livres, doutora? Simplesmente, o nosso tempo acabou. Nós sobrevivemos àquele aparelho desgraçado e, daqui a pouco, alguns gorilas amarelos vão estar bem ali na porta, prontos para fuzilar a gente.

Eva sabia que Nik tinha razão. Era questão de tempo até que os pegassem. Não tinham como fugir dali e não havia ninguém a quem pudessem recorrer. Estavam sozinhos. Sentiu as pernas bambas e sentou-se na cama, sobre o cadáver de Guus, para em seguida saltar para frente. Puxou o ar para os pulmões, como se estivesse emergindo de um afogamento.

— E então, senhor estrategista de guerra? O que vamos fazer?

Nik tirou uma goma de mascar do bolso e deu para Eva. Abriu outra e a enfiou na boca.

— Por hora, vamos mascar esse chiclete, doutora. E por favor, bem rápido...

• IV •

Eva cuspiu a goma de mascar na mão e a entregou a Nik. Ficou observando quando ele grudou o chiclete num minúsculo orifício na parede, no canto do quarto. Acompanhou-o até o banheiro e o viu colando a própria goma num ponto sobre o chuveiro.

— Pronto — disse Nik, abaixando a voz, quase num sussurro. — Os filhos da mãe não podem nos ver. Temos pouco tempo. Precisamos arranjar uniformes para andar pelos corredores sem que as câmeras nos identifiquem. Com isso, ganhamos tempo.

— Como acha que vai conseguir? Vai pedir emprestado para a turma de Adhya?

— Daqui a pouco, vão bater à porta. Você vai abrir. Provavelmente, serão dois guardas. Faz parte do protocolo. Sempre que saem para uma prisão, vêm aos pares. Faça com que entrem no quarto. Atacarei por trás. Usaremos os uniformes deles. As câmeras do corredor registrarão a entrada de dois guardas e, em seguida, a saída de dois guardas.

— Belo plano, Nik. Mas e se vierem quatro? Ou cinco?

— Aí, minha cara doutora, espero que não tenha deixado nada do que gostaria de fazer na vida para amanhã, pois será o fim da linha.

Fim da linha. As palavras socaram o ouvido de Eva como se tivessem punho. Simplesmente *não poderia* ser o fim da linha. Joachim estaria sozinho, nas mãos daqueles assassinos. E havia o *DreamGame*. Aquele brinquedo mortal, circulando pelo mundo, causando um estrago inimaginável. Uma guerra seria vencida sem se ouvir um só disparo. Um império seria inaugurado sobre a vontade esmagada de seis bilhões de pessoas.

— Não há o plano B?

A pergunta de Eva foi respondida por batidas firmes na porta.

— Se quiser um plano B, doutora, tome aqui a faca que tirei das mãos de Kurt e reze para que não precise usá-la.

• V •

As batidas na porta converteram-se em trovões, se Eva não a abrisse logo, provavelmente os guardas a derrubariam. Respirou fundo, girou a chave e deixou que entrassem.

— Onde está o outro? — perguntou um dos homens.

Nik estava certo, eram dois.

— Ali. — respondeu Eva, apontando para a cama. — Mortinho de tudo.

— Estamos falando do americano.

Eva notou que ambos empunhavam as suas armas.

— Lá dentro — respondeu, apontando com o queixo para o banheiro.

Um dos homens se aproximou da porta e gritou:

— Saia, americano! Está preso por assassinato. Vimos quando esfaqueou um homem no corredor.

Não houve nenhum som.

— Saia ou arrancaremos você daí!

O silêncio continuou. O guarda que gritava fez sinal para o colega que iria entrar. Levantou a pistola na altura do ombro e com a outra mão girou a maçaneta. O trinco da fechadura cedeu num estalo, a porta abriu uma fresta.

— Último aviso, americano!

Nenhuma resposta. O guarda empurrou a porta. De onde estava, não via ninguém. Fez outro sinal para o companheiro e entrou. Olhou para a banheira, notou que havia alguém lá. Aproximou-se e, apontando a arma, deu nova ordem:

— Chega de brincadeira! Levante-se e saia daí.

Enfureceu-se quando percebeu que não seria obedecido e arrancou a cortina. Tinha recebido ordens para atirar se houvesse qualquer tentativa de reação. Seria exatamente o que faria.

Dentro da banheira viu o rosto lavado por uma saliva espessa e o sorriso macabro de Guus.

Eva viu o lençol sobre o corpo na cama de Guus se movendo. Viu Nik sair debaixo deles e saltar no pescoço do guarda que ficara no quarto, dobrando-o num ângulo completamente impossível a alguém que ainda pretendesse respirar.

Viu Nik se atirar no banheiro, antes que o outro guarda pudesse se recuperar da surpresa, e quebrar-lhe o pescoço como se fosse de cristal.

Ouviu a voz de Nik dizendo para tirar o uniforme do morto e vesti-lo.

Trocou-se ali mesmo, na frente de Nik. Não havia tempo para formalidades. Nem precisou se preocupar com os olhos do ex-mercenário. Nik já se ocupava em abrir um projétil com a faca e tirar dele um bocado de pólvora.

• VI •

QUEM OBSERVASSE os corredores do V11 pelas câmeras de segurança veria dois guardas saindo do quarto de Guus, mas não poderia ver suas faces, tapadas pela aba do boné com o emblema da Yume. Também não teria condições de notar que um dos uniformes era do tamanho pouco maior que o seu dono.

Eva e Nik seguiam de cabeça baixa para os elevadores. O plano era chegar ao segundo nível.

Nik usou um dos crachás que tirara dos guardas. A porta automática abriu, produzindo o som abafado de um fole.

— Sabe onde está indo? — perguntou Eva, olhando para os lados e esperando ser presa a qualquer momento.

— Acho que sim — respondeu Nik, pegando-a pelo braço e a empurrando para dentro do elevador. — Vi o mapa do lugar quando invadi uns arquivos. Faz parte do protocolo: saiba sempre como sair de onde se meteu. Acho que me lembro da sala de vídeos.

— Você também andou ocupado, hein, Nik? Por que vamos até lá?

— Precisamos encontrar os outros. Render os guardas e procurar através das câmeras é o jeito mais rápido. Se tivermos sorte, podemos encontrar alguma coisa pelo sistema de vídeo. Pelo que disse, La Gorda ainda está aqui. E talvez Suzy.

— E o meu filho.

— E o seu filho. Aí, então, poderemos dar o fora.

— Dar o fora, como? Estamos no meio do nada, cercados por floresta.

— Uma coisa de cada vez, doutora. Aprendi algumas coisinhas na Amazônia. Acho que me darei melhor lá fora.

A orientação era dificultada pela semelhança dos inúmeros corredores. Eva imaginou como Nik poderia chegar à sala de vídeo apenas consultando o mapa uma única vez, mas ele parecia saber o que fazia. Aquela era sua única e melhor opção. Apenas torcia para não encontrarem ninguém pela frente, ou as chances passariam de pequenas a nulas.

Uma voz em mandarim chamou através do rádio de um dos guardas.

— Não responda, doutora. Finja que está com problemas. Quando a gente chegar lá, acredito que só estas identificações eletrônicas não serão suficientes. Provavelmente, vamos ter de passar por um escaneador de mãos ou de íris. Precisaremos fazer com que abram a porta por dentro.

— Você pensou a respeito?

— Fogo ainda continua sendo a melhor maneira de fazer com que os ratos abandonem seus buracos.

— Colocar fogo sem acionar o alarme?

Caminhavam a passos rápidos, de cabeça baixa. Pela demora na resposta, Eva desconfiou que tampouco Nik soubesse como fazer aquilo.

— Uma vez, em Miamar — disse Nik, finalmente — vi um mercenário acabar com quatro sentinelas expulsando os caras de um abrigo com um pedaço de fio queimado. O cheiro de fogo pode ser tão convincente quanto o próprio fogo.

— Não é mais fácil ir atrás do meu filho e das mulheres de uma vez?

— Iria levar um tempo danado. E tempo é coisa que não temos. Daqui a pouco, se não receberem nenhum relatório do que aconteceu, vão mandar outros guardas para checar. Não se esqueça de que as câmeras lá no quarto de Guus estão tão cegas quanto um olho de cu.

— Que excelente comparação, Nik.

— Me desculpe, doutora. É a adrenalina. Da próxima vez, direi tão cego quanto o olho da ponta do intestino grosso.

— Pretende fazer a mesma coisa que o seu amigo de Miamar fez com um fio?

Chegaram à sala de vídeo antes que Nik pudesse responder.

— Continue andando, Eva. Vá até o final do corredor, vire à direita e conte cinco passos. Então, finja uma convulsão. Espero que isso consiga distrair quem estiver lá dentro olhando pelas câmeras.

— E?

— Não há tempo. Vá agora. Aí vamos ver o que acontece.

Eva continuou andando. Nik parou, abaixou-se e fingiu que amarrava o cadarço. Eva dobrou o corredor. Nik tirou o cadarço da bota. Eva contou cinco passos. Nik colocou o cadarço na boca e o molhou com saliva. Eva levou as mãos ao estômago e se inclinou. Nik enfiou o cadarço no bolso, cobrindo-o com a pólvora que tinha tirado do projétil. Eva jogou-se no chão e começou a tremer o corpo. Nik acendeu o isqueiro e colocou fogo no estopim improvisado, arremessando-o contra o buraco de ventilação. Eva parou com as contrações e relaxou o corpo, como se estivesse morta.

Nik correu para a porta da sala de vídeo. Simulou tentar usar o sistema de identificação. Aparentou lidar com problemas no dispositivo. Pôs a mão na garganta e caiu, como se estivesse sufocando.

A porta da sala se abriu. Um homem saiu com o lenço cobrindo o nariz. Nik pulou e acertou-lhe a barriga, mas desequilibrou-se ao levantar. O golpe saiu fraco. O homem revidou com um soco e atirou-o ao chão, sacando a arma. Apontou para a cabeça de Nik. O ex-mercenário podia ver nos olhos do seu carrasco que o tiro seria disparado sem voz de prisão.

Sangue espirrou no rosto de Nik, que se virou para o lado, a fim de evitar que o guarda caísse sobre ele.

Em pé, segurando o revólver pelo cano, com a coronha manchada de vermelho e com alguns fios de cabelo, Eva começava a achar que tinha usado força demais para golpear o crânio do homem.

• VII •

Dezenas de monitores de vídeos nas paredes faziam a sala de controle parecer com os múltiplos olhos de uma mosca gigante. Eva e Nik arrastaram o guarda do corredor e o amarraram junto ao painel de comandos, mesmo sabendo que ele só acordaria depois de muitas horas.

— Você cuida dos monitores da direita e eu da esquerda — disse Eva, sentando-se numa das cadeiras. — Depressa. Nossa sorte não vai durar para sempre.

Todo o complexo era monitorado. Eva imaginou-se observada por aqueles homens enquanto tomava banho e lavava suas partes íntimas, ou quando escondia o celular...

— Filhos da puta!

— O que disse, doutora?

— Nada, Nik. Nada perto do que vou fazer com Adhya, quando agarrar o pescoço daquela vaca. Esta merda de lugar é tão claustrofóbico quanto um pesadelo!

— Parece que a adrenalina está afetando o seu vocabulário também, doutora.

— Vai se fo... Vai se ferrar, Nik.

Era difícil identificar as figuras nas telas. A maioria das imagens obedecia a uma sequência de quadros que mudavam a cada três segundos. A busca demoraria mais do que tinham imaginado.

— Procure os monitores onde a imagem não muda — sugeriu Nik, depois de um tempo. — Será neles que encontraremos o que precisa ser vigiado sem interrupções.

Continuaram vasculhando. Foi Nik quem primeiro gritou:

— Veja! É La Gorda!

Eva sentiu parte do peso dos seus ombros desaparecer. La Gorda estava viva. Nik voltou a falar:

— Olhe Eva, tem um menino aqui. Parece mexicano...

Mas Eva não respondia. Olhava, completamente imóvel, para um dos monitores.

Não foi necessário Nik perguntar o que Eva descobrira. Bastou seguir a direção do seu olhar para que visse a criança.

Joachim estava deitado, com fios pregados na cabeça e ligados a um equipamento ao lado da cama. Parecia dormir, a não ser pelo fato que mexia as mãos sobre a barriga, como se apertasse algum objeto.

— É ele.

Eva não conseguiu falar mais nada. Sentiu a garganta entupir-se com um bolo invisível. Todas as lágrimas, contidas desde que decidira parar de chorar e procurar pelo filho, ameaçaram despencar e inundar seus olhos.

Empurrou o bolo invisível garganta abaixo, trouxe para fora a voz que se escondia no fundo do peito:

— Vamos lá, Nik! Vamos lá!

— Calma, doutora! Antes, precisamos saber onde é esse "*lá*"... Vou tentar identificar o quarto.

Nik utilizou o teclado para inserir as informações do número da câmera que filmava Joachim. O mapa não indicou nenhuma localização.

— Impossível! — disse Nik, repetindo a operação.

— Impossível, o quê? — perguntou Eva, com a atenção fixa no monitor. Não conseguia tirar os olhos do filho, como se apenas o fato de desviar o seu olhar pudesse fazer com que Joachim se evaporasse e desaparecesse de novo.

— Não há nenhuma indicação do quarto no painel, doutora. Doutora?

Eva saiu do transe. Fez sinal com a mão para que Nik ficasse em silêncio. Alguma coisa lhe escapava. Havia algo no quarto que *parecia* errado.

— Ah! Meu Deus!

— O que foi, doutora?

— O sonho. O sonho com o espelho e a escuridão.

— Doutora, não estou entendendo droga nenhuma.

— Meu filho estava atrás do espelho. O quarto onde ele está, Nik. É lá em cima. Exatamente ao lado do meu. Vamos!

— Espere, doutora. Tem certeza?

— O meu quarto tem um espelho enorme ao lado da cama, igualzinho àquele ao lado de Joachim. Meu filho esteve esse tempo todo dormindo ao meu lado.

Eva levantou-se. Nik a segurou pelo braço.

— Temos que encontrar os outros, doutora. Ainda não encontrei Suzy.

— Eu preciso ir, Nik. Simplesmente, preciso ir.

— Ok. — Nik sabia que seria impossível deter Eva. — Cuido das meninas, assim que inutilizar esses monitores. Encontro você no quarto do seu filho. Espere lá, entendeu?

— Estarei lá.

Eva disparou pelos corredores, sem se preocupar em encontrar com alguém pelo caminho. Sentia capaz de esganar qualquer um que tentasse impedi-la. Por todo o tempo Joachim estivera ao seu lado, a poucos metros de distância. Por quê? Qual o motivo dessa loucura? Os pensamentos voavam, como suas passadas. Entrou no elevador, apertou o botão do primeiro andar uma, duas, três vezes. Mesmo quando a porta se fechou e o elevador começou a subir, ainda continuava a pressionar o número iluminado no painel. Correu, repassando o mapa dos corredores na mesma velocidade em que as paredes deslocavam-se pelas suas laterais. Talvez algum dia descobrisse qual a maldita ideia de Adhya de deixar Joachim no quarto ao lado dela. Talvez um dia, mas agora, bem à frente, estava a porta que a separava do filho. As mãos trêmulas seguraram o cartão de identificação. Será que aquele maldito guarda teria permissão para entrar no quarto? Não importava. Quebraria a porta com os punhos, se fosse preciso.

Não foi. A porta se abriu, novamente imitando o barulho abafado de um fole.

• VII •

DEPOIS QUE ENTRASSE no próximo corredor, Nik sabia que a sentinela estaria guardando a porta do cárcere. Tinha visto o homem pelos monitores da sala de vídeo, empunhando a minimetralhadora.

Avaliou a distância que o separava do guarda. Não seria possível atingi-lo com as mãos ou a faca antes que ele descarregasse a arma na sua cabeça. Não queria usar a pistola sem um silenciador, os estampidos ecoando por aqueles corredores atrairiam uma tropa.

Precisaria recorrer a mais um de seus truques. Percebeu que já não gostava tanto de apostar a vida no sucesso dessas artimanhas. Era hora de se aposentar.

Procurou no bolso do uniforme por qualquer coisa que pudesse usar para enrolar as sobras da pólvora. Encontrou uma carteira de cigarros. Rasgou o maço, despejou a pólvora sobre o papel e deu forma a um charuto. Amarrou uma das pontas com o pedaço que restou do cadarço. Pegou o isqueiro, beijou-o antes de acender o cigarro. Deu uma longa tragada. Fincou-o na outra extremidade, enterrando-o quase que completamente no *charuto* de pólvora, deixando apenas uma pequena ponta do lado de fora como pavio.

— *Lukies*! Os melhores!

Deixou a pequena bomba no chão. O dispositivo faria barulho suficiente para distrair a sentinela, e não seria tão alto quanto o disparo de uma arma.

Dobrou o corredor, com o boné puxado até o nariz. Caminhou de cabeça baixa em direção ao guarda.

— Pare! — ordenou a sentinela em chinês.

Nik não precisou ter estudado mandarim para entender a voz de comando. Parou e continuou de cabeça baixa. Calculou ter algo em torno de quinze segundos para que o guarda se aproximasse, antes da *bombinha* explodir.

O homem falou mais algumas palavras. Nik tirou o boné, levantando as mãos.

Contava mentalmente o tempo. Tinha que estar perto para atacar o sujeito, ou o plano falharia.

O guarda se aproximou. Nik pôde ouvir a mecanismo de segurança da metralhadora sendo destravado.

Mais um pouco. Só mais um pouquinho...

Agora estavam à distância de um braço.

— Na parede! — gritou o homem, num inglês quase incompreensível.

Nik continuou imóvel. Fazia sinais de que não entendia a ordem.

O guarda deu mais um passo, levantou a arma, apontando-a para o peito de Nik.

A bomba explodiu.

Apenas um movimento de olhar foi o suficiente para Nik desviar o cano da metralhadora com uma das mãos e com a outra sacar o punhal e cravá-lo no fígado do homem.

Procurou pelos cartões magnéticos no bolso do guarda. Abriu a porta e entrou. Piscou os olhos para se acostumar ao breu. Com a luz vinda do lado de fora, pôde distinguir as celas de ambos os lados. Gritou por La Gorda. Ouviu um som abafado, vindo do fundo de uma das grades.

— La Gorda? É você?

— Senhor Nik?

— Eu mesmo. Vamos sair daqui.

Nik testou alguns cartões, antes de acertar o que abriu a cela. Quando La Gorda saiu, foi possível ver, mesmo com a fraca luminosidade, os cortes no seu corpo.

— O que foi isso? Está ferida?

— Não, senhor Nik. Nada grave.

— E Suzy? Viu a garota?

— Morta. Na cela da frente.

Nik viu o vulto de Suzy sentado no catre, com a cabeça pendendo para o lado.

— Filhos da mãe! Se eu estivesse com alguns dos meus velhos camaradas aqui, mandaria todos esses merdas para o fundo de uma cova, sonharem no inferno.

A voz vinda da porta no início do corredor respondeu ao desabafo de Nik:

— Já que você não tem nenhum dos seus amigos para ajudar, aproveite que abriu essa cela e entre aí com a mexicana. Não tente fazer nenhuma besteira, ou nem vou perder meu tempo. Mato os dois agora mesmo.

Adhya e dois guardas bloqueavam a saída. Nik não teve dúvidas. A voz de Adhya era modulada por uma frequência perturbadora. A vice-presidente da Yume falava muito sério.

Capítulo dezenove

• I •

JOACHIM DORMIA.

Eva aproximou-se devagar, com inesperada calma. Não queria despertá-lo. Ansiava agarrá-lo, colar seu corpo ao dele. Desejava vesti-lo de beijos. Mas não queria despertá-lo. Queria antes falar com ele, dizer-lhe que estava ali, ao seu lado, que nunca mais se afastaria. E Joachim só conversava enquanto estivesse sonhando.

— Oi, meu amor!

Os olhos semicerrados movimentavam-se. Joachim sonhava.

— É mamãe, querido. Estou aqui.

Eva tinha certeza de que o filho a ouvira. Lá estava, nas lágrimas se formando nos cantos dos olhos de Joachim, a prova de que ele sabia estar a mãe de volta ao seu lado.

Eva procurou ao redor por uma cadeira. Se não sentasse logo, poderia desabar.

Ajeitou-se ao lado da cama e voltou a falar:

— Você está bem, meu filhinho?

Os olhos de Joachim se moveram: duas vezes para o lado direito, pausa, uma para o lado esquerdo, pausa, novamente à esquerda. Eva conhecia bem aquele código, depois de longos meses, falava outra vez com seu filho.

Sau-da-de.

— Ah, meu amor! Eu também. Eu também. Agora estamos juntos de novo e vamos embora daqui. Amo você!

Os olhos responderam, depois de curtos movimentos:

A-mo-vo-cê.

Eva não pôde mais segurar as lágrimas. Deixou-as virem junto com soluços espantosos.

— Você aqui tão pertinho de mim, querido. Tão pertinho...

Os olhos de Joachim se moveram para declarar algo que Eva não esperava:

Via-vo-cê-to-do-dia-ma-mãe.

— Me via todo dia? Como, Joachim? Como?

Es-pe-lho.

Eva olhou para o espelho ao lado da cama do filho. O mesmo espelho que tinha ao lado de sua cama.

Percebeu que olhava para o próprio quarto.

Por todo o tempo que estivera ali e se mirara no espelho, estava encarando Joachim. Todas as noites quando tentava adivinhar onde Joachim poderia estar, encarando sua imagem refletida na superfície de vidro, era para o filho que olhava.

Malditos!

— Vou acordar você agora, filho.

Pousou as suas mãos sobre as mãos de Joachim. Sentiu que elas seguravam algo. Abriu-as com delicadeza e viu o quartzo esfumaçado com o fio de terra dentro, a pedra do tamanho de um ovo que ele jamais largara, e que costumava chamar de *o fantasma*.

— Você não se separou de sua pedrinha...

Retirou-a com cuidado e colocou-a no bolso. Tirou a jaqueta com o emblema da Yume e vestiu Joachim, usando-a como cobertor.

— Vamos sair deste lugar horrível. Todo esse tempo separados por um espelho! Por que fizeram isso?

— Vai me dizer que ainda não sabe, querida?

A voz atingiu Eva no estômago como se, de algum modo, tivesse se materializado num punho terrivelmente certeiro. Sentiu o formigamento alastrar-se pelo corpo e as têmporas doerem.

Não foi preciso se virar para a porta a fim de saber que Adhya estava lá.

• II •

ADHYA BLOQUEAVA A SAÍDA, escoltada por dois homens empunhando minimetralhadoras. O susto que Eva levara transformava-se em adrenalina. Só a visão das armas a impediu de saltar sobre Adhya e estrangulá-la, até ver os olhos verdes da vice-presidente da Yume injetados de sangue.

— Venha, querida — disse Adhya. — Vamos ter uma conversinha.

— Não vou deixar meu filho aqui.

— Ah, vai sim! — discordou Adhya, alterando a voz para algo mais parecido com um rosnado. — Ou prefere ver o pivete ser esburacado agora mesmo?

— Não pode fazer isso... De novo, não!

— Não vou mandar outra vez, mulher. Você já me trouxe prejuízo demais. Guardas! Preparem-se para atirar no garoto!

— Não! Eu vou.

Eva tentou segurar as lágrimas. Em vão. Engolia o sabor amargo daquelas gotas que ultrapassavam seus lábios e invadiam a boca. Olhou atrás dos guardas, na expectativa de ver se Nik chegaria para ajudá-la.

— Não espere pelo americano — disse Adhya, adivinhando o movimento dos olhos de Eva. — Aquele desgraçado está preso.

Não havia mais esperança. Fora derrotada. Só restava seguir Adhya e ver o que lhe estava reservado.

Caminhou pelo corredor, como se no final dele estivesse a cadeira elétrica. Experimentou o peso dos condenados que deixavam para trás uma vida a ser resolvida. Desceu novamente para o segundo nível, seguindo Adhya até sua sala.

Ao entrar, notou algo diferente, mas suas ideias não se organizavam. Sentia-se febril. O que quer que estivesse estranho, por enquanto era mais uma sensação.

Os dois guardas se posicionaram na porta. Adhya deu a volta na mesa e sentou-se à sua frente.

— Agora, fale.

Eva não entendeu a ordem. Precisava voltar a pensar com nitidez. Tinha que se livrar da sensação de angústia, raciocinar. Ainda não estava morta. Poderia haver uma chance de escapar e salvar o filho.

— O que quer que eu fale?

— Não se faça de idiota! Não temos tempo. Se tentar me enrolar, mando esses dois aí atrás darem um jeito no seu filhinho.

— Então, pergunte claramente.

— O que colocou no sistema? Que tipo de vírus e como ele pode ser eliminado?

O veneno... O veneno tinha sido inoculado no programa. Mas por quem? Kurt a traíra. E somente ele tinha conhecimento para transformar o modelo teórico do veneno em um programa de computador. Ele e...

— Vamos! Fale logo, vadia! É sua última chance.

— Me deixe sair daqui com meu filho e os outros. Em troca lhe darei o antídoto.

Adhya riu. Eva ouvira aquele riso antes, em hospitais psiquiátricos. Um riso histérico, irrompido de entranhas ensandecidas.

— Não estamos negociando, doutora Abelar. Ou me diz o que quero saber ou seu filho e todos aqui vão morrer. Cuidado com as próximas palavras. Acredite, não terá outra chance.

Eva olhava para Adhya e via o quanto ela se transformara. Os traços suaves tinham desaparecido. No lugar, existia agora o esgar terrível da loucura. Teria de contar sobre o veneno, nem que isso lhe trouxesse apenas mais alguns minutos de vida. Tinha certeza de que, tão logo Adhya se certificasse da eficácia do antídoto, ela eliminaria a todos.

E ainda havia algo de estranho na sala.

— Ok, Adhya. Vou contar. Descobri o que a Yume planejava, na noite em que eu e La Gorda vimos os assassinatos bem aqui nesta sala. Então comecei a pesquisar um modo de impedir essa loucura. Tive a ideia de inocular um veneno no programa, após ter tido uma série de sonhos lúcidos com uma serpente.

— Não quero saber dos seus sonhos — interrompeu Adhya. — Conte logo sobre o veneno.

— É importante falar sobre a serpente. Ela se apresentava em meus sonhos como *Isto*, o que significa ID, em latim. E você, como estudiosa da psicologia, sabe bem o que ID representa.

— A energia dos instintos.

Eva tinha que manter Adhya interessada na explicação. Era só escolher bem as palavras. A mulher estava visivelmente desequilibrada, e a isca certa poderia conseguir alguns segundos extras. Naquela situação, segundos valiam como horas.

— Exatamente. Foi a serpente que me manteve a salvo dos elementos condicionantes do *DreamGame*. Se não fosse por ela, eu teria morrido como Guus e Kurt. E mais. A serpente me mostrou que vocês queriam implantar esses estímulos levando em conta a teoria de Benjamin Libet, num ponto da consciência anterior ao livre-arbítrio. E quase conseguiram.

— Muito perspicaz sua cobrinha. E então?

— A única maneira de anular os efeitos dos estímulos condicionantes seria inocular o veneno no ponto correto.

— E onde seria, minha querida?

— Descubram vocês mesmos, se não me deixarem sair daqui com Joachim. Mas devo admitir que seu QI é surpreendente. Pena que escolheu o lado errado para jogar. Você soube aproveitar bem as minhas teorias.

— Aproveitar suas teorias e o seu filho.

Eva não sabia até que ponto Adhya continuaria a conversa, mas seus anos em psicologia tinham lhe dado treino suficiente em escolher as palavras certas para um louco. E Adhya apresentava todos os indícios de insanidade.

— O que Joachim tem com isso? Vocês o trouxeram aqui somente para me forçar a trabalhar para a Yume, não foi?

Adhya tornou a rir, desta vez mais alto.

— Foi exatamente o contrário! Nós a trouxemos aqui para que Joachim trabalhasse para os Assuras!

— Não entendi o que quis dizer.

— Claro que não entendeu! Se tivesse entendido, teria dado um salto na compreensão e na manipulação da mente humana. Todo esse tempo, a cobaia ideal para as suas teorias estava ao seu lado. Seu filho, Eva! Não percebe? Joachim tem habilidades fenomenais. Comunicar-se de dentro dos sonhos. Acessar áreas improváveis do cérebro. Transpor com incrível facilidade os limites quase indecifráveis do consciente e do inconsciente!

Eva ouviu o que sempre mantivera trancado em um canto inexpugnável de sua mente. Sabia muito bem o que Adhya dizia. Como pesquisadora, conhecia o potencial de Joachim como fonte de estudo. Mas não poderia usá-lo. Não *aquela* habilidade. Não aquela *única* e *pura* forma de comunicação com seu filho.

— Mas até acho que você poderia saber disso sim, Eva. Você não é nenhuma imbecil. Só não teve força para fazer o que precisava ser feito.

Adhya levantou-se e continuou:

— Depois que terminamos a primeira fase do projeto, e para isso Anna serviu muito bem, logo percebemos que os estímulos condicionantes poderiam ser descobertos por alguém que se dispusesse a investigar os efeitos do *DreamGame* no comportamento dos usuários. Isso era uma coisa que não poderíamos permitir. Foi inevitável nos voltarmos para suas teorias sobre a possibilidade de se atingir a superconsciência, através dos estados de consciência onírica, e associar isso à teoria de Benjamin Libet. Assim como foi inevitável não perceber que Joachim poderia ser a chave para transformar teorias em resultados. Anna descreveu com muito orgulho a forma como vocês dois se comunicavam. Depois disso, ficou evidente que precisávamos do menino.

Adhya parou atrás de Eva. Enlaçou seu pescoço com as mãos e começou a massagear.

— Tentei de todas as formas fazer com que sua irmã nos ajudasse a trazer Joachim para cá. Mas ela sempre respondia que você jamais permitiria uma coisa dessas. Oferecemos rios de dinheiro. Oferecemos tratamento para o garoto. Nada. Achei que ela se empenharia mais nesse assunto... Ao menos em nome do nosso relacionamento. Mas não! Ela conhecia bem a irmã que tinha. A irmã e a sua cabeça dura.

— Relacionamento?

Adhya apertou mais os dedos no pescoço de Eva.

— Éramos amantes, querida. E eu acho até que estava me apaixonando por Anna. Mas aí ela teve que se intrometer nos meus negócios... De alguma maneira, desconfiou do que se passava aqui. Nunca teve certeza de nada, mas começou a fazer conexões perigosas. Pediu para voltar para São Paulo. Disse que precisava passar um ou dois meses lá. Que você viajaria. Que ficaria tomando conta do sobrinho. Era a nossa oportunidade. Pedi que Anna levasse um dos protótipos e o testasse nesse período. Disse que seria importante ela voltar com todas as observações sobre o funcionamento do *DreamGame* a fim de terminarmos o projeto.

— E ela deve ter dito que não voltaria mais.

— Exatamente. Fui até São Paulo. Tivemos a nossa última noite. Tentei mais uma vez convencê-la a nos ajudar com Joachim. Ela se manteve irredutível. Quando dormiu, implantei no seu protótipo o estímulo para o suicídio. Anna já vinha sendo instigada a saltar do edifício, e com aquele meu toque final... Bem, você sabe. Bum! Ela caiu. Depois, foi fácil deixar que nossos agentes pegassem Joachim e o levassem dali. Saí do apartamento antes que Anna pulasse. Pude ver o grande final de uma das esquinas daquela rua agitada.

Eva tirou as mãos de seu pescoço. Virou-se e encarou Adhya.

— Você matou minha irmã!

Adhya contornou a mesa e abriu uma das gavetas, sacando o revólver.

— Quase, querida. Nós duas matamos sua irmã. Quando Anna se atirou daquele edifício, era você quem a chamava. Ela pulou nos seus braços, Eva. Programamos o *DreamGame* para reproduzir a Dra. Abelar oferecendo à sua irmãzinha a única salvação possível... Um abraço e um colo de asfalto! Nós matamos Anna! E agora vou acabar com você.

Os pensamentos voltaram a girar na cabeça de Eva, tentando formar algum sentido. Era Adhya quem estivera no quarto da irmã... Sabia pelo perfume. E estivera na noite do suicídio. Se as duas estavam sozinhas, então tinha julgado Lee erroneamente. E havia o veneno... Alguém que entendia de eletrônica, outra pessoa que não Kurt, tinha completado o serviço.

Dois trovões ecoaram pela sala e os dois homens que guardavam a porta caíram, um após o outro, como que atingidos por relâmpagos. Do lado de fora, Lee empunhava a arma cujo cano saía um fio de fumaça.

• III •

— NEM PENSE em usar esse revólver, Adhya! — gritou Lee. — Deixe-o sobre a mesa. Bem devagar.

— Intromissões! — estourou Adhya. — Pagamos uma fortuna para esses guardas idiotas apenas para permitirem mais e mais intromissões!

Eva atirou-se contra Adhya e atingiu-a com um violento soco, jogando--a ao chão.

— Vaca maldita! Isso é por Anna. Levante-se e venha receber a cota de Joachim.

Lee tornou a gritar da porta:

— Venha, Eva. Não há tempo.

Eva queria continuar espancando Adhya, mas se lembrou de Joachim.

— Temos que sair logo — disse Lee. — Esses malucos vão destruir o V11 e enterrar todos nós, junto com as evidências do projeto.

Destruir o V11. Evacuação... O aquário. Era isso que havia de errado com a sala. Não havia mais nenhum peixe nadando no aquário gigante. Apenas água. Adhya se preparava para abandonar o bunker.

— Mas por quê? — Eva pensou alto.

— Alguém lá fora, com bastante influência, conseguiu um protótipo do jogo. Um modelo que permite descobrir estímulos condicionantes. Parece que foi entregue às autoridades. Uma investigação terá início. Mais importante do que sumir com o projeto é não deixar nenhum vestígio da organização que opera a Yume.

— Os Assuras.

— Não sei o nome. Vi quando pediu ajuda a Kurt. Roubei as especificações que você passou para ele e desenvolvi o programa. Nunca confiei naquele sujeito. Implantei o veneno no software dos jogos. O sinal sai daqui via satélite e alimenta as transmissões para a internet. Qualquer atualização no programa vai inocular o vírus. Depois disso, arranjei um jeito de ficar de olho em Adhya e descobrir o que realmente estava acontecendo.

— Só que o jogo ainda não acabou, lindinho! — disse Adhya. — Você não tem ideia do que somos capazes.

— Vamos, Eva. Você vem com a gente, Adhya. Vai ser nosso passe.

Adhya sentou-se na sua cadeira.

— Pode atirar, lindo. Não vou sair daqui.

— Venha ou vai morrer — insistiu Eva.

— Já estou morta, querida. As pessoas para quem trabalho vão garantir isso. A menos que eu leve um livro.

Lee ficou em dúvida, com a arma apontada para a cabeça de Adhya.

— Os Nove Desconhecidos! — exclamou Eva. — Pegue logo esse livro, mas se tentar alguma coisa...

Adhya abriu o pequeno cofre sob a mesa.

— Agora me dê isso aqui — ordenou Eva.

— Não. Não mesmo.

— Rápido, ou pegarei à força — ameaçou Lee.

O tempo estava acabando. Em breve, aquele local todo explodiria. Eva ainda tinha que encontrar Joachim. Foi até Adhya e deu-lhe outro soco, arrancando o manuscrito das suas mãos. Entregou-o a Lee.

— Cuide bem disso, Lee. Vou atrás do meu filho. Se eu não sair daqui, entregue esse livro às autoridades, entendeu? De preferência à ONU, ou coisa que o valha.

— Obrigado!

Não foi a voz de Lee que Eva ouviu, mas de alguém atrás dele. Naquele instante, nem imaginou quem poderia ter falado, apenas olhava a lâmina de aço que irrompia do abdome de Lee. A mancha vermelha se abria e expandia pela camisa, como uma rosa com pétalas de sangue e botão de aço.

Lee tombou para frente, os olhos imóveis, enquanto Tule arrancava a espada do seu corpo e tomava das suas mãos o envelope.

Eva se abaixou e segurou a cabeça de Lee. Sentia a respiração fugir dos pulmões perfurados.

— Lee! — gritou Eva, engolindo a saliva inexistente, um ar seco que pareceu parar no caminho entre a garganta e o peito.

— Não disse que ia provar o meu amor? — As palavras saíram fracas, e Lee tombou o rosto para o lado. Estava morto.

— Aqui termina parte desta história, senhoritas — disse Tule, limpando a lâmina na manga da túnica. — Este envelope é a garantia de que esta mesma história continuará numa outra ocasião. Foi um erro confiar o projeto a você, Adhya, mas este manuscrito, esta pequena cópia de um dos mais fabulosos livros já escritos, vai consertar o erro. Se os sonhos não morrem, senhoritas, que dirão aqueles que podem controlá-los, hein? Sempre se perguntem: e se tudo isto aqui fosse apenas um sonho? Para vocês duas, garanto que será o último.

— Senhor! — implorou Adhya. — Ainda posso corrigir tudo.

— Não há correções no seu destino, mulher infeliz — respondeu Tule, desaparecendo pela porta.

Eva quis segui-lo, mas Adhya a deteve. Tinha recuperado a arma e estava pronta para usá-la.

— Vamos sair daqui, Adhya. Me deixe ir atrás de Joachim. Ainda há tempo.

— Engano seu. Fim da linha para nós duas. Lá fora não há nada para mim. Só maneiras horríveis de morrer. Prefiro o fim rápido de uma explosão.

— Adhya, você é mulher... Já sentiu o que é ter uma vida no ventre, mesmo perdendo seu filho de forma trágica. Me deixe tentar salvar o meu!

— Ah, Eva! Acreditou naquela historinha? Nossa! Que bobinha... Eu realmente fui engravidada por aquele porco rico na minha aldeia, mas, depois... Depois que ele me chutou da sua casa, não tive dúvidas do que fazer: voltei e pedi para que me ajudasse a abortar a criança, o que o cretino fez com prazer. Depois disso, com a barriga vazia de problemas, foi fácil seduzir o idiota outra vez. E foi uma delícia rasgar seu pescoço enquanto tentava me engravidar de novo. A única verdade naquilo tudo, Eva, foi que eu perdi mesmo o útero. O que, confesso, foi formidável!

Eva sentiu os dedos estalarem. Os punhos se fecharam como uma rocha. Seriam capazes de estraçalhar qualquer coisa que atingissem.

Uma rocha...

Adhya continuava a falar, mas Eva não mais a ouvia. Enfiou a mão no bolso e tirou a pedra de Joachim. Se desse sorte, aqueles vidros do aquário não seriam inquebráveis.

Bem, e se fossem mais duros que a pedra, ao menos morreria tentando. De qualquer maneira, os sonhos não morrem, foi o que disse Tule, não?

Reuniu toda a energia do corpo e atirou o quartzo contra o aquário. Ouviu o disparo da arma de Adhya e sentiu o projétil perfurando-lhe o ombro. A pedra trincou o vidro e a pressão da água fez o resto. A sala foi inundada. A violência da enxurrada lançou-a ao chão e a arrastou. Teve de fazer um enorme esforço para não perder os sentidos, e, quando a torrente passou, viu que Adhya havia desmaiado.

Levantou-se, tossindo, cuspindo a água que lhe saia dos pulmões. O ferimento no ombro ardia. Procurou algo para se apoiar. Tinha que correr. La Gorda e Nik precisavam de sua ajuda. E Joachim ainda continuava nas mãos daqueles assassinos.

Se deixasse Adhya ali, inconsciente no chão, ela morreria. Que morresse! Mas, Adhya merecia mesmo aquele fim? Apesar de toda a loucura, elas não teriam muito em comum? As duas haviam sido abusadas. As duas engravidaram sem que quisessem e geraram filhos que não pediram. As duas tentaram abortá-los.

Não! Não somos iguais. Mas, se tentar levá-la, os meus amigos vão morrer. Fique aí, sua vaca. E espere que algum amigo venha lhe salvar, ou que a explosão apague os seus pecados. Eu vou atrás dos meus.

• IV •

Os CORREDORES passavam pelos cantos dos olhos de Eva, como películas de um filme rodado em sequência acelerada.

Não mais se preocupava em ser detida por algum guarda. A maioria devia estar dormindo e não haveria alarme nenhum. Pretendiam explodir o V11 com todas as testemunhas dentro.

Voltou ao quarto de Joachim. Antes mesmo que a porta se abrisse completamente, já esperava encontrar a cama vazia.

Onde foi que esconderam você desta vez?

Não tinha noção de quanto tempo teria antes que o *bunker* fosse destruído. Nem queria pensar nisso, seria o mesmo que se entregar ao desespero.

Procurou por pistas, sem realmente prestar atenção ao que via. O pensamento tentava encontrar lógica que indicasse o paradeiro de Joachim.

Olhou para o espelho.

Do outro lado, em seu quarto, sentada na cama estava La Gorda. Parado ao lado da porta, Nik esperava pronto para atacar quem entrasse.

Deu a volta no corredor e, antes de entrar, gritou:

— Nik! Sou eu, Eva. Estou sozinha.

Nik abriu a porta. Eva o agarrou pela camisa:

— Você viu Joachim?

Nik a puxou para dentro e fechou a porta.

— Você está ferida, doutora.

— Não vou morrer por isso, Nik. O que aconteceu? Viu meu filho?

— Lee abriu as celas e nos tirou de lá. Então fiz o que combinamos. Fui até o quarto do menino e não encontrei ninguém. Então, viemos para cá. O chinês ficou no segundo piso.

— Lee está morto.

Eva contou sobre Tule, Adhya e o que ocorrera no andar de baixo. Concluiu:

— Eles vão explodir tudo! Vão acabar com este lugar!

— Lee nos alertou. A gente ia esperar mais um pouco para cair fora. Não tem mais ninguém no calabouço, disso temos certeza. Os filhos da mãe acabaram com Suzy. Procuramos pelo menino mexicano e também não vimos nem sinal do moleque. Temos que sair daqui já.

— Não sem meu filho.

— Não poderá fazer nada se estiver morta, doutora. A esta altura, ele já deve estar fora deste inferno.

— Como pode saber? Não vou deixar Joachim ser enterrado aqui!

— Ele deve estar com o velho Tule. Pense! Vão precisar do seu filho. Não acha que vão desistir dessa ideia maluca de controlar sonhos, ou acha?

Se os sonhos não morrem, senhoritas, o que dirão daqueles que podem controlá-los, hein?

Nik poderia ter razão, mas não sairia dali sem Joachim.

— Vamos, Eva — disse La Gorda, pegando-a pelo braço. É um sacrifício bobo a gente morrer aqui. As crianças já saíram, é certo.

— E os outros? Há dezenas de pessoas trabalhando no V11. Nem todas fazem parte da organização.

Nik abriu a porta do quarto e disse, antes de sair:

— Deixa isso comigo. Vou voltar à central de segurança e soar o alarme. Vou dar a todos a chance de pularem fora deste buraco antes que as coisas esquentem para valer.

Eva atravessou o umbral e parou. A sensação de estar traindo Joachim paralisou-a. Lembrou-se de ter sentido a mesma coisa quando tomou o remédio para abortá-lo. Naquela ocasião queria se livrar dele, expulsá-lo do seu corpo. Não seria exatamente isso que estaria fazendo agora? Se saísse do V11 e o deixasse para trás, de certo modo não o estaria abandonando-o naquele útero de concreto para morrer?

— Vá você com La Gorda, Nik! Eu cuido do alarme.

— Eva... Você, não vai sair daqui — disse Nik.

— Ainda sou a chefe da equipe. Isso é uma ordem.

Não havia tempo para discutir. Eva os viu sumirem no corredor. Preparou-se para, mais uma vez, descer ao segundo piso, soar o alarme. Se não encontrasse Joachim, iria conhecer a sensação que um dia quis impor ao próprio filho: a experiência de ser arrancada da vida sem ver a luz do sol, de dentro de um útero hostil.

• V •

QUANDO FEZ SOAR O ALARME, Eva calculou que a primeira claridade da manhã surgia lá fora. Em poucos segundos o silêncio dos corredores foi substituído pelo som de passos apressados. Alguns teriam a chance de se salvar.

Tentou os monitores, mas Nik tinha feito um bom trabalho. Todos estavam danificados e seriam inúteis para procurar Joachim.

Inferno! Bem que podia existir um cronômetro com a contagem regressiva. Nem sei quanto tempo ainda nos resta. Não deve ser muito.

Teria que tentar a sorte. Sair e procurar.

Uma agulha num palheiro.

Voou pelos corredores, gritando o nome do filho, abrindo portas, chocando-se com quem vinha na direção contrária, a cada momento imaginando que ouviria a explosão, a cada instante pedindo a chance de uma nova passada.

Abriu a porta do alojamento dos guardas. Seria loucura fazer aquilo uma hora atrás, mas agora não tinha alternativa. Precisava olhar *tudo*. O que viu mostrou a medida exata da falta de limite das pessoas com as quais estava lidando. Vários homens caídos no chão, rostos desfigurados pela dor, envenenados por um tipo de substância mortífera e dolorosa.

Esses bárbaros querem mesmo manter segredo sobre o que aconteceu aqui.

Não havia ninguém no segundo nível. Todos ali já tinham saído. O elevador para o terceiro piso estava travado. Não existia outro caminho senão voltar.

Vasculhou mais uma vez as salas e laboratórios do nível superior. Nada.

Deus do céu! Para onde levaram meu filho?

Se Joachim ainda estivesse no V11, tinham-no escondido em salas ou vãos secretos. Mesmo que tivesse um dia inteiro para procurá-lo, seria impossível encontrá-lo naquele labirinto. La Gorda tinha razão: um sacrifício inútil ficar ali só porque não achara Joachim. Dirigiu-se cambaleando para o elevador de saída. O ferimento no ombro sangrava, estava tonta. Apertou o botão e esperou a porta se abrir.

A última voz que esperava ouvir naquele momento falou à suas costas:

— Sessenta segundos, querida!

Eva virou-se. Adhya, com o rosto marcado por hematomas, a roupa molhada e colada ao corpo, tornou a dizer:

— Sessenta segundos. É o que temos. Um minutinho para sair daqui. Você não ia me deixar enterrada neste lugar, ia?

A porta se abriu. Eva se colocou entre o elevador e Adhya.

— Vamos, querida. Saia da frente. Se perdermos essa viagem, não teremos outra chance.

— Achei que não quisesse encarar seus empregadores.

— Quarenta segundos.

— Meu filho?

— Não está aqui. Trinta e cinco.

— Onde?

— Lá fora.

Eva puxou Adhya e entraram no elevador. A porta se fechou. Começaram a subir. Eva agarrou Adhya pelo pescoço e perguntou:

— Lá fora onde?

— Menti.

— O quê?

— Seu filho está lá embaixo.

Eva apertou o botão de emergência e os motores pararam. Soltou o pescoço de Adhya e sorriu.

O elevador oscilou, chocando-se nas paredes de concreto ao lado. Eva sabia que ia morrer. O estrondo comprimiu os seus tímpanos. O piso faltou aos seus pés e sentiu-se despencar no vazio. Antes de chegar ao fundo, tudo escureceu.

• VI •

O SOLO TREMEU sob os pés de Nik e La Gorda. Logo depois, ouviram o rugido abafado da explosão, como se a Terra, nauseada, quisesse vomitar das suas entranhas um banquete putrefato. O chão se moveu, elevando-se, para, em seguida, tornar a cair, levantando uma nuvem de poeira marrom.

Nik esperava que tão logo ele e La Gorda pusessem os pés para fora do V11, seriam detidos por um pelotão de soldados, prontos para executá-los ali mesmo. Surpreendeu-se por não encontrar um guarda sequer na superfície, com exceção de um jovem e miúdo militar com roupas de cozinheiro. O rapaz contou terem sido todos enganados e levados a se envenenarem num brinde mortal.

Com eles, algumas poucas pessoas que trabalhavam no V11 andavam de um lado para o outro, trocando hipóteses sobre o que poderia ter acontecido, gratos por terem conseguido escapar a tempo.

Eva não tinha saído.

Nik esperou que o terreno se estabilizasse. Correu até a porta de entrada do *bunker*. Os ferros retorcidos e a fumaça negra e quente que saía do fosso do elevador não permitiam a esperança de sobreviventes. Mesmo que lá embaixo, soterrados sob toneladas de concreto e ferro escaldante, houvesse alguém ainda vivo, o socorro estava a quilômetros dali. Até que as autoridades fossem avisadas e a ajuda chegasse, qualquer um que estivesse debaixo daquele inferno já estaria morto.

Ainda teriam que lidar com o problema imediato de sair dali, voltar à civilização. Caberia a ele liderar aquelas pessoas até um lugar seguro. Não poderia contar com La Gorda. Podia ver nos olhos da mulher a dor pela perda do seu protegido e a culpa por não ter sido capaz de cuidar do menino.

Nik gritou, procurando reunir o grupo. Ninguém o atendeu, estavam todos atordoados demais para segui-lo.

Sentiu o cansaço da noite subir pelas pernas, pelo corpo, pelos braços.

Deixou-se cair no chão. Um pequeno descanso não faria mal nenhum, seria até necessário para a longa caminhada que viria. Precisaria de forças para deixar aquele lugar de morte. Kumo, como toda criação onírica, num momento era sonho, no outro pesadelo.

Ficou deitado, olhando para o céu, para o desfile de nuvens esfumaçadas, o sol que começava a nascer, para os pássaros que seguiam para o sul, e para o helicóptero...

Levantou-se como se uma mola tivesse disparado seu corpo.

Viu o helicóptero antes mesmo de ouvir o som. E outro. E outro. Em pouco tempo toda a vila de Kumo estava tomada de homens e máquinas.

Capítulo vinte

• I •

Eva tentou se levantar e desistiu. Parecia que todos os ossos tinham sido reduzidos a pequenos anzóis, que fisgavam sua carne. Virou a cabeça e viu os instrumentos, os tubos, a agulha espetada no braço. Levantou o pulso, leu na pulseira, escrito abaixo dos caracteres Hànzì: "*Pequim Chao-Yang Hospital*". Procurou por um botão que chamasse alguém. Acionou o primeiro que encontrou.

Pouco depois, a enfermeira entrou no quarto. Era chinesa, entendia pouco o inglês.

Eva esforçou-se para falar. A dor que sentia a cada respiração era como se seus órgãos tivessem trocado de lugar; o pulmão ao menos parecia ter se deslocado para a cabeça.

— Onde estou?

— Senhora, está no hospital. Quase morreu.

— Mais alguém sobreviveu? Encontraram uma criança?

— Não entendo, senhora.

— Um menino! Encontraram um menino ocidental?

— Desculpe. Não entendo. Vou chamar o homem ali.

A enfermeira apontou para o canto e, só então, Eva percebeu que tinha companhia. Adhya estava deitada no lado oposto do quarto. Um homem com uniforme da polícia chinesa sentava-se ao fundo, lendo o jornal.

— Posso ajudar? — perguntou o policial, aproximando-se da cama de Eva depois que a enfermeira disse algumas palavras em mandarim.

— O que aconteceu? Encontraram mais alguém vivo naquele lugar? Acharam um menino?

— Calma, senhora. Evite se agitar. Só foram encontradas duas sobreviventes na tragédia dos laboratórios Yume. Para falar a verdade, só fomos ser informados daquelas instalações depois da explosão. Ao que sei, o lugar era secreto, acho que para se evitar espionagem industrial. Esse tipo de ambiente quase nunca é vistoriado pelo governo, e coisas assim acabam por acontecer.

— Um menino. Um menino ocidental.

— Somente a senhora e a outra ali. Ainda vão levar alguns meses para vasculhar todo aquele buraco, me disseram. Isso, se continuarem com as buscas! Não há registros oficiais de quantas pessoas trabalhavam lá. A Yume diz que todos conseguiram sair. Apenas vocês duas ficaram por último. Se ninguém reclamar os seus mortos, provavelmente vão deixar aquele monte de entulho do jeito que está.

— A Yume está mentindo! — gritou, tentando se levantar. — Muita gente lá não conseguiu sair! Eu sei!

— Calma, senhora! — disse o policial, procurando fazer com que Eva voltasse a cabeça para o travesseiro. — Enfermeira! Chame o médico.

Eva deixou o corpo cair no colchão. Tornou a perguntar:

— Tem certeza? Nenhum menino?

— Somente vocês duas. A senhora teve mais sorte que aquela ali — disse o guarda, apontando com o queixo para Adhya. — Ela sofreu um trauma cerebral grave. Está em coma. Os médicos acham que vai ficar assim por um longo, longo tempo. Se é que vai voltar algum dia. Além disso, me disseram que podem tentar matá-la. Ordenaram que eu ficasse de olhos bem abertos. Tem mais dois soldados lá fora. Isso é que é azar, coitada. Só não a levaram daqui porque ainda precisa dos instrumentos da UTI.

Em coma. Adhya em coma.

Eva não pôde deixar de se lembrar da história do coma onírico de João Cogumelo.

Se lhe doía saber que acordaria a cada novo dia sendo obrigada a viver a ausência do filho, também lhe doía imaginar que talvez Adhya estivesse no mesmo universo habitado um dia por João Cogumelo. Acaso não estaria ela conhecendo neste exato momento o amor da sua vida? Ou estaria na mesa de parto segurando nos braços o filho que um dia recusara, beijando as suas bochechas rosadas, oferecendo-lhe o peito, o leite? E dali a cinco anos, na data em que visitaria o túmulo imaginário de Joachim, talvez Adhya estivesse comemorando o aniversário do seu menino, recebendo dele o beijo da redenção?

Mesmo sentindo que, a qualquer momento, as pontas farpadas de seus ossos romperiam carne, teve vontade de andar até a cama de Adhya, sufocá-la, apagar de seu coma a possibilidade de uma felicidade que lhe fora definitivamente roubada.

O médico entrou no quarto e aplicou uma injeção no balão de soro ligado a seu braço. Eva não resistiu ao sono. Queria fugir da consciência, mergulhar num vácuo onde os sentimentos não pudessem se propagar. Quem sabe, como João Cogumelo ela não encontrasse a felicidade no seu rápido coma. Mas sabia ser impossível. Voltaria a acordar. A explosão a poupara apenas para morrer lentamente, cada vez que se lembrasse do filho.

• II •

ESTOU EM MINHA CASA. O tapete macio acaricia meus pés enquanto caminho para abrir a varanda, deixar entrar a contagiante claridade das manhãs de sábado. Uso meu short predileto e a camiseta que ganhei de papai quando fiz dezoito anos, um pouco apertada agora e, talvez por isso, mais sexy. Jurei que sempre usaria essa camiseta escondida da mamãe. Lembro-me bem do discurso dela sobre sexo, e depois lembro-me de papai entrar no meu quarto com a camiseta toda amassada que tirou do bolso da jaqueta. Bem na altura dos seios estava escrita a frase que ele disse ser o resumo do discurso da mamãe: MANTENHA-OS AÍ DENTRO E EVITE ENCRENCAS.

Agora estou sonhando... Quer lugar mais escondido de mamãe para usar a camiseta do que em meus sonhos, papai querido?

Deixo a fresca aragem da manhã passar pelas janelas e me soprar em direção ao quarto de Joachim. Acordarei meu filhinho, passearemos por aí. Sorvete, cinema, risos, beijos. Será um sábado perfeito. E quando chegar a noite, a leve historinha de fadas, a oração, mais beijos e a brisa noturna me soprando de volta do quarto da minha criança.

Paro à porta; hesito, mesmo sem saber o motivo. Com receio, levo minhas mãos à maçaneta, giro e abro a porta.

Lá está ele. Dormindo.

Não entro. Falta algo. Falta algo em Joachim. Falta o próprio Joachim. Estou confusa. Quero chorar. Fecho a porta e corro para a sala.

Paro em frente ao espelho. Apoio-me com as duas mãos sobre ele e me inclino, aproximando meu rosto do seu reflexo, procurando nos meus olhos as respostas para o medo crescente. Por que não consigo acordar Joachim? O que está errado? A luz do dia é vibrante. A música que a brisa toca nos meus ouvidos é aveludada. O sorvete ainda nos espera para derreter seu perfume nas nossas bocas. Os aromas da primavera que fiz nascer em meus jardins oníricos são doces. E o tapete continua cuidando de meus pés. Então, o que está errado?

— Isso. Exatamente isso. Você mesma disse o que está errado.

A voz sibilante da serpente sai de minha própria boca refletida no espelho.

— *Isto*? É você?

— Sou eu sim! Vestida na minha forma original. Sou o seu reflexo.

— Me ajude! Não posso viver lá fora, no mundo em vigília, sabendo que Joachim morreu. E aqui... aqui nos meus sonhos, onde pensei que poderia existir novamente junto com ele... Eu... Eu não consigo. Por quê?

Isto sai do espelho e me estende a mão. Assusto-me, dando largas passadas para trás e me afasto da minha própria imagem.

— Estamos no seu sonho, Eva. Aqui, o espelho tem dois lados reais e dois irreais. Do outro lado daquele espelho você era o meu reflexo. Entende o que acontece com seu filho? Ainda não? Então, dê-me suas mãos.

Obedeço. *Isto* me leva novamente ao quarto de Joachim e abre a porta. Ele dorme.

— Veja. Uma forma irreal... Ele não lhe parece um fantasma?

— Por quê?

— Por que nos sonhos lúcidos estamos conscientes. Não se esqueça, Eva, está consciente aqui! Sabe que o corpo do seu filho não tem reflexo do lado de fora. Não há nenhum Joachim lá do outro lado. Isso faz dele um fantasma. Ele só existe aqui. A consciência traz esse problema: a cognição da morte e a necessidade de uma comunhão íntima para o amor. Os sentimentos, para serem vivenciados em toda a sua autenticidade aqui neste mundo de sonho, precisam de um espelho com dois lados reais e dois irreais. Esse espelho são os seus olhos, ora abertos em vigília, ora dormindo em sonhos. Sinto muito, Eva. Para você, Joachim está morto para sempre.

Isto tem razão. A consciência expulsa a ilusão. Diferente de Adhya, que, inconsciente, poderá viver em seu Éden, sem jamais lembrar-se de que, na verdade, o seu corpo está semimorto, estirado numa cama, eu, por minha vez, sempre trarei para o meu Paraíso o pedaço do meu inferno.

Não haverá mais sonhos lúcidos para mim. Não suportaria procurar o beijo de um fantasma. Não aguentaria olhar para ele e ouvir, mesmo que apenas lendo nos seus olhos, a voz de um espectro me chamando de mamãe. Sentiria as dores da angústia cada vez que ele acariciasse o meu rosto como agora...

Cada vez que sentisse seu toque como agora...

Como agora...

• III •

— JOACHIM? Joachim, é você?

Eva apenas sentia a ponta gelada de algo acariciando-lhe a face, a penumbra entre o sono e o despertar embaçava a figura parada à sua frente. Ainda entorpecida pelo sonho, teve a certeza de que, por milagre, Joachim sobrevivera à explosão e brincava com o dedinho no seu rosto. Mas o toque frio não era vivo como devem ser os dedos de uma criança. Era mais parecido com osso duro e descarnado, o toque de um dedo envelhecido. Tão envelhecido quanto a voz que ouviu rente aos seus ouvidos:

— Então minha jovem amiga, está viva, hein?

Por trás das pálpebras semicerradas, a retina de Eva tinha formado a imagem vaporosa de Tule. Abriu os olhos apenas o suficiente para ver o cano de um revólver deslizando por seu rosto.

— Você... aqui... — balbuciou, cuidando para que a voz saísse viscosa e a fizesse parecer estar dopada.

— Eu, minha pequena. Vim terminar um assunto com você e com sua amiguinha ali — disse Tule, tirando o cano da arma do rosto de Eva e apontando-o para Adhya.

Eva virou o rosto lentamente em direção à cama de Adhya, notando que a cadeira do policial estava vazia — o oficial responsável pela segurança do quarto provavelmente encontrara uma maneira mais fácil de antecipar a aposentadoria. Fingiu que tentava erguer o corpo, tremendo a cada milímetro que avançava em direção a Tule. Deixou-se tombar de volta à cama. Esforçava-se por parecer em piores condições do que realmente se encontrava.

— O... que... você... quer? — gaguejou. — Meu filho... — continuou, parando no meio da frase e puxando o ar numa respiração profunda.

Tule abaixou-se rente ao ouvido de Eva e sussurrou:

— Seu filho está comigo.

Eva sentiu as têmporas doerem com o repentino fluxo de sangue que lhe subiu para a cabeça. Deu o máximo de si para manter os dedos crivados no colchão, longe da garganta de Tule. Precisava se controlar. Precisava de mais informações. Precisava saber se o falso yogue dizia a verdade ou apenas brincava com ela.

— Joachim... morreu... — disse, depois de um tempo encarando Tule, engasgando entre as palavras. — A explosão... Você matou...

— Matar? Eu? Claro que não! — contestou Tule. — Minha pequena amiga, sou um homem da religião. Não mato corpos, apenas sonhos — disse, colocando a mão sobre a testa de Eva. Quem não o conhecesse, diria que o velho yogue de túnica alaranjada e o sorriso franco estava ali para confortar a doente. E completou, dando ênfase a cada palavra: — Seu filho saiu comigo do V11 antes da explosão. Ele está vivo.

— Vivo? — ecoou Eva, depois de um acesso de tosse.

— Tão vivo quanto eu e você. Mas sabe de uma coisa? As pessoas que estão cuidando do menino não têm esse meu, como direi, *espírito de mansidão*... Na verdade estão prontas para matar o moleque se eu der a ordem. E sabe por que eu faria isso, hein? Não sabe? Porque você estragou anos de planejamento. Arruinou a única coisa que não se pode recuperar nesta maldita vida: o tempo!

Eva notou que a voz de Tule agora se parecia mais com a do homem que tinha enfiado a espada na barriga de Chiang.

— O tempo! — prosseguiu Tule, andando na direção da cama de Adhya. — Um veneno que injetam em nossas veias tão logo somos concebidos! E você, minha pequena, você e essa imprestável aqui — disse, pegando um travesseiro — fizeram com que esse veneno inevitável tivesse um gosto ainda pior! — finalizou, cobrindo o rosto de Adhya com o travesseiro e atirando.

O estampido abafado fez com que Eva cravasse ainda mais os dedos no colchão. Aquele tinha sido um recado claro: Tule poderia ter entrado ali e simplesmente asfixiado as duas, ou usado algum tipo de droga que não deixasse rastros. A última forma de se matar num hospital, caso se queira que as mortes não sejam reconhecidas como assassinato, seria usar uma arma. Aquele recado dizia que Tule estava pouco se importando com as autoridades chinesas, que podia entrar naquele hospital ou em qualquer outro lugar e fazer o que bem entendesse. E, agora, trazia consigo, enquanto se aproximava novamente da sua cama, o cheiro de pólvora e morte.

— Um problema resolvido — disse, guardando o revólver no bolso. — Espero não precisar disto aqui para resolver o segundo.

Eva tornou a afrouxar o corpo. Quase denunciara sua verdadeira condição física quando Tule atirou em Adhya. Por pouco não pulou da cama e atacou o velho. Não podia deixá-lo perceber que poderia reagir. Era o único trunfo que tinha, a única chance de não morrer ali. A artimanha estava funcionando. Se Tule tinha guardado a arma, era porque não a achava capaz de lutar.

Tossiu novamente antes de falar.

— Joachim vivo? O que quer?

— Já disse que o menino está vivo. E o que quero é a chave do livre-arbítrio.

— Onde está meu filho?

— Veja — disse Tule, mostrando uma foto no iPhone.

Eva trincou os dentes. Não precisava fingir a falta de ar. A visão do filho usando a jaqueta — a mesma jaqueta que tirara do guarda no quarto de Guus e o cobrira no V11 — arrancou todo o oxigênio dos seus pulmões. Joachim tinha saído com vida antes da explosão, sem dúvidas. Aquela jaqueta e o jardim onde a foto havia sido tirada eram marcadores de tempo inegáveis. Joachim estava fora do *bunker* no momento da explosão! Nada a impediria de fazer aquele velho assassino vomitar a localização de seu filho. Apenas precisava continuar encenando e esperar a oportunidade certa.

— Diga-me o que quero saber e eu lhe devolvo seu filho — propôs Tule, fazendo desaparecer a imagem do celular. — Caso contrário, ele será morto ainda hoje. Vou lhe dizer uma coisa: sua família é muito fácil de se eliminar... A lésbica da sua irmã, o doente do seu filho, o idiota do seu pai e a pobre mamãe que acabou levando a sobra naquele terrível *acidente* no mediterrâneo. O Dr. Hermes, como bom maçom, desconfiou da organização que na verdade controla a Yume. Conhecia a história, os símbolos. Juntou dois mais dois. Se ele tivesse aceitado se juntar a nós, talvez hoje toda a sua família estivesse viva.

O aparelho CPAP, ligado às narinas de Eva para manter o fluxo de ar constante, começou a apitar, o oxigênio parecia ter se transformado em uma massa viscosa que entupia as vias respiratórias, sufocava quanto mais se tentava aspirá-lo.

— Filho da mãe! — grunhiu Eva, expulsando o bolo que fechava sua garganta. Cravou as unhas no colchão e controlou-se, mais uma vez.

O CPAP foi aos poucos retornando ao toque cadenciado.

— Vou adiantar nossa conversa — retomou Tule — para que não venha tentar me enganar. As câmeras do V11 gravaram a noite nos seus aposentos quando gritou o nome PINEAL. Conhecemos a história em torno dessa glândula. Achamos pouco provável que esse apêndice cerebral seja útil para alguma coisa, mas diga, ali é o local onde escravizaremos o livre-arbítrio? Qual é a maneira de acessá-lo? Hein? Duas perguntas bem simples para ter seu pirralho de volta.

Se Tule estava perguntando pela Pineal, isso só podia significar que Adhya não tivera tempo de passar ao velho e sua organização de criminosos as informações do pendrive. *O traidor do Kurt morrera, no final das contas, a troco de realmente nada.*

Era a chance que esperava para virar o jogo.

— A Pineal, sim... — disse Eva, parando de falar em seguida para uma crise de tosse mais prolongada do que das outras vezes, entremeada por espasmos que fariam uma enfermeira pensar seriamente em chamar o médico. Quando voltou a falar, a voz saiu fraca, sumida.

— A Pineal é... o local... onde...

Tule aproximou-se e se inclinou para tentar ouvir, e antes que pudesse se dar conta do que acontecera, o joelho de Eva tinha lhe acertado o queixo, produzindo o mesmo som seco de um martelo quebrando granito. O velho chinês cambaleou. Eva agarrou a bandeja de remédios em cima do criado mudo e o atingiu na cabeça.

Antes mesmo que o corpo de Tule caísse no chão, Eva tinha arrancado as agulhas e os sensores conectados no braço e se jogado sobre ele. Preparou-se para usar novamente a bandeja e viu que o homem desmaiara. Pegou o revólver e correu até a porta para trancá-la, mas não havia nenhuma chave. Arrastou a cadeira do guarda e firmou-a contra a maçaneta. Pegou um rolo de gazes no armário de medicamentos e enfaixou o tórax e os braços de Tule, prendendo-o como se fosse uma múmia. Não sabia quanto tempo ainda tinha. A qualquer momento o policial poderia voltar, ou algum enfermeiro forçaria a porta. Precisava ser rápida. Precisava fazer com que Tule falasse.

Pegou a jarra sobre o criado mudo e jogou a água no rosto do yogue. Apontou a arma e ordenou, enquanto o chinês recobrava a consciência:

— Levante-se! Devagar. Se tentar algo, puxo o gatilho. Sente-se ali. — completou, apontando com o queixo para a poltrona da enfermeira.

Tule obedeceu, calado. Eva posicionou-se atrás da poltrona. Amarrou-o no espaldar da cadeira com o resto da gaze.

— Onde está meu filho? — disse, colocando a arma na cabeça do velho, que permanecia em silêncio.

— Fale, seu miserável! Ou mato você!

Tule limitou-se a emitir um som gutural, como se a estivesse mandando ir para o inferno, mas deixando o som nascer e morrer na garganta.

Eva engatilhou a arma e apontou. Tule não se moveu.

O homem não falaria. Morreria ali, mas não diria nada. Eva virou os olhos rapidamente para a porta. Pensou ter ouvido forçarem a maçaneta. Esperou alguns segundos. Nada. Mas a qualquer momento alguém *estaria* naquela porta tentando entrar. Tinha que descobrir a localização do cativeiro de Joachim nem que para isso necessitasse extrair o pedaço do cérebro de Tule que continha a informação.

— Choque! — gritou, lembrando-se do *Museu da Loucura da tia Jane* e correndo em direção a um dos instrumentos da sala.

Voltou trazendo o desfibrilador.

— Vamos ver agora, velho maldito! Vamos ver quanto tempo aguenta na *CADEIRA-ELÉTRICA-DA-EVA-PARA-FILHOS-DA-MÃE-QUE-SACANEIAM-OS-SONHOS-DOS-OUTROS.*

Ajustou o seletor para "100 JOULES — CRIANÇAS ACIMA DE 8 ANOS", e nem se preocupou em fazer novamente a pergunta sobre o paradeiro do filho. Apertou o botão de "LIGAR", esperou a luz verde abaixo da palavra "CARREGADO" acender e encostou os eletrodos um em cada bochecha de Tule.

O velho se sacudiu na cadeira como se tivesse engolido um enxame, e as abelhas estivessem ferroando seu corpo do lado de dentro. Um filete de sangue escorreu-lhe pelo canto da boca. Eva lembrou-se dos protetores de língua no Museu; concluiu que Tule havia perdido parte da sua.

— Onde está Joachim, yogue dos infernos?

Tule cuspiu sangue no camisolão de Eva, que o limpou com um dos eletrodos do desfibrilador.

— Não vai falar, né? Tudo bem, vamos pular um ou dois estágios de intensidade do meu brinquedinho aqui.

Eva ajustou o seletor para "360 JOULES — HOMENS OBESOS ACIMA DE 130 QUILOS". Calculou que seu prisioneiro deveria pesar em torno dos 75 quilos. Tule ganharia sua overdose de elétrons.

— Ótimo! — disse, acionando o botão "LIGAR" e aproximando os eletrodos das orelhas de Tule. — Carga pronta! Espero que sobre algum pedaço de língua para que você consiga falar depois disso. — Completou, pressionando os eletrodos como se fossem fones de ouvido. — Esse é por meu pai, minha mãe e Anna.

Tule não apenas se sacudiu. Todos os seus músculos se contraíram violentamente, o corpo continuou a se debater, como se a eletricidade persistisse nos miolos mesmo depois de a descarga do equipamento ter terminado. Quando o yogue finalmente parou de tremer, Eva achou que talvez tivesse exagerado. A cabeça do velho oscilava, semiconsciente; secreções escorriam-lhe do nariz e da boca. O filete de sangue no seu queixo tinha aumentado.

Eva jogou o resto da água no rosto de Tule. Quando seus olhares se cruzaram, ela sabia que o velho não abriria a boca. Ali só havia ódio, mais nada. Se ele tivesse algum treinamento yogue de verdade, agora estava fazendo uso dessas habilidades. Tule morreria com o seu segredo.

Ligou novamente o aparelho. Decidira que ao menos cozinharia a cabeça de Tule até que ele nunca mais pudesse ter um sonho que não cheirasse a torrado.

Foi quando se lembrou do iPhone de Tule.

Enfiou a mão por entre as gazes e encontrou o aparelho. Procurou pela foto de Joachim. Se Tule tivesse tirado aquela fotografia no local do cativeiro, era só associar a foto com o GPS...

Abriu o arquivo e selecionou o menu de propriedades. Não percebeu que mordia o canto da boca a ponto de sangrar quando constatou que a foto tinha sido tirada naquele mesmo dia! Apenas algumas horas atrás. Começou a rezar para que o suporte a GPS do iPhone estivesse ligado quando Tule bateu a foto. Acionou a opção de "procurar lugares" e um alfinete apareceu na tela, marcando algum ponto no mapa da cidade de Pequim.

— Te peguei, seu verme! — gritou, esfregando o iPhone no nariz de Tule. — Meu filho está aqui!

Tule não respondeu. Apenas sorriu quando a maçaneta começou a mexer. Eva ouviu barulho por trás da porta. Estavam forçando a entrada.

Impossível saber quem estaria ali. Poderiam ser policiais comprados por Tule, médicos que viessem para sedá-la, agentes dos Assuras. Não se entregaria tão facilmente. Apontou o revólver para a cabeça de Tule. Iria fazê-lo seu refém. As chances de sair dali, com o corpo inteiro ardendo de dor e um homem como refém, numa cidade que mal sabia ler as placas, eram mínimas, mas não tinha alternativa.

Homens de terno escuro e distintivos pendurados no bolso do paletó se atiraram quarto adentro, alguns empunhando armas. Entre eles, Eva reconheceu o misterioso indiano que, por mais de uma vez, tinha alertado sobre o tipo de gente com quem estava se metendo. E, ao lado do senhor Jhothi, com um buquê de margaridas na mão, Alec abria espaço na multidão para abraçá-la.

Capítulo final

• I •

A PEDRINHA.

Mamãe ficou com a pedrinha.

Sem pedrinha, sem mamãe. Só revólveres. Dois. Em cima da mesa. Revólver é perigoso. Tenho que obedecer o revólver. Obedecer os dois.

Não é para chorar. O homem disse. Joachim, cala essa boca! Foi o que o homem disse. E não é para gritar. Não é para querer nada. Isso é fácil. Todo dia é isso que eu faço. Sempre.

Só pedi para trazer a pedrinha e a mamãe. Só isso.

Vão trazer logo. O velho de trancinhas no cabelo prometeu.

Da outra vez ele também disse que a mamãe viria. E ela veio mesmo. Só que colocaram a mamãe atrás do vidro.

Aqui não tem nenhum vidro. Só a mesa, a cama, revólver, as garrafas dos homens. Dois. E o menino. Não para de dormir, o menino. Tem a janela, mas tá fechada. Um homem não sai de lá. Fica olhando na frestinha.

O velho de trancinhas saiu. Foi buscar a mamãe. Eu não acredito. Desta vez eu não acredito. Mamãe chamou eles de bandidos. Foi o que mamãe disse, quando saiu do outro lado do vidro. E bandido é gente má. Por isso tem corrente no braço do menino. Por isso o menino tá preso na cama.

Não me amarraram com corrente. Disseram que sou bobo, que não precisava. Mas não sou bobo, não.

Queria dormir. No sonho tem brinquedos. É escuro aqui dentro. Mas só tem uma cama. E o menino...

Os homens correram. Pegaram os revólveres. Os dois. Acordaram o menino. Um agarrou o pescoço dele. O outro agarrou o meu. A janela estourou. A porta também. Entraram mais homens, mais revólveres. Tem espingarda. Aquilo é uma metralhadora. Todo mundo tá gritando. Muitos gritos. Muito alto. Alto demais. O homem não para de bater com o cano do revólver na minha cabeça. Dói. Mais gritos. Queria ver a minha mãe. Muitas armas.

Eu conheço aquele ali. É o tio Alec. Tio Alec veio me buscar. Me levar para mamãe. Mas o homem não me solta. Machuca minha cabeça com o revólver.

Tio Alec. Veio me buscar.

Os gritos diminuíram. Cada um fala na sua vez. Assim parece melhor.

Os homens da porta e da janela estão andando para trás. Estão indo embora. Saíram todos. Só ficou um na porta, outro na janela. Tio Alec também está na porta.

Agora são os dois homens que me agarraram e que agarram o menino que estão brigando. Não entendo nada que eles falam. Estão brigando muito. Pararam.

O homem na porta junto com o tio Alec mostrou um chapéu de pano. Aquele é o chapéu do velho de trancinhas. Os dois voltaram a brigar. O que me batia com o cano soltou meu pescoço. Me empurrou. Jogou a arma no chão. O outro que segura o menino está gritando. O revólver dele atirou. O homem que me agarrava caiu. Revólver é perigoso. Corro. Tio Alec corre. Tio Alec pula em cima de mim. O revólver faz outro estrondo. E outro. E outro. Todos os revólveres estão explodindo.

Tio Alec me levanta. O homem que segurava o menino está caído. Tem muita fumaça. O menino está chorando. Tem sangue na cabeça do homem que segurava o menino. No menino não tem nada. Tem sangue no braço do tio Alec. Mas não deve tá doendo, porque o tio Alec não para de rir e de me abraçar.

• II •

O SOL DA TARDE, como que furado pela agulha de um leviatã brincalhão, escorreu o seu líquido de fogo por todo o horizonte, tingindo com uma linha vermelha o céu sobre as águas do lago Hanson Brook.

— Você levou um tiro para cada membro da família — disse Eva, encostando a cabeça no ombro de Alec, enquanto admiravam, sentados numa pedra, o espetáculo de cores do crepúsculo. — Foi escolher uma mulher perigosa.

— Espero que quando a família crescer esse costume extravagante deixe de existir.

— Sabe, Alec, acho que um dos momentos mais difíceis dessa loucura toda foi ter que ficar presa naquele hospital, aguardando seu telefonema e notícias de Joachim. Quase morri.

— Não iriam deixar você sair da UTI do jeito que estava para ir atrás do menino. Já conseguiu muito dos médicos não terem lhe aplicado um sedativo...

— Se tivessem chegado perto de mim com uma agulha, teria usado outra vez a bandeja com que pus aquele velho desgraçado para dormir. Ver você chegando com meu filho foi o melhor sedativo que eu poderia tomar. E ver seu braço ensanguentado foi outro susto.

— Tivemos sorte, eu e Joachim. O sujeito não atirava tão bem quanto aquele do cemitério no Brasil.

— Uma pena não terem conseguido encontrar o velho manuscrito! É bem provável que ele ainda esteja nas mãos daqueles assassinos.

— O serviço secreto vasculhou o cativeiro de Joachim. Não acharam nada. Se você não tivesse visto com seus próprios olhos, os caras duvidariam que existisse mesmo o tal livreto.

— E é por causa disso que estamos aqui. Nós acabamos nos tornando os fugitivos... Acha que Joachim ainda corre perigo?

— É quase certo, Eva — respondeu Alec, enlaçando-a com o braço. — A Interpol está atrás daqueles criminosos. Até que encontrem o bando todo, vamos ficar sob os cuidados do serviço de proteção de testemunhas. Vai ser legal passar uma temporada aqui. Mapleton é um bom lugar, e os agentes americanos sabem o que fazem. Você virou caso de segurança mundial, garota!

— E você mudou toda a sua vida por mim.

— Não a deixaria fugir de novo, senhora Joanna Watson.

Eva ainda não se acostumara com o novo nome. Puxou Alec para seu corpo e sussurrou:

— *Sr. Garibald Watson*... Segredos e beijos exigem cumplicidade...

Deixou que Alec a enlaçasse com as pernas e a beijasse, uma, duas, três vezes, enquanto ele dizia após cada beijo, com os lábios ligeiramente colados aos seus:

— Eu te amo.

— Eu também te amo, Alec — respondeu, e beijou-o longamente, com leveza, como se os anos de espera agora tivessem a eternidade para serem compensados, e permitindo que sua boca transportasse para o resto do corpo a infinidade de sensações daquele momento.

Sentiu a mão de Alec acariciar seus seios, procurando fendas no vestido. Lembrou-se da frase na antiga camiseta: MANTENHA-OS AÍ DENTRO E EVITE ENCRENCAS.

Riu ao mesmo tempo em que mordia o lábio de Alec.

— Rindo de quê?

— Nada, querido. Apenas lembrando um conselho de papai que não vou seguir hoje à noite... Mas só à noite. Joachim está ali na frente...

— Hum! Quer que eu guarde minha mão?

— Só a mão. Beijo com água de língua me amortece, me delicia — murmurou.

— Tudo bem, se me contar o conselho do seu pai.

— Espere a noite, querido...

Riu mais uma vez e levantou a cabeça, gritando para Joachim:

— Não chegue muito perto da água, filho!

Voltou-se para Alec e comentou:

— Você viu? Ele sorriu pra nós! De alguma maneira, as experiências que sofreu com a introdução de elementos oníricos no seu inconsciente fizeram com que os sintomas da doença regredissem.

— Vamos ter a oportunidade de voltar e testar essa teoria. Acredito que poderemos avançar muito com a cura do menino.

— Pensar que quase o perdi...

— Agradeça ao senhor Jhothi. Se não fosse por ele, acho muito provável que nenhum de nós três estaríamos aqui.

— Meu amor, você também quase morreu nas mãos daquele mercenário...

— Ao menos, o desgraçado vai apodrecer atrás das grades.

— E foi uma sorte o senhor Jhothi ter aparecido na hora...

— Sorte nada. Graças ao seu aviso naquele banheiro no vilarejo chinês e, claro, a Zed. Menininho danado aquele! — Alec acariciou o cabelo de Eva e continuou: — Devo minha vida a vocês e ao senhor Jhothi. E nem pude agradecer...

— Nem eu. O senhor Jhothi sumiu tão rapidamente quanto apareceu. Lamentou apenas não ter encontrado o livreto no cativeiro de Joachim. As chances de o velho Tule ter deixado o manuscrito lá eram pequenas, de qualquer forma. E, cá entre nós, mesmo que ele tivesse encontrado, aquela raposa indiana não iria querer explicar toda a história dos Nove Desconhecidos para as autoridades chinesas.

— Você tem razão, Eva. E muito menos falaria sobre a organização a que pertence, o objetivo da sua *turma*...

— Para mim basta saber que a organização dele vai estar de olho nos Assuras. Não acho que vão desistir de querer controlar os sonhos e as vontades das pessoas. Alec, se você tivesse ouvido o discurso desses homens... Sempre que me lembro de La Gorda e eu agachadas no escuro, escutando os planos daqueles malucos, meu estômago embrulha. E sabe do pior? Acho que se não conseguiram com o *DreamGame*, vão encontrar outro jeito.

— Como assim?

— A cada dia — continuou Eva —, esses mundos virtuais ganham mais aficionados. As pessoas torram cada vez mais tempo e dinheiro para viverem vidas imaginárias, fugirem da mesmice do dia a dia. Lembra-se da minha brincadeira na faculdade que acabou virando tese de mestrado?

— O Second Life...

— Isso. Naquela época era uma febre. A grande promessa de um ambiente virtual e tridimensional perfeito. A proposta de um mundo eletrônico que reproduzisse a vida do ser humano, suas relações e sonhos.

— E o que tem isso a ver com os Assuras?

— Chego lá. No Second Life os internautas criam avatares, como são chamados seus personagens virtuais, que se conhecem, transam, se casam, compram e vendem coisas. O interessante é que algumas ações naquele universo virtual têm reflexos concretos, bem aqui, no mundo real.

— Do tipo vender terrenos, casas, roupas e automóveis por lá, e o dinheiro circular aqui?

— Depois que li numa manchete que uma mulher na Europa fez seu primeiro milhão de dólares vendendo terrenos no Second Life, decidi fazer aquela brincadeira. A fronteira entre o fantasioso e o real fica cada dia mais difícil de se definir. Por isso montei a primeira clínica de psicologia no mundo eletrônico... Fui a primeira psicóloga a tratar de avatares, seres virtuais.

— E levou uma advertência da Universidade...

— Erro deles. As pessoas realmente levam para o mundo virtual os comportamentos construídos em seus mundos do dia a dia. E vivendo em universos virtuais, governados por leis sociais e naturais um pouco diferentes do nosso, essas pessoas desenvolvem estruturas mentais e psíquicas novas, inéditas. E da mesma forma que as antigas estruturas comportamentais são levadas daqui para o virtual, as criadas lá estão sendo trazidas de volta ao real e deverão ser assimiladas pelos internautas, que acabam por mudar necessariamente seu comportamento nesta realidade. É um mundo novo, com leis novas, com consequências ainda não mapeadas. Minha proposta era que uma nova psicanálise iria tomar forma. E ainda acho que novos arquétipos surgirão e uma nova mitologia guiará o homem virto-real.

— Virto-real... Esse é um termo novo.

— Termo novo para um homem novo. E é esse homem novo que se torna um peixe perfeito para iscas como o *DreamGame*, entendeu? Se não for o jogo, Alec, pode ser, por exemplo, as novas comunidades virtuais, a televisão...

— A televisão? Não vejo como a sua teoria se aplica a ela.

— Enquanto estamos sentados em frente ao aparelho, vivemos uma espécie de sono artificial. Entramos num estado de passividade quase hipnótica e, então, experimentamos as sensações dos avatares da tela, dos mocinhos e heroínas das novelas; assimilamos seus conceitos, sua moral. E essa absorção de mundos em imagens nos faz mudar o linguajar, o pensamento e, depois, como consequência, nossas formas de relacionamento. Quando se liga uma tevê, lá também se pode encontrar a figura do homem virto-real. E dependendo de quem esteja manipulando a transmissão e os conteúdos, nossos sonhos e livre-arbítrio estarão correndo perigo de novo. Entende, Alec? Entende como é fácil fazer aquele discurso maluco que ouvi no V11 se tornar realidade?

Eva desvencilhou-se dos braços de Alec e, encarando-o, concluiu:

— Lembra-se de João Cogumelo? Vivemos mesmo nossas vidas ou flutuamos no infinito coma de Deus?

O vento frio vindo do lago já trazia consigo os ares da noite. O silêncio de Alec informou a Eva que era hora de terminar aquela conversa. Ela se levantou e tornou a gritar para Joachim:

— Vamos entrar, filho! Está escurecendo rápido!

Esticou as mãos para Alec e ajudou-o a se erguer.

— Engraçado... — disse, a palavra morrendo como se pensasse alto.

— O que é engraçado? — perguntou Alec, agarrando-a pela cintura.

— Uma inversão irônica... Aprendi as técnicas de sonhos lúcidos, entre outras coisas, para viver experiências sublimes enquanto sonhava, e acabei vivenciando alguns dos piores pesadelos de uma mulher durante o tempo em que estive acordada. Sonho e pesadelo se misturaram, dando corpo a uma tortura insone.

— Acabou, Eva. Acabou.

— Que loucura, Alec. Esses malucos já não se contentam em escravizar nossos corpos; agora querem nossas vontades, nossas almas.

— E com essa poluição de informações, propagandas, e com todas essas ideias que pretendem moldar comportamentos, os caras maus não terão lá muita dificuldade...

— Mas ainda temos os sonhos e nossa serpente interior. Quero sair logo daqui, mostrar às pessoas como elas podem conversar com seu Isto; mostrar como podem alcançar a liberdade fazendo bom uso do livre-arbítrio. Vivi meus últimos sete anos numa prisão que eu mesma construí. Agora que abri as portas daquela cela horrível, quero compartilhar a chave com quem precisa dela. O segredo está aqui Alec — Eva bateu com o nó dos dedos na cabeça. — Bem aqui, nos nossos sonhos.

— É bom ver você assim de novo, Eva. Confiando na vida, nas pessoas.

— No amor, Alec. Confiando no amor.

O lago Hanson Brook tinha sugado todo o vermelho do horizonte. Já apareciam, refletidas em suas águas, as primeiras estrelas da noite.

• III •

ABRO OS OLHOS, e as imagens de meu sonho ainda rodopiam pelo quarto. Beijo Alec, que dorme ao lado. Saio da cama e vou até Joachim. Entro pisando levemente o assoalho, como que flutuando num tapete onírico. Chego ao lado do meu filho e sussurro em seu ouvido:

— Eu te amo, meu amor.

Vejo as pálpebras semicerradas de Joachim se mexerem, ora para a direita, ora para a esquerda, seguindo o código, montando letra a letra sua inaudível, mas retumbante resposta:

— Tam-bém-amo-vo-cê-ma-mãe.

FIM